주인공의
여동생이다

주인공의 여동생이다 5

안경원숭이 장편소설

초판 1쇄 찍은 날 | 2021년 4월 23일
초판 1쇄 펴낸 날 | 2021년 4월 30일

지은이 | 안경원숭이
펴낸이 | 권태완 우천제

편집책임 | 박은정
편집 | 박가연 심성경 유안진 손혜진 장현아 이예린 정나래

펴낸곳 | (주)케이더블유북스
등록번호 | 제25100-2015-43호
등록일자 | 2015. 5. 4
WFN | 제3-071호

주소 | 서울특별시 구로구 디지털로31길 38-9 에이스테크노타워 1차 401호
전화 | 02-867-4626 팩스 | 02-866-4627
E-mail | cl_production@kwbooks.co.kr

ISBN 979-11-293-7674-9 04810
979-11-293-6235-3 (set)

※ 파본은 구입하신 서점에서 교환하여 드립니다.

주인공의 여동생이다

안경원숭이 장편소설

5

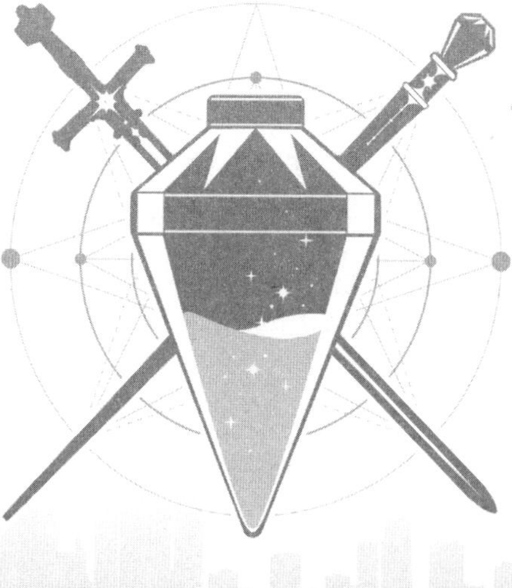

위치북

CONTENTS

외전 10. 천벌 콤비 (2)

“휴일에도 마노 선배랑 자주 보시는구나.”

“과장님과 집이 가까우니까 산책하다 마주치는 정도죠.”

‘둘이 참 사이가 좋아.’

업무적으로 늘 보면서 휴일에도 같이 어울린다니. 누가 봐도 사이좋은 상사와 부하지간이었다.

‘부럽다.’

사계절에서 5년 넘게 근속했지만 이보배에겐 친한 상사가 없었다. 이전 팀장들과는 데면데면했고 마지막 팀장은 제법 친해졌지만 이보배가 퇴사했다. 부장은 퇴직 직전에 면담한 게 전부였다.

‘한 선생님과 친해지긴 했지만 이젠 퇴사해서 상사가 아니니까.’

사계절에 다닐 때 한현우와 지금처럼 친분을 쌓았다면 직속 포션팀으로 들어가 길드에서 한자리 차지했을지도 모른다.

'내가 자초한 일이긴 한데 지나고 생각하니 씁쓸하네.'

이귀한이 귀환하기 전의 이보배는 공적인 인간관계도 부담스러워 벽을 치고, 자기 계발에도 부진했다.

'그래도 그땐 그게 최선이었으니까.'

이보배는 과거의 자신을 탓하지 않기로 했다.

지난 일은 뒤로 넘기고 앞으로 잘하면 된다. 긍정적인 마음가짐이 중요했다.

"두 분 사이가 좋아서 부러워요."

'최요한 씨가 죽지 않았어도 마노 선배가 작은오빠랑 사귀었을까?'

이보배의 뇌리로 언뜻 그런 생각이 스치고 지나갔다.

이해기에게 미안해지기 때문에 이보배는 더 파고들지 않았다.

"부끄럽지만 저는 사계절에 있을 때 그러질 못했어서."

"과장님이 워낙 잘해주시니까요. 아부니까 과장님에게 살짝 운 띄워주세요."

최요한이 너스레를 떨었다.

이보배는 소리 내 웃었다. 최요한의 너스레는 한 번에서 그치지 않았다.

"혹시나 해서 말하는데 저와 과장님은 아무 사이도 아니에요. 저희는 아주 공적인 관계죠."

"아하하, 그럼요. 알죠."

"정말 공적인 관계예요. 제가 과장님을 따거(大哥)로 모시고 있죠."

이보배는 박마노를 따거라고 부르는 상상을 해봤다.

너무 잘 어울려서 웃음이 나왔다.

대화를 나누며 걷다 보니 발걸음이 느려졌다.

이보배와 최요한이 대장간에 들어섰다.

대장간하면 바로 떠오르는 것이 강렬한 열기와 화로다. 열기를 내뿜어야 할 마력 화로는 꺼져 있었다. 그래서인지 대장간 내부는 바깥과 온도가 비슷했다.

온도 대신 다른 것이 이 장소가 대장간임을 알렸다. 금속과 불 냄새다. 약초와 포션에 길들어진 이보배의 코에 평소 맡아보지 못한 금속 냄새는 자극적이었다.

"우와."

직업이 다르고, 재료가 다르고, 설비가 다르고, 제작하는 물품이 다르다. 온통 낯설고 신기한 것투성이였다.

이보배는 경거망동하지 않고 눈으로만 정철수의 대장간을 구경했다.

본인이 공방에 타인을 들이는 걸 싫어하고 설비가 다른 사람 손타는 걸 싫어하기 때문이었다.

이보배는 사람 열 명은 올라갈 수 있을 법한 큰 테이블에 놓인 몬스터 뼈를 발견했다.

"와, 몬스터 뼈도 있네요."

"금속 무기 사용을 제한받는 직업도 있으니까요. 그리고 저건 속성 부여 재료일 거예요. 차 드실래요?"

"믹스 커피면 괜찮아요."

여러 번 방문해 대장간 구조에 익숙한 최요한이 금방 커피를 타 왔다.

무기 시연실은 좀 더 안쪽에 있다며 그가 느긋하게 구경하자고 말했다.

"사실 정철수 씨가 관리국에 남기로 한 건 의외였어요."

"그래요?"

"정철수 씨가 새로 얻은 스킬이 굉장히 좋은 스킬이거든요. 정철수 씨의 자금 사정이 좋지 않은 것도 있어서 과장님이 몇 년 협력만 해주고 나가도 된다고 했는데 정철수 씨가 남는다고 했대요."

회귀자가 탐낼 우량주였으니 관리국을 나가도 승승장구할 것이다. 자신의 가치를 아는 대장장이가 관리국에 남겠다고 한 데는 분명 이유가 있을 터.

이보배는 그 이유를 추리했다.

"마노 선배랑 요한 씨처럼 나라를 위해 힘쓰고 싶어서 아닐까요?"

"제가 그렇게 보였나요? 영광입니다."

너 애국자란 소리에 최요한이 쑥스러운 듯 볼을 붉혔다.

최요한은 주위에 사람도 없는데 입가를 가리고 이보배에게 손짓했다.

이보배는 잰걸음으로 최요한에게 접근했다.

둘의 거리가 어느 정도 가까워지자 최요한이 이보배의 귀에 대고 속삭였다.

"사실은 과장님께 마음이 있는 게 아닌가."

"정말요?"

귓가에 닿는 숨결이 가려워 웃을 뻔한 것도 잠시, 작은 오빠에게 라이벌이 생겼다는 충격적인 제보에 이보배가 눈을 동그랗게 떴다.

이보배는 다급히 잠깐 만난 정철수에 대한 기억을 끄집어냈다.

'사람 괜찮아 보이던데. 작은오빠처럼 수상한 힘숨찐도 아니고 검증된 S급 대장장이잖아.'

이보배는 늘 박마노가 아깝다고 생각했지만 결국 피는 물보다 진한 법이다.

이보배는 절로 울상을 짓고 한숨을 내쉬었다.

"우리 오빠 어떡하죠? 마노 선배도 아세요?"

"사실 이해기 씨와 정철수 씨 두 분 모두 과장님 취향이 아니라 어떻게 될진 저도 모르겠네요. 과장님은 덩치가 있고 선 굵은 남성미 강한 쪽이 취향이시거든요. 정철수 씨는 키가 작아서……."

그래서 이해기가 박마노와 만날 때마다 어울리지 않는 군복을 사수하려 했나 보다.

솔직히 이보배가 보기엔 그런 옷을 입은 이해기와 데이트한 박마노가 보살이었다.

"으으, 말씀대로 키는 오빠가 더 큰데. 그런데 얼굴은 정철수 씨가 더 선이 굵긴 하네요……. 혹시 외모 말고 성격 취향은 모르세요?"

"성격은 잘 모르겠네요. 일단 과장님이 좋아하는 기본을 잘 지키는 게 전제 조건이겠죠."

이보배는 이해기가 저지른 일들을 떠올리고 좌절했다.

힘을 숨기고, 미등록 균열을 공략하고, 탈세했다. 박마노가 싫어하는 아라크네는 대놓고 애용했다.

'어떡해. 기본이랑 아득히 멀어졌어. 백만 광년 멀어졌어.'

눈을 떴는데도 이보배의 눈앞이 깜깜해졌다.

엑스레이 사진을 검토한 치과 의사에게서 어금니 네 개를 모두 신경 치료 해야 한다고 고지받은 기분이었다.

이보배는 이를 악물었다. 다행히 이보배의 어금니는 상하좌우 모두 건강했다. 이보배의 코에서 콧바람이 슝슝 나왔다.

'그래, 내 충치 아니라 오빠 충치야.'

이해기는 박마노의 취향을 알고 있다.

알면서 저질렀으니 사귀지 못하더라도 모두 그의 책임이었다. 잘난 회귀자가 알아서 할 테니 남매의 연애에 더는 간섭하지 않기로 결정했다.

"보배 씨는 어떠신가요?"

"저요? 솔직히 작은오빠는 승산이 낮다고 봐요."

"아니요, 그게 아니라. 보배 씨 취향이 궁금해서요."

예상치 못한 질문에 이보배의 뇌가 사고를 정지했다.

이보배는 뇌의 재부팅을 위해 커피를 투입했다. 카페인과 당분이 공급되자 뇌가 재가동했다.

"제가 너무 실례되는 질문을 했을까요?"

"아뇨, 이런 대화 너무 오랜만이라 놀랐어요. 작년에 동창 만났을 때도 어떻게 살았는지나 얘기하고 이런 얘기는 안 했어서."

질문에 대답하지 않았는데 입이 마르는 기분이 들었다.

이보배는 커피를 연달아 마셨다. 달달하고 향긋한 커피가 입안을 지나 목을 타고 흐르는 걸 느끼고 있으니 까맣게 잊었던 옛 생각이 났다.

한때 좋아하는 연예인과 호감 가는 남자애에 대한 얘기가 세상의 전부였던 시절이 있었다. 참으로 한심하면서 좋았던 시절이었다.

"어릴 적엔. 그러니까 균열의 날 이전엔 큰오빠 같은 사람이 좋았어요. 운동 잘하고 말재간 좋고, 성격 좋고 사교적인 사람이요. 우리 큰오빠가 전교 회장도 해본 사람이거든요. 대학도 그걸로 수시 전형 넣어서 잘 들어갔고요. 균열 터진 뒤에도 짐덩이 셋 버리지 않고 건사해 주고. 전에는 몰랐는데 우리 큰오빠가 생활력이랑 책임감도 강하더라고요."

이보배가 이렇게 말해도 최요한은 과거의 이귀한을 상상할 수 없을 것이다.

이귀한은 너무 많이 변했지만 그래도 동생들을 잊지 않고 돌아와 줬다. 이보배는 그걸로 만족했다.

"지금은……."

이보배는 커피가 묻은 입술을 핥으며 현재의 취향에 대해 생각해 봤다.

"지금은 취향이랄 게 없어요. 오빠들은 저러고 저도 개인적으로 할 일이 있어서 연애할 시간이 없고요. 1+3이라고 들어보셨는지 모르지만 제가 우리 집안 가장이거든요. 오빠들을 책임져야 하기도 하고 상대에게 예의도 아닌 것 같아서 아예 생각을 안 했어요."

이씨 형제들은 이보배의 연애에 찬성한다. 너무 찬성해서 역으로 거부감이 들었다.

이보배는 혹시나 하는 마음에 최요한에게 경고했다.

"최요한 씨, 이건 진심으로 드리는 부탁인데요."

"네."

"만약에, 만에 하나라도 오빠들이 저랑 잘해보라느니, 너에겐 동생을 줄 수 없다느니, 네 스킬이 좋아서 매제로 삼아주겠다느니 이런 헛소리를 해도 관대히 봐주세요."

이보배는 두 손 모아 간절히 빌었다. 시스템에게 전체 공지를 때려달라 기도하던 간절함이 그대로 담겼다.

"정말 부탁드려요. 그 인간들이 미쳐 가지고 제 소중한 인맥 말아먹으려고 작정했는데 개가 짖는구나 하고 듣고 흘려주세요."

"보배 씨 부탁이야 얼마든지 들어드리는데."

이보배가 간절히 모은 두 손에 최요한의 손이 닿았다. 따뜻했지만 전투계답게 일반인처럼 부드럽진 않았다.

하지만 이보배의 손에 그의 손을 포개며 지은 눈빛은 무척 부드러웠다.

"자세히 알려주세요. 고민이 있으면 들어드릴게요."

"이건 진짜 집안 망신에 제 망신이라 숨기려고 했는데요."

최요한의 사근사근하고 부드러운 목소리가 이보배의 마음의 빗장을, 정확하겐 울화가 쌓여 있던 복장을 열었다.

"이놈의 인간들이 일 안 해도 배부르고 등 따시니 심심하고 할 일이 없는지 자기들 멋대로 매제 후보를 정해서 저한테 권하고 있어요. 문제는! 그 매제 후보들이 제 소중한 지인에, 존경하는 선생님에, 일 때문에 만난 사람이란 거예요!"

이보배의 손을 포근하게 감싸고 하소연을 듣던 최요한이 불쑥 물었다.

"존경하는 선생님이 저는 아니죠?"

"한현우 부길드 마스터요. 요한 씨는 소중한 지인이에요."

"아, 그렇구나. 선생님보단 낫군요."

최요한이 만족하여 눈을 가늘게 감고 웃었다.

"그럼 남은 한 분은."

복장이 열린 이보배라도 할 말 못할 말을 구분할 줄은 알았다.

"요한 씨는 모르는 분이세요. 그냥 일적으로 어쩌다 알게 된 분인데, 그렇게 친하지도 않고요."

"아하."

"근데 막내 오빠가 그 사람이 제일 잘생겼다고 멋대로 선정한 거예요."

"와, 그렇게 미남인가요?"

"직접 보면 깜짝 놀랄걸요."

무려 아라크네의 맨얼굴이다. 깜짝 놀라다 못해 펄쩍 뛸 것이다.

"그렇게 미남이라니 꼭 뵙고 싶네요."

최요한이 싱글벙글 웃었다.

“기회가 되면 소개해 주세요.”

“꽤 바쁜 분이라서요. 아하하.”

박마노가 술만 마시면 꼭 잡고 싶다고 노래 부르는 사람이 둘 있다. 하나가 검성이요, 다른 하나가 아라크네다.

최요한이 박마노의 부하인 이상 아라크네를 볼 일은 평생 없을 것이다.

“이귀한 씨가 저, 이해기 씨가 한현우 부길드 마스터, 이한생 씨가 미남. 이렇게 지지하는 거네요.”

“네, 진짜 이거 들키면 평생 놀림감이라니까요. 부끄러워서 고개를 못 들고 다녀요.”

이보배는 최요한의 손에서 자신의 손을 빼냈다. 체온에 감싸졌던 손이 빠져나오니 조금 추웠다.

“뒤에서 이런 말이 나오게 해 정말 죄송합니다. 오빠들이 저 놀리는 거라 악의는 없어요.”

“천만에요. 후보로 선정되어 영광이에요. 그런데 이귀한 씨가 절 선택한 건 아는 사람이 없어서 그런 걸까요? 절 좋게 봐주신 거면 기쁜 일이네요.”

이보배 입장에선 낯이 화끈해질 정도로 부끄러운 일이지만 어떻게 보면 상대를 좋게 보고 있다는 칭찬이기도 하다. 아끼는 막냇동생의 남편으로 삼고 싶을 만큼 인상이 좋았다는 의미니까.

최요한은 다른 사람에게 배타적인 이귀한이 자신을 선

택한 이유가 궁금한 모양이었다.

이보배는 솔직하게 대답했다.

"사실은 스킬이 마음에 든대요. 제가 어디 있든 금방 찾을 수 있다고."

"아하, 절 좋게 보신 게 아니라 동생 사랑이었군요."

최요한의 스킬은 사람을 감시하거나 쫓을 때 아주 유용했다. 하지만 살짝 관점을 달리해 보면 당하는 입장에선 매우 기분 나쁜 스킬이었다.

'사귀는 상대에게 쓰면 좀 그렇지.'

걱정하는 마음에 썼다는 사실을 알고 있어도 상대가 24시간 나의 위치와 상태를 확인할 수 있다면 사람에 따라 기분 나쁠 수 있다.

'다행히 난 아니거든.'

최요한도 비슷한 생각을 했는지 먼저 말을 꺼냈다.

"저는 절대 사욕을 위해 스킬을 사용하지 않아요. 이보배 씨를 감시하지도 않습니다."

"저도 알아요. 요한 씨는 그럴 분이 아니신걸요. 그리고 저와 오빠들은 감시 대상이니까요. 신경 쓰지 않아요. 괜찮습니다."

이보배는 사죄와 감사의 마음을 담아 재차 고개 숙였다.

고개를 들자 최요한이 입가를 매만지며 무언가를 골똘히 생각하는 것이 보였다.

'감시하는 사람에게 뭔 일 났나?'

"무슨 일이 생겼나요?"

"아니요, 그런 게 아니라. 음, 생각한 것과 다른 방식으로 방어가 굳건해서. 아, 이참에 말해야겠네요."

말을 돌릴 요량인지 최요한이 대놓고 목소리를 키웠다.

"제 스킬이 조금 사생활 침해나 민간인 사찰 식의 의심을 받을 수 있지만, 실은 좋은 일을 해서 얻은 거예요."

"좋은 일이요?"

"균열의 날 저희 부모님이 여행 중이셨거든요. 졸지에 혼자가 되었는데."

"아이고, 저런."

다른 날도 아니고 하필 균열의 날 혼자였다니 얼마나 무서웠을까.

이보배는 조심스럽게 물어보았다.

"부모님께선."

"두 분 다 건강히 살아 계세요."

"다행이에요."

이보배는 진심으로 안도했다.

"어쩌다 보니 도로도 봉쇄되어서 자원도 부족하고 인심도 흉흉했어요. 그러다 보니까 사람들이 대피소에 있기보다 친분 있는 사람들끼리 뭉치고 그랬죠. 저는 어쩌다 어린아이들이랑 같이 있게 되었는데."

'다들 자기 먹고살 일 걱정하는데 아이들부터 챙기고. 요한 씨도 그땐 미성년자였을 텐데 신짜 대난하나.'

이 떡잎은 날 때부터 푸른 떡잎이었나 보다.

이보배가 최요한의 선량한 마음에 새삼 감탄하는 동안 최요한은 심각한 표정을 지었다.

"도로가 뚫린다는 소식 듣고 안심했는데, 아이들이 납치당한 거예요. 여자아이랑 각성한 아이들이었어요."

"각성한 애들도요?"

"각성해서 힘이 세졌다고 해도 결국 아이거든요. 쉽게 속거나 반항할 엄두를 못 내니까요."

출근했다가 그대로 연락이 끊긴 부모를 찾아주겠다는 거짓말에 속거나, 폭력과 협박에 굴복하거나.

어린 각성자는 너무 손쉬운 먹잇감이었다.

"아마 그래서 각성 나이도 늦춰진 걸 거예요. 통계를 보면 1.5세대 이후론 최소 15살은 되어야 각성하거든요. 너무 어릴 때 각성하면 안 좋다는 걸 시스템이 파악한 게 아닐까 싶어요."

최요한은 '어른이라도 인신매매를 주의해야 한다'며 덧붙이고 말을 이었다.

"납치된 애 중엔 저랑 같이 지내던 아이들도 있었어요. 그래서 행방을 추적했는데 쉽지 않았죠. 상대는 각성자가 낀 인신매매 집단이고 저는 그냥 고등학생이었으니까."

이보배는 저도 모르게 주먹을 꼭 쥐며 이어질 말을 기다렸다.

"그래서요?"

"사냥꾼의 추적 스킬로 뒤쫓는 것도 한계가 있었습니다. 어찌어찌 수소문하며 쫓다가 간신히 본거지를 찾아 일망타진하니까 사실 본거지는 따로 있더라, 그런 일이 반복되고 그랬어요. 그러면서 레벨도 오르고."

본거지인 줄 알았는데 아니었다는 얘기에 이보배의 속이 뭐가 얹힌 듯 답답해졌다.

시원한 사이다가 필요했다.

"간신히 본거지를 습격해 일망타진하고 나니 스킬이 융합해서 변하더라고요. 그렇게 얻은 스킬이에요."

직업도 사냥꾼에서 인간 사냥꾼으로 바뀌었다. 어쨌든 '사냥꾼'은 동일하니 최요한은 당당했다.

"와, 영화 같아요. 진짜 영화 하나 만들어도 되겠어요."

범죄 조직을 일망타진했으나 아이들 구출에는 실패했기에 영화로 제작하려면 엔딩 변경이 필수일 것이다.

최요한은 멋쩍은 척하면서 하하 웃었다.

"납치된 아이들은 어떻게……."

이보배는 아이들이 걱정되어 실례를 무릅썼다.

최요한은 아래를 내려다보며 자책했다.

"전부 구하진 못했습니다."

예상했던 답변이지만 직접 들으니 더 슬펐다.

"대신인지는 몰라도 범죄를 미연에 방지할 수 있는 스킬을 얻었어요."

다행히 최요한은 그릇이 큰 사람이었다.

그는 과거의 후회에 발목 잡히지 않고 미래를 보았다.

"유용하기도 하고, 좋은 일 한 보상처럼 얻은 스킬이라 그런지 애착이 가요. 다들 꺼리는 마음은 이해하지만 좋게 봐주시면 좋겠다, 그런 욕심이 있습니다."

"아유, 욕심은요. 당연한 거죠. 저라면 사방팔방 자랑하고 다녔을 거예요."

"그러면 스킬 유용성이 줄어드니까 아는 분만 알아주시는 걸로."

"네, 저도 입 꽉 다물고 있을게요."

이보배가 입에 지퍼 채우는 시늉을 하자 최요한이 활짝 웃었다.

대화하는 사이 둘은 무기 시연실에 도착했다.

시연실에는 강화 유리로 창이 나 있었다.

아예 밖에서 보라고 뚫어놓은 창인지 의자도 있었다.

이보배와 최요한은 거기에 앉았다.

박마노의 새 무기 시험은 끝났는지 이해기 혼자 춤추고 있었다.

농담이나 놀리고자 한 말이 아니라 정말 이해기는 춤추

는 사람처럼 움직였다.

이해기의 손에 들린 무기는 검이 아니었다.

쌍절곤, 봉, 손도끼, 창, 단검, 곤봉, 해머, 쌍검, 도, 양손검.

이해기는 춤을 추며 박마노가 던져주는 무기를 받아 들고 제 몸처럼 다뤘다.

흐름은 끊이지 않았고 보는 이보배의 숨이 가빠졌다.

'와, 왜 저렇게 잘해? 20년 짬밥이 헛되진 않았구나.'

이건 된다. 솔직히 이건 좀 멋있었다. 동생이 봐도 멋있으니 피 안 통한 남들이 보기엔 배는 멋있을 것이다.

실제로 무기를 던져주는 박마노는 즐거워 보였다.

어떤 무기를 어디로 던져줘도 척척 잡아 숙련된 솜씨를 선보이니 즐겁지 않을 리 없었다.

"와아."

이보배의 옆에 앉은 최요한도 긴 감탄사를 흘렸다.

"전부 잘 다루시네요. 각성하기 전에 훈련 많이 했나 봐요."

"네, 다시 말하지만 저희 작은오빠가 모범생이라 뭐든 열심히 하거든요. 예습 복습도 철저히."

"각성 안 하셨더라도 무술 사범으로 먹고살았을 수준인데요. 아니면 스킬인가?"

〈검술〉이나 〈창술〉 등의 스킬이 따로 있으니 모든 무기를 능숙하게 다룰 수 있는 스킬이 있어도 이상하지 않았다.

그렇다 쳐도.

"이렇게 수상할 수가."

최요한이 나지막이 탄성을 뱉었다.

이보배는 지레 찔려 어깨를 움츠렸다.

"저랑 과장님 별명이야 암암리에 알려져 있다지만 제 스킬은 정말 꼭꼭 숨겼는데요. 그걸 아는 것도 수상한데 저렇게 수상하게 굴면 의심하기 싫어도 의심할 수밖에 없네요."

"천벌 콤비 말이죠? 잘 어울리세요. 누가 붙였는지 아주 찰떡같아요."

아까는 최요한이 말을 돌렸다면 이번엔 이보배가 말을 돌릴 차례였다.

"두 분 아주 사이도 좋으시고 보기 좋아요."

"제가 과장님을 많이 존경하고 따거로 모시고 있긴 하죠. 실은 과장님이 정점에 설 수 있도록 보좌하려고 관리국에 들어왔어요."

최요한이 채우고 싶다던 사심의 정체를 알게 된 이보배는 깜짝 놀랐다.

'진짜 사랑 아니야?'

만약 최요한이 라이벌이라면 작은오빠에겐 승산이 없다.

이보배의 생각을 어떻게 알았는지 최요한이 딱 잘라 말

했다.

"사랑이 아니라 충성입니다. 충성충성."

본인이 형님으로 모시는 사람이 정점에 서도록 돕는다.

주인공이 정점에 서는 줄거리에 익숙한 이보배에겐 바로 와닿지 않는 사실이었다.

차라리 둘이 합쳐 최강이라는 이해기의 말이 더 와닿았다.

"작은오빠는 둘이 합치면 최강인 거 노렸다고 하던데."

"하하, 들켰네. 그것도 있죠. 최강 멋있잖아요. 근데 그것보단 과장님을 보좌하고 싶은 마음이 커요."

최요한은 상냥하게 웃었다.

"아까 말한 범죄 조직 건 때문에 약간 인간 불신에 시달리던 시기가 있었거든요."

약간을 넘어서 인간 자체에 회의적이던 시기가 있었다. 납치범을 뒤쫓으면서 최요한은 인간의 저열한 밑바닥과 더러운 욕망, 무한한 악의를 목격했다.

죽는 게 나은 사람이 있다. 세상을 위해 반드시 죽여야 하는 사람이 있다.

같은 사람이라 말하기 역겨운, 그런 사람들이 있었다. 아직도 존재한다.

그런 자들을 사냥하는 것이 자신에게 주어진 임무가 아닐까. 최요한은 바뀐 각성 직업을 보고 그렇게 생각했고,

사냥에 돌입했다.

"프리랜서로 일하면서 그게 더 악화되었는데 우연히 과장님을 알게 되었어요."

처음부터 믿었던 건 아니라며 최요한이 샐쭉이 웃었다.

"일하면서 겉은 멀쩡하면서 속은 시꺼먼 사람 많이 봤으니까 과장님도 그럴 거라고 생각했죠. 서로 마주칠 일은 없지만 저는 일 때문에 가끔 멀리서 과장님을 관찰할 기회가 있었는데, 겉과 속이 일치하는 분 같더라고요. 그래서 평가를 바꿨다가 TV를 보았는데."

관리국 개국 초기, 박마노는 교양 프로그램에 출연했다.

사람들은 젊고 강한 헌터에게 궁금한 게 많았다.

박마노는 모든 질문에 답하진 못했으나 하나의 질문엔 반드시 답했다.

그 하나의 질문이 이것이다.

Q. 세계가 뒤집히고 법칙과 질서, 상식도 함께 뒤집혔다. 이 세계의 새로운 질서는 강자존이다. 당신은 강자에 속하면서 어째서 그 법칙을 거부하는가?

미친 소리처럼 들리지만 균열의 날 직후엔 각성자 집단에서 저런 의견이 우세했다.

기존의 법과 공공질서를 지키고 비각성자와 각성자가

똑같은 사람임을 강조하는 박마노의 행보가 특이한 편에 속했다.

박마노는 이 질문에 사석에선 '미친 새끼들 지랄하네'로 일괄했으나 방송에서 그럴 순 없는 노릇이다.

방송용 답변은 길고 돌려 말하기가 심하기 때문에 요약한 것만 적자면.

나보다 약한 새끼들이 말이 많아. 불만이면 한판 뜨자. 너희 좋아하는 강자존이 이거 아니냐.

이게 박마노의 답변이었다.

"사람 자체에 환멸하고 있었는데, 실은 지쳐 있었던 거죠. 과장님은 믿고 싶더라고요. 그래서 과장님을 인생의 따거로 모시기로 했어요."

"그렇구나. 많이 감동받으셨군요."

"강자의 패기가 느껴지지 않나요?"

최요한이 자기 자랑하듯 싱글벙글 웃었다.

정말 자랑스러워하는 눈치였다.

"하지만 말이죠. 호저의 가시가 호랑이를 죽인다는 말이 있잖아요. 제가 프리랜서일 때 방심해서 죽는 사람 여럿 보았거든요."

최요한이 여우처럼 웃었다. 감긴 눈 사이로 희미하게 보이는 눈빛이 칼처럼 날카로웠다.

이보배는 여우 또한 맹수임을 새삼 실감했다.

"제가 비록 힘은 약하지만 과장님 행보에 방해되는 가시는 치울 수 있거든요. 그런 생각으로 관리국에 지원한 거였고요."

"그런 사심이 있으셨구나."

"과장님이 정점에 오르면 저에게도 뭔가 떨어지지 않겠어요? 아하하."

최요한은 콩고물 열심히 주워 먹겠다고 너스레를 떨었다.

"어쨌든 그래서요."

너스레 떨기를 그만둔 최요한의 얼굴에서 미소가 사라졌다.

"최근 과장님 주위에 수상한 사람이 등장해서 걱정되네요."

'작은오빠 얘기구나.'

화제를 전환하면 뭐 하나. 돌고 돌아 다시 원점으로 돌아온 것을.

"그냥 수상한 게 아니라 정말 수상해요."

이보배는 긴장하면서 마른침을 삼켰다.

잊지 말자, 과잉 충성. 다시 보자, 과잉 충성.

"과장님은 일단 내버려 두자고 했지만 너무 수상해서

말이죠. 보배 씨는 어떻게 생각하세요?"

이보배는 최요한의 얼굴을 바로 보지 못하고 열심히 머리를 굴렸다.

"저희 작은오빠가 좀 수상쩍긴 해도 나쁜 사람은 아니거든요."

"착한 사람이 의도치 않게 발목 잡으면 더 화나요. 대놓고 욕하지도 못하거든요."

"작은오빠는 마노 선배를 진심으로, 진지하게, 운명적인 사랑이라고 생각하는…… 그런……."

"사랑한다고 발목 잡는 악질도 꽤 봤죠."

이보배는 최요한의 말에 허를 찔려 정신이 아찔해졌다.

이해기가 박마노의 행보에 방해가 될 것인가 도움이 될 것인가. 미래가 바뀌고 첫 만남이 바뀐 지금, 그의 사랑이 박마노에게 부담이 되는가 아닌가.

이보배는 이 의문에 대답할 수 없었다. 회귀자도 대답하지 못할 것이다.

회귀자 왈, 아는 게 없으니까.

대신 이보배는 공격적으로 맞섰다.

"저도 우리 오빠가 수상한 건 알지만 그래도 이건 아닌 것 같아요. 개인적인 일이고 마노 선배가 알아서 할 문제잖아요. 월권 아닌가요?"

"월권 맞습니다. 하지만 제겐 중요한 문제예요."

최요한이 이보배 쪽으로 상체를 기울였다.

나란히 앉았기 때문에 이보배의 팔에 최요한의 온기가 전해졌다.

최요한 특유의 사근사근하고 상냥한 목소리가 귓가에 닿았다.

이보배는 긴장해서 귀가 간지러운 것도 잊었다.

"그래야 보배 씨를 마음 놓고 좋아할 수 있거든요."

이보배는 일순 볼을 붉혔다가 송곳니로 혀를 깨물어 가라앉혔다.

김치 국물 원샷은 사양하고 싶었다.

'그렇게 당해놓고 정신 못 차렸지!'

이보배는 순간 두근거렸던 것이 부끄러워 두 손으로 얼굴을 가렸다. 그리고 속사포처럼 말했다.

"세상에, 마노 선배를 위해 미인계까지 쓰시다니. 충성도 좋지만 본인 생각도 하셔야죠. 저도 요한 씨 좋은 친구로 생각하고 많이 좋아해요. 그치만 마노 선배를 더 좋아하거든요. 작은오빠가 마노 선배 인생에 방해된다 싶으면 바리깡으로 머리 밀어서라도 뜯어말릴 테니까 걱정하지 마세요."

하고 싶은 말을 쏟아낸 뒤 이보배는 숨을 몰아쉬었다. 깊게 들이마시고 내쉬고 나니 완벽하게 진정되었다.

"작은오빠를 조금만 믿어주시면 좋겠어요."

이보배는 고개를 들었다.

최요한의 표정은 실로 미묘했다. 그가 간신히 입을 열어 한마디 했다.

"어렵네요."

"어려운 건 알지만 기회를 주세요. 작은오빠가 잘하겠다고 했거든요. 정말로요."

이보배는 간절히 부탁했다.

최요한은 이번에도 쉽게 입술을 떼지 못하다가 고개를 푹 꺾었다.

"기회는 제가 갖고 싶네요."

"헉, 역시 요한 씨는 마노 선배를 사랑……."

"아닙니다. 절대 아닙니다. 죽어도 아닙니다. 충성이라니까요."

최요한이 이보배의 어깨에 손을 얹고 적극적으로 부인했다.

충성과 사랑은 다르다며 열변을 토하는데 무기 시연실 문이 열렸다.

정철수의 대장간에 있는 모든 종류의 무기가 이해기의 손을 거쳤다 떠났다.

처음 잡은 것이 검이고 마지막으로 잡은 무기 또한 검이었다.

이해기는 검이 만병지왕이라는 말에 동의하지 않는다. 최고의 무기는 상황에 따라 바뀌었으니까.

하지만 오랜 기간 사용한 애병이 검이기 때문인지 모든 무기를 능숙하게 다루는 그로서도 검을 휘두를 때가 가장 즐거웠다.

한바탕 춤사위를 마친 이해기의 볼을 타고 땀이 흘렀다.

이해기가 검을 검집에 넣자 박마노가 손뼉을 쳤다. 우레와 같은 박수 소리에 정철수의 빠진 혼도 돌아왔다.

정철수도 박마노처럼 손뼉을 쳤다.

대장장이로서 그가 만든 무기를 가장 올바르며 아름다운 방식으로 쓰는 모습을 봤으니 앞으로 일주일은 먹지 않아도 배부를 듯싶었다.

“대단해! 스킬은 아니지?”

“네, 스킬 아니에요.”

이해기는 입에 침도 바르지 않고 거짓말했다.

SS급 스킬 〈용사의 특권〉은 모든 무기에 금방 숙달된다는 기능이 붙어 있다.

그 외에도 모든 상태 이상에 높은 확률로 저항, 모든 속성에 강한 내성, 강적을 상대할 때 능력치 상향, 악적을 상대할 때 능력치 상향 등의 기능이 포함된다.

더럽고 치사해도 어쩔 수 없다. 이것이 바로 〈용사의 특권〉일지니.

'스킬의 도움을 받긴 했지만 내 힘으로 훈련한 결과니까.'

현역 용사가 아닌 은퇴한 용사이기에 이해기는 한 점 부끄럽지 않았다.

"정말 대단하십니다! 꿈이라도 꾼 것 같습니다."

"캬, 이건 남자가 봐도 반한다. 최소 10년은 수련한 것처럼 보이는데 기록은 없고. 햐, 수상하다 수상해."

입으로는 연신 수상하다고 하면서도 박마노는 스스럼없이 이해기에게 다가가 어깨에 팔을 둘렀다.

이해기의 후끈 달아오른 체온이 박마노에게 전해졌다.

'이거 좀 좋다.'

박마노는 본인도 훅 달아오를 것 같아 이해기 얼굴 반대편으로 눈길을 돌렸다.

최요한과 이보배가 입가를 가리고 열심히 대화를 나누고 있었다. 박마노도 이참에 이해기와 대화를 나누기로 했다.

"너 검성 영감이랑 아는 사이냐?"

"세계에서 검성을 모르는 사람도 있나요?"

"몬스터 잡을 땐 몰랐는데 혼자 놀 땐 왜 검성 영감 냄새가 나지?"

왜냐하면 이해기가 검성에게 개인적으로 무술을 배운

적 있기 때문이다.

"몇 가지 무기는 검성의 영상을 보면서 수련해서 그런 게 아닐까요?"

"캬, 수상하다, 수상해. 우리 여우가 수상한 놈은 상대하지 말랬는데."

"때론 피치 못하게 감춰야 할 비밀도 있는 법 아니겠어요? 누나라면 이해해 줄 수 있죠?"

박마노는 땀에 젖은 이해기의 목덜미에 손을 얹었다.

박마노가 스킬을 사용하거나 순수한 악력으로 목을 졸라도 위험할 약점을 잡혔음에도 이해기는 얌전했다.

"난 너를 모르는데 넌 너무 날 잘 알아."

"의심해도 좋고 경계해도 좋고 어장 관리해도 좋고 단물만 빨아먹어도 좋아요. 난 누나가 웃는 모습만 봐도 행복하니까."

"수상하다고 취조하면 결백을 밝혀야지 그런 식으로 넘어가기냐?"

박마노가 재차 기회를 줬지만 이해기는 이번에도 대답하지 않고 웃었다.

창밖을 보던 이해기가 미소를 지우고 눈썹을 꿈틀거렸다.

"너무 오래 속닥거리는데."

"데이트 약속이라도 잡나 보지."

이해기가 노골적으로 싫어하는 표정을 지었다. 너무 싫어하니까 지켜보는 사람은 웃음이 나왔다. 박마노가 파하하 웃었다.

"그렇게 싫어? 재가 나름 우량주거든. 얼굴도 저만하면 괜찮고."

"인물은 한현우가 더 낫죠."

"외모는 개인 취향의 문제니까 넘어가자고. 어쨌든 성격은 연어나 여우나 괴팍한 구석이 있으니 그렇다 치고 능력도 어디 가서 비명횡사할 수준은 아닌데. 저만하면 나름 괜찮은 매제감 아닌감?"

이러니저러니 해도 팔은 안으로 굽는다.

박마노는 상사이자 콤비로서 지켜본 최요한의 장점을 읊었다.

"연어는 겉으로만 냉정하고 속은 순딩하잖아. 반면 재는 별명이 여우거든. 요즘 같은 시대에 둘 다 순둥순둥해선 호구 잡히기 딱 좋지. 보배가 순하니까 한쪽은 저렇게 약삭빠른 게 균형 잡히고 좋지 않아?"

"그래서 싫은 거예요. 계산이 빠르니까."

"계산 빠르다는 게 꼭 나쁜 건 아니야. 재는 좋은 쪽으로 빠르거든. 재도 나름의 정의가 있고 최소한의 선이 있어. 기본은 지킨다고."

박마노가 계속 최요한을 두둔했지만 이해기의 표정은

풀리지 않았다.

더 말해도 소용없을 거란 예감에 박마노는 쓴웃음을 지었다. 그녀의 손이 거칠게 이해기의 머리를 헤집었다.

"적어도 너보단 덜 수상해. 으, 땀 묻었어."

박마노가 엄살떨며 땀 묻은 손을 허공에 털었다.

이해기는 그 모습을 보면서도 웃지 못했다.

최요한은 계산이 빠르다. 효율을 중시하는 한현우와 비슷하면서 다르다.

한현우의 효율에 사람의 목숨은 끼지 않는다. 낄 수 없다.

하지만 최요한의 계산엔 사람의 생명이 포함된다.

그는 박마노 몰래 장애물을 치웠고 최요한 사후에 그 사실을 알게 된 박마노는 무척 슬퍼했다.

하지만 박마노를 가장 슬프게 한 일은 따로 있었다.

최요한은 〈무한도전〉에서 패배를 확신하자 인벤토리의 모든 물품을 빼낸 후 자살했다.

박마노를 살리기 위해서였다. 실로 터무니없는 과잉 충성이었다.

그의 신속한 자살 덕분에 박마노가 살 수 있었지만 박마노는 차라리 끝까지 싸우다 같이 죽는 쪽을 원했을 것이다.

전직이 아니라 현직 암살자(공무원 겸직 중)가 동생 옆에 붙어 있는데 어찌 웃겠는가.

'무급으로 뛰니까 암살은 취미라고 쳐야 하나.'

입가를 가리고 대화하던 시연실 밖의 남녀가 바짝 붙었다.

박마노는 즐겁게 웃었다.

"우와, 진도 빼나?"

"우리도 나가죠."

"방해하러 가는 거야? 기회 좀 주라니까?"

이해기는 고개를 젓고 시연실 문고리를 잡았다.

터무니없이 오만한 상사와 터무니없는 방식으로 과잉 충성한 부하.

말로만 들었던 천벌 콤비를 직접 보고 이해기는 새삼 각오를 다졌다.

최요한은 안 된다. 눈에 흙이 들어와도 안 된다!

이해기는 최요한에게 어깨를 붙잡힌 동생을 일으켜 세웠다.

"밥 먹으러 가자!"

세상에 이것보다 중요한 일은 없다는 듯 이해기가 이보배를 떠밀었다.

이보배는 얼떨떨해하면서도 순순히 앞으로 걸었다.

"너도 가자."

박마노가 가만히 있는 최요한을 불렀다.

최요한은 멀어져 가는 이보배를 보다 발을 뗐다.

예상했던 것보다 갈 길이 멀었다.

박마노가 안내한 식당은 소풍 장소인 산 아래에 있었다.

넓은 주차장엔 차가 빽빽하게 세워져 있고 식당에도 손님이 버글버글했다.

'좀 외지지 않나.'

언제 어디서 균열이 생성될지 모르는 요즘 같은 시대에 외진 곳에 음식점을 운영하는 것이 이상했다.

박마노는 이 정도면 나아진 거라고 설명했다.

"여기가 원래는 차 못 들어가는 산속에 자리 잡고 단골들이 오기 힘들다고 욕해도 똥고집으로 버티던 곳인데, 균열 터지고 하산한 식당이야. 그래도 맛은 끝내줍니다. 별점 다섯 개! 우리에겐 인벤토리가 있으니까 음식 포장해서 계곡 옆에서 먹자고!"

인기 있는 맛집이라면 으레 그러하듯 식당 입구에도 유명인의 사인과 사진이 즐비했다.

이보배는 박마노가 사장과 같이 찍은 사진을 발견하고 피식 웃었다.

가뜩이나 복잡한 식당에 박마노 같은 유명인이 등장하면 더 혼잡해진다.

박마노는 주방과 이어진 뒷문으로 가 오리탕을 압력솥째 받았다. 자주 왔었는지 뒷문을 찾아 솥을 받는 모습이 자연스러웠다.

차는 식당에 주차해 두고 일행은 등산을 시작했다.

비각성자 걸음으로 한 시간쯤 걸릴 거리를 등산하니 박마노의 말대로 밥 먹기 좋아 보이는 계곡이 나왔다.

이보배는 돗자리를 펼치고 준비를 도우려다가 물러났다.

전투계 각성자 셋(이해기, 박마노, 최요한)이 빠른 속도로 움직이는 바람에 생산계가 낄 자리가 없었다.

대신 이보배는 계곡에 발 담근 오빠들에게 접근했다. 이귀한은 핸드폰을 노려보며 음산하게 중얼거리고 있었다.

"아까는 셋째 때문에 부정 탔어……. 이번에 뽑는 게 진짜다."

'원한을 너무 많이 사서 뽑기 운이 안 좋은가.'

사람 한 명을 죽여도 원한 때문에 잠자리가 시원치 않은데 이귀한은 세계를 부쉈다.

하나가 아니다. 여러 개다. 이귀한에게 들러붙은 원념이 뽑기를 망치는 것은 아닐까.

'어처구니없는 상상이네.'

이보배가 생각해도 어이가 없는 생각이었다.

이보배는 막내 오빠 쪽으로 고개를 돌렸다. 화르세인지는 계곡과 산세를 둘러보며 경치를 감상하는 중이었다.

"흠, 이런 곳에서 라면을 끓여 먹는단 말이지."

"산에서 취사는 불법이야. 산불 난다고."

"밑에서 끓여 와 먹으면 되잖느냐. 제법 괜찮은 여흥이다."

"단풍 들면 산으로 소풍 갈까? 낙엽 근사한 곳으로. 아니면 강원도 또 가자. 저번엔 작은오빠가 흥 깨는 바람에 제대로 즐기지 못했잖아."

"웬일로 돼지 입에서 괜찮은 의견이 나오는구나. 돼지가 알아서 계획을 짜보도록 하여라."

이한생은 혼자 외출하지만 동네를 돌아다니는 선에서 그친다. 멀리 나와 바람을 쐬니 기분이 좋은 듯했다.

'바람 쐬러 나오길 잘했네.'

"빌어먹을 운빨X망겜!"

이번에도 뽑기에 실패한 이귀한이 계곡에 돌을 던졌다. 퐁당퐁당 잘도 던졌다.

"그만 놀고 밥 먹어!"

이해기가 가족들을 불렀다.

이보배는 계곡물에 대충 손을 씻고 돗자리에 앉았다.

오리탕은 맛있었다. 육질은 쫀득쫀득하고 국물은 구수하면서 깊은 맛이 났다. 이보배의 점수도 별 다섯 개였다.

"최근에 수사 끝난 사이비 교단이 있는데 거기 본거지가 여기처럼 놀기 좋은 산속이었어요."

"각성?"

최요한이 갑자기 각성 시스템교 얘기를 꺼냈다. 박마노도 아는 척하는 바람에 이보배는 죽을 입에 넣다 뱉었다.

"막내야, 뜨거운 건 후후 불어 먹어라."

"미안. 너무 맛있어서."

"누가 돼지 아니랄까 봐. 크흠흠!"

도둑은 아니지만 제 발 저린 망나니가 공연히 이보배를 비난했다.

이해기는 혹시 동생들이 연루된 것을 들켰나 싶어 웃는 낯으로 솥 바닥을 긁었다.

"건물을 굉장히 잘 지어둬서 본래 용도가 궁금했는데 기숙 학교 용도로 건립했었대요."

"어쩐지 강당이랑 기숙사가 잘되어 있더라. 본관 건물도 좀 그런 느낌이 있긴 했어."

다행히 최요한은 별 의도 없이 얘기를 꺼낸 것이었다.

이보배는 죽을 완전히 식혀 퍼 먹었다.

'학교라니. 듣고 보니 그러네. 학교 건물이었어.'

"학교 하니까 생각나네. 내 친구 다니던 기숙사제 재수 학원도 산에 있었거든."

친구 얘기를 꺼낸 박마노의 안색이 어두워졌다.

박마노는 이해기가 퍼준 죽 그릇을 받았다.

균열의 날, 전 세계인에게 피할 수 없는 불행이 닥쳤다.

종교, 인종, 성별, 연령, 학력, 재력을 가리지 않는 불행에 딱 하나 불공평한 것이 있었다.

지역이다.

각 지역에서 터진 균열의 등급과 종류, 균열에서 튀어나온 몬스터의 등급과 성향에 따라 생존율이 바뀌었다.

산속에 위치한 재수 학원 근처에서 균열이 터졌다면 어린 학생들이 우왕좌왕하는 사이 사망했을 가능성이 높았다.

"좋은 데 가셨을 거예요."

이보배는 진심을 담아 말했다. 너무 뻔하고 지겨운 말이지만 이 말 외엔 떠오르는 것이 없었다.

박마노는 고개를 저었다.

"안 죽었어."

멀쩡히 살아 있는 사람을 갑자기 죽여 버린 이보배가 당황했다.

"죄송해요. 표정이 어두워지셔서 돌아가신 줄 알고."

"떠올리기 싫은 일이랑 엮인 장소거든."

균열의 날 각성해 몬스터와 각성 범죄자를 상대하며 산전수전 공중전 모두 겪은 박마노가 기억하기 싫은 일이라고 한다. 아무도 자세히 묻지 않았다.

"그럼 이제, 오리탕은 다 먹었으니."

각성자가 여섯 명인데 오리탕은 하나였다.

오리가 크고 죽도 있었지만 배 터지게 먹었다곤 볼 수 없는 양이었다.

이귀한은 물론이고 이보배에게도 모자란 느낌이었다.

박마노는 기지개를 켜더니 인벤토리에서 생오리를 꺼냈다. 최요한이 이마를 짚고 신음했다.

"하시게요?"

"해야지. 계속 안 하면 감 잃어."

최요한이 인벤토리에서 꼬챙이를 꺼냈다.

갑자기 무기를 꺼내는 것에 놀란 것도 잠시. 박마노와 최요한이 익숙하게 오리에 기름과 양념을 바르더니 꼬챙이를 꽂기 시작했다.

"먹을 걸로 장난치는 이유가 무어냐, 마법사."

"거 속고만 살았나. 일단 기다려 보셔."

꼬챙이를 다 꽂은 박마노가 오리를 들고 벌떡 일어났다. 돗자리를 벗어나 일행과 거리를 벌리더니 당당하게 외쳤다.

"똑똑히 보아라! 이것이 나 박마노의 최종 비기!"

"과장님 제발."

최요한이 얼굴을 가리고 신음했다. 과잉 충성할 정도로 존경하는 상사가 추태를 보일 때면 부끄럼은 그의 몫이었다.

"뭔지 모르지만 이건 재밌는 거. 무조건 재밌는 거."

식사하는 내내, 심지어 오리 다리를 뜯을 때도 핸드폰

에서 눈을 떼지 않던 이귀한이 박마노를 응시했다.

이해기는 대충 짐작 가는 모양인지 단검을 꺼내 날을 확인했다.

화르세인지는 팔짱을 끼고 심드렁하게 말했다.

"흠, 뭘 하려는지 모르겠다만 일단 봐주도록 하마."

박마노는 꼬챙이를 잡고 집중했다.

박마노의 손과 꼬챙이에서 푸른 스파크가 튀었다. 꼬챙이가 붉게 달아오르더니 오리에서 연기가 피어났다.

"고기 냄새!"

이귀한이 코를 킁킁거리고 반색했다. 최요한이 가까이에서 구경하겠다며 다가가는 이귀한을 붙잡았다.

"가까이 갔다가 눈먼 번개에 맞을 수 있으니 위험합니다. 멀리서 구경하세요."

박마노의 얼굴에 피가 몰렸다. 노릇노릇 구워지는 오리에서 기름이 뚝뚝 떨어지고 박마노의 얼굴에선 땀이 흘렀다.

"개미굴에서 힘 모으던 때보다 더 용쓰는구나. 오리 하나 굽는 게 뭐 힘들다고 저 난리야."

"실제로 과장님은 저게 더 힘들대요. 전력 약하게 유지하고 공격이 사방팔방 나가려는 걸 오리 하나에 집중하고 계신 거니까요."

그렇게 10분을 기다리자 오리 구이 냄새가 계곡에 진동했다.

이 악물고 용쓰던 박마노가 이를 드러내고 웃었다.

"다 됐다! 이것이 진정한 전기 구이 오리! 박번개표 전기 구이!"

박마노가 김이 모락모락 나는 오리 구이를 들고 돗자리로 돌아왔다.

이해기가 미리 준비한 쟁반에 오리를 받아 꼬챙이를 뽑고 단검으로 잘랐다. 배를 가른 오리에서 김이 모락모락 피어나고 고소한 냄새가 퍼졌다.

이보배의 입에 저절로 침이 고였다.

"우와, 진짜 맛있을 거 같아요."

"시중의 전기 구이와 비교하지 말라 이거야. 겉은 바삭하고 속은 촉촉한데 꼬챙이가 꽂혀 있던 곳은 다시 바삭하지."

최요한이 우울한 얼굴로 기름 묻은 꼬챙이를 돌려받았다. 해체가 끝난 오리고기에 이귀한이 가장 먼저 손을 뻗었다.

"이 맛은!"

"겉은 바삭하고 속은 촉촉한데 다시 바삭하다!"

"훗, 아무한테나 해주는 거 아닙니다."

이귀한과 이한생이 엄지를 척 들었다.

박마노가 으스대며 웃었다. 고기 분배를 마친 이해기가

한입 물더니 애잔한 미소를 지었다. 옛 생각이 난 듯했다.

'진짜 맛있다.'

이보배는 이해기가 특별히 엄선해 골라준 부위를 받아먹고 감탄했다. 살면서 먹어본 오리 구이 중에 제일 맛있었다.

"정말 맛있어요."

"전기 오븐으로 굽는 건 진정한 전기 구이가 아니지. 다이렉트로 번개를 꽂는 거, 이게 진정한 전기 구이 아니겠어."

"과장님이 이거 숙달하시느라 잡은 닭으로 양계장 차려도 될걸요."

"다 스킬 숙련을 위한 희생이지. 맛있게 먹어서 넋을 기리자."

박마노가 희생된 가금류를 위해 묵념했다. 기도를 마친 박마노도 오리를 뜯었다.

"사람이랑 괴물만 잡는 줄 알았더니 오리 맛이 기가 막히는구나. 가게 내도 되겠다."

강자에게 약하고 약자에게 강한 망나니가 웬일로 박마노에게 먼저 말을 걸었다. 그만큼 오리고기가 맛있다는 증거였다.

"그러지 않아도 은퇴하면 차릴 생각입니다. 상호명은 〈박번개의 번개 구이〉."

체인점은 전기 속성 스킬을 쓸 수 있는 사람에게만 내줄 거라며 박마노가 은퇴 후 인생 설계를 읊었다.

"내가 일일이 다 구울 순 없으니까 일반 전기 구이는 오븐으로 굽고, 번개 구이만 한정 수량으로 직접 구워 판매할 거야. 비싸게 팔아야지."

'확실히 장사는 잘 될 거 같은데.'

박마노라면 자본금이 부족하지 않으니 음식점도 목 좋은 곳에 크게 차릴 수 있을 것이다.

그렇지만 헌터 아닌 박마노를 상상하니 기분이 이상했다. 은퇴한 박마노를 상상하는 건 더 어려웠다.

"보배는 왜 그래. 맛없어?"

"아니요, 맛있어요. 그냥 은퇴한 마노 선배 상상하려니까 상상이 잘 안 되어서요."

"난 상상 잘 되는데. 한 20년 지금처럼 일하다가 조기 퇴직해서 가게 차릴 거야. 가게 자리도 봐놨다고."

"하하하, 과장님은 농담도 잘하셔."

최요한은 웃었지만 그렇게 재밌어하는 눈치가 아니었다.

박마노를 정점으로 올리기 위해 과잉 충성하는 부하 입장에선 듣기 싫은 농담이었던 것이다.

하지만 박마노는 진지했다.

"농담 아니라 진짜야. 내가 맨날 말하는 거 귓등으로 들었어?"

"정말요?"

최요한이 표정 관리하는 걸 잊을 정도로 당황했다. 그

게 뜬 눈매가 제법 날카로웠다.

"그럼 내가 빈말로 했겠냐? 내가 관리국에 애들 꼬실 때 하는 말이 그거잖아. 연금 받아먹는 거. 실제로 살아서 퇴직해 연금 타먹을 수 있다는 걸 증명해 줘야지."

"저는 과장님을 국회로 모실 생각이었는데요?"

"국 K-1?"

"과장님만 한 인물이 없잖아요. 과장님이 하셔야죠."

박마노가 배를 잡고 웃었다.

"농담도 잘하네! 진짜 웃겼다!"

"농담이 아니라 저 정말 진지해요."

"야, 내가 금배지 달 생각이면 처음부터 관리국 국장 자리를 먹었지 과장 했겠냐? 나 계속 과장으로 있다가 퇴직할 거야."

"그럼 헌터 협회장은요? 지금 협회는 별로지만 과장님이 회장하면 파워가 달라질 거예요."

"고위 공무원 하다가 퇴직하고 협회장 한다니까 되게 별로다."

"감투가 싫으시면 균열 업계 배후의 실세가 되시죠. 과장님이라면 다들 납득할걸요."

최요한은 농처럼 가볍게 말했고 박마노는 두 팔을 비벼 가며 정색했다.

"나 그런 거 진짜 싫어해. 너무 싫어서 소름 돋았잖아."

"그럼 정말 과장으로 퇴직하실 거예요?"

"응."

"정말?"

"진짜에 진짜."

"그럼 과장님을 따거로 모시는 저는 어떻게 되는 거죠?"

"넌 전기 계통 스킬 없어도 체인점 허락해 줄게. 가맹비도 무료. 내가 큰맘 먹었다."

존경하는 상사의 예상치 못한 속마음을 알게 된 탓일까. 최요한의 눈빛이 풍랑 맞은 조각배처럼 요동쳤다.

"이한생 씨는 요즘 어떻습니까? 보배 가게를 돕는댔죠? 훌륭합니다."

박마노는 부하의 혼란을 방치하고 망나니에게 눈을 돌렸다.

"흥, 별거 아니다. 저 돼지가 하도 부족해 조금 손을 거든 것뿐이다."

"아주 훌륭한데, 그렇게 훌륭한 이한생 씨도 이제 슬슬 등록해도 되는 게 아닐까, 그런 생각이 팍 드는데 어떻게 생각합니까?"

"하하, 안 그래도 막내 오빠 상태가 많이 호전되어서 가족끼리 상의한 후에 등록하려고 했어요. 조금만 더 시간을 주시면……."

"사남매 전원 각성자라는 사실이 알려지면 시끄러워질

까 봐 걱정하는 거지? 그건 내 선에서 막아줄 테니까 너무 걱정하지 말고. 빨리하라고 강요하는 거 아니니 느긋하게 해. 느긋하게."

박마노가 '느긋하게'를 강조했다.

'오래 끌긴 했지.'

이한생이 각성한 게 작년 일이다.

박마노가 1년 정도 묵인해 줬으니 더는 미룰 수 없었다.

'능력 들켰으면 이만큼 오래 못 끌었겠지.'

놀랍게도 최요한은 박마노에게 자신이 목격한 화르세인지의 능력을 고하지 않았다.

'개미굴에서 나가자마자 말할 줄 알았는데. 어쩐지 마노 선배가 조용하더라.'

전 세계에 힐러가 한 명도 등장하지 않은 상황에서 힐러일 가능성이 있는 각성자가 등장했다. 박마노가 아니라 누구든 눈에 불을 켜고 달려들 상황이었다.

처음에는 인재 스카우트를 좋아하는 박마노가 조용해 사정을 봐주는 거라 생각했다.

그런데 사실은 최요한이 정보를 전달하지 않은 것이었다.

'요한 씨는 마노 선배에게 과잉 충성하니까 미주알고주알 다 보고할 줄 알았는데. 의외야.'

달리 생각하면 자신의 판단으로 상사에게 보고해야 할

정보를 차단하는 것도 과잉 충성의 일종이다.

이보배는 새삼 올바른 충의 어려움을 깨달았다.

'나는 가족에게 충성한다 이거야.'

국가를 위한 충성은 성실 납세로 충분하다. 결국 이보배에겐 가족이 제일 소중했다.

"조만간 등록할게요."

"균열 터졌을 때나 몬스터 웨이브 때 긴급 소집은 어쩔 수 없지만 일반적인 소집은 면제해 줄 수 있어. 내가 그 정도 힘은 있거든. 너무 걱정하지 말고 등록해. 상태가 영 아니다 싶으면 균열이랑 웨이브 때도 현장에서 빼주니까."

박마노는 말하다가 이한생이 전투계가 아니거나 복합계일 수 있음을 떠올렸다.

"전투계 맞지?"

"맞아요, 그냥 검사예요. 저번에 본 검술은 스킬이에요."

이해기가 적당한 설정을 읊었다.

본래 체키빙 공작가에 전해지는 가전 무술이 스킬로 둔갑했다.

평소라면 대 체키빙 공작가 운운했을 망나니는 박마노를 의식했는지 입을 다물었다.

박마노의 다음 표적은 이귀한이었다.

"이귀한 씨는 아직도 일할 생각 없습니까?"

"나 지금 기분 안 좋은데."

연속으로 뽑기가 망했는데 기분 좋은 사람이 있다면 그게 더 신기한 일이다. 이귀한의 기분은 맛있는 오리고기를 먹어도 풀리지 않았다.

이귀한의 나직한 경고에도 박마노는 굴하지 않았다. 박마노가 능글능글 말을 붙였다.

"그러지 말고 이귀한 씨의 능력을 펼치는 건 어떻습니까?"

"음식점 사장도 능력 낭빈데?"

힘이 있으면 힘을 써야 한다.

박마노의 논리대로라면 그녀의 조기 퇴직과 창업의 꿈 또한 능력 낭비였다.

이귀한의 예리한 지적에 박마노가 당당히 대꾸했다.

"제가 누굽니까. 저 박마놉니다. 지금까지 일해온 만큼 20년 더 일하면 쉴 자격 충분합니다!"

"응, 그럼 나도 충분. 10년 놀 거야."

"어떻게 그런 말씀을! 귀여운 막내가 젊을 때, 막내를 위해서 일해야 하지 않을까요?"

"마노 누나, 형은 우리랑 일에 대한 개념이 달라서 일하라고 하면 안 돼요."

이귀한이 일하면 세계가 멸망한다.

이해기가 끼어들며 이보배에게도 눈짓을 보냈다.

이보배는 박마노의 관심을 돌리고자 적당한 화젯거리

를 찾았다.

'뭐가 있지.'

이보배가 필사적으로 궁리하는 동안 화르세인지가 뜻밖의 손길을 내밀었다.

"전부터 궁금했다만."

망나니가 박마노에게 질문할 것처럼 말했다.

박마노가 즉각 반응했다.

"관리국에 궁금한 거 있어요?"

"나는 네가 공익 광고에 나오는 박마노와 동일인으로 알고 있다."

박마노는 업무용 미소를 짓고 녹음기를 틀어둔 것처럼 말했다.

"안녕하세요, 박마노입니다. 각성자는 괴물이 아닙니다. 여러분의 이웃입니다. 균열 신고는 국번 없이 999. 여러분의 신고가 국가 안보와 내 이웃, 가정을 지킵니다."

"그래, 그거다! 동일인이 맞는데 분위기가 달라 아리송했느니라."

아는 사람이라도 TV에서 보면 낯설게 느껴질 때가 있다.

이한생은 그래서 본인이 다른 사람인데 착각하고 있나 의아해했다.

화르세인지는 의문이 풀려 만족했고 이보배는 그가 던진 떡밥을 야무지게 물었다.

"마노 선배가 실물이 더 낫긴 해."

"에이, 아부는 하지 마. 그때 광고 찍는다고 화장 빡시게 했었는데."

"아뇨, 누나는 항상 예쁘지만 누나가 가장 예쁠 땐 내가 보고 있을 때예요. 볼 때마다 예뻐요."

이해기가 마흔아홉 먹고 깨달은 사실이 하나 있다. 사람은 몇 살을 먹어도 예쁘고 멋있단 칭찬을 좋아한다.

실제로 박마노는 실실 웃었다.

"내가 원래 한 미모 하거든."

"마노 선배는 카리스마도 있잖아요. 너무 멋있어요."

"에이, 자꾸 그러지 마. 자꾸 이러면 내가 저녁에 술까지 쏘고 싶어지잖아."

박마노가 올라가는 입꼬리를 숨기지 않았다.

이한생은 아부에 끼지 않고 다른 의문을 풀기로 했다.

"이 나라에서 손꼽히는 강자라고 알고 있다. 이 나라의 강자들은 모두 프리랜서던데 혼자 아니더군. 이 나라엔 군주도 없는데 어째서 프리랜서 전향을 하지 않고 국가를 위해 일할 생각을 했느냐?"

프리랜서라는 단어는 중세 시대 특정한 주군을 모시지 않고 돈으로 고용되던 기사에서 시작되었다.

실제로 기사와 귀족, 왕이 존재하던 판타지 세계의 체키빙 공자가 프리랜서 운운하니 느낌이 달랐다.

“그 질문 참 많이 들었는데. 아까 떠올리기 싫은 기억이 떠오른 김에 솔직하게 말해 드리자면.”

박마노가 코를 훔치더니 진지한 얼굴로 입을 열었다.

“무서워서.”

일국은 물론이고 세계에서도 거론되는 강자가 공포를 언급했다.

“몬스터를 상대하는 게 무섭다는 얘기는 아닐 터이고. 무엇이 무서운 것이냐?”

이보배가 하고 싶은 말은 이한생이 전부 얘기했다.

그렇다. 이전의 이보배였다면 무섭다는 박마노의 말에 몬스터와 균열이 무섭냐는 생각을 했을 것이다.

빌런의 존재를 모르고 있었을 때의 이야기다.

박마노는 빌런을 상대한다. 시스템이 폐기물 낙인을 찍을 정도로 선을 넘은 빌런은 몬스터나 균열보다 더 두려운 존재였다.

인간의 지혜와 시스템이 준 능력으로 무장한 적이다.

인간의 마음을 알고 이용할 줄 알며 때로 동정과 연민을 구해 도망치려 할 것이다. 죄책감 없이 상대할 수 있는 몬스터와 달랐다.

“내가 재수 학원 다닐 때 세상이 뒤집혔는데.”

박마노가 대한민국 사람이라면 모두가 아는 얘기를 꺼냈다.

혼자 모르는 이한생이 흥미진진하게 듣고 이귀한은 관심 없다는 듯 핸드폰을 두드렸다.

최요한은 인생 설계가 폐기되는 바람에 아직까지 혼란에 빠진 상태였다.

박마노에게 배신당했다고 석양에 외치던 이해기와 비슷한 상태였다.

이보배는 얘기를 경청하기 전 이해기의 안색을 살폈다. 작은오빠가 또 혼자만의 추억에 빠져 있는지 궁금했다.

이해기는 혼자만의 추억에 잠기는 듯했으나 이내 과거이자 미래가 아닌 현재의 박마노에 집중했다.

"내가 균열의 날 당일 각성했거든. 그땐 이런 시스템창도 없었어. 갑자기 '당신은 각성했습니다' 한 문장 딱 들리고 마는데 못 들은 사람도 많을 거야. 진짜 성의 없게 그거 한 문장 들려주고 끝냈거든. 난 영어 듣기 푸느라 집중하다가 용케 들었지. 처음엔 누가 녹음 파일에 장난친 줄 알았는데 비명이 들리더라고."

박마노는 각성 초기부터 강했다. 균열에서 튀어나온 몬스터들은 박마노 선에서 정리할 수 있었다. 강남 지역 피해가 적었던 이유가 박마노 덕분이란 얘기가 있을 정도다.

남들은 생존하느라 급박한 시기에 박마노는 무쌍을 찍었다.

부모님의 안위를 확인한 후엔 아예 원정 나가 몬스터를

사냥했다. 대부분의 균열과 몬스터가 사라졌지만 아직 남은 지역이 있었다.

근처의 각성자가 해결하지 못할 정도로 강한 몬스터가 있다는 제보를 들으면 퇴치하러 갔다.

별다른 이유는 없다. 할 수 있기에 행했다.

"수도권을 대충 정리하니까 지방으로 가자는 얘기가 나왔어. 몬스터 퇴치보단 고립된 사람들 구출이 목적이었는데……."

비각성자는 몬스터를 상대할 수 없다. 필연적으로 각성자, 그것도 전투계 각성자의 힘에 의존해야 한다.

서울과 수도권은 인구가 집중되어 있고 그만큼 다양한 각성자가 있기에 그런 일이 없었으나 지방은 그렇지 않았다.

"소수의 각성자가 물자를 독점하고 비각성자를 노예처럼 부리거나 죽이는 걸 목격했는데 기분 더럽더라. 근데 어쩔 수 없더라고."

박마노는 비양심적인 각성자의 횡포를 목격해 분노했으나 현실의 한계에 봉착했다.

박마노는 잠깐 들렀다 떠날 사람이고 저들은 계속 이곳에서 살아갈 사람들이다. 지방까지 치안이 완벽하게 회복되면 모를까 그전엔 각성자를 건드릴 수 없었다.

다행히 얼마 지나지 않아 통신이 회복되었다. 치안도 회복되었다.

각성자들은 전투와 균열 공략을 돈벌이로 보기 시작했다. 다시 균열이 터질까 염려하던 사람들은 안심하여 재건에 힘썼다.

박마노는 변함없이 강했기에 계속 강한 몬스터나 균열 등장 제보를 받았다.

대학은 포기했다. 부모님은 이해해 줬다. 힘을 지녔으면 그만큼의 의무도 져야 한다며 적극적으로 지지했다.

"광주 쪽에 마감 임박한 균열이 있는데 근방 헌터들이 모두 실패했다고 제보가 왔어. 열심히 가보니까 이미 공략되어 소멸했더라고. 헛걸음한 셈이지만 다행이다 싶은데 사람들 반응이 이상해. 싸해. 혹시나 싶어 물어봤더니 역시나."

강한 각성자가 압제를 펼치며 물자와 재화를 독점하고 있었다.

"그런 깡패 새끼들이라도 없는 것보다 나았다는 건 인정해. 없었으면 다들 저항 한번 못 해보고 죽었을 테니까. 보호의 대가로 금전이랑 노동력을 제공받는 것도 이해해. 호의가 계속되면 권리되는 거 나도 당해봤거든. 그런데 그건 치안이 안정되기 전까지의 얘기고. 통신 잘 되고 도로도 복구 완료한 뒤에까지 그러면 안 되지."

박마노는 역시나 화가 났지만 그렇다고 그 깡패를 조질 생각은 하지 않았다.

의도야 어쨌든 마감이 임박한 균열을 공략하고 몬스터를 처치해 주민들을 지켜줬기 때문이다.

박마노가 깡패의 주거지라는 기숙사제 재수 학원을 찾아간 건 친구가 그 학원에 다녔기 때문이다.

박마노는 정말 깡패를 쥐어팰 생각이 없었다. 그러지 말라고 말은 해보겠지만 무력으로 제압할 생각은 하지 않았다.

"근데 새끼가 거기다 아방궁을 지어놓은 거야."

산 좋고 물 좋고 공기 좋은 곳에서 공부 열심히 하라고 지어둔 재수 학원이 깡패의 하렘이 되어 있었다.

하렘 멤버 중엔 강제로 끌려온 사람도 있었다. 이것만 해도 기가 막힐 노릇인데 깡패는 대단한 새끼였다.

"그 새끼가 나한테 이러는 거야. '박마노 님의 위명은 익히 들었습니다. 제가 박마노 님을 도울 테니 서울을 손에 넣는 건 어떠십니까. 저와 뜻을 함께한 동지들이 있습니다. 힘이 되어드릴 겁니다. 새 시대의 왕이 되시는 겁니다'."

박마노가 다시 말해도 믿을 수 없다는 듯 두 손을 볼에 갖다 대고 경악했다. 뭉크의 절규를 완벽 재현했다.

"미친 거 아니냐? 그때 돋은 소름이 아직도 등에 남아 있다니까. 내가 그 말 듣자마자 패기 시작해서 꼬박 이틀을 팼는데 아직도 일주일 못 팬 게 한이 남아."

실로 미친 소리였다.

듣는 이보배도 소름이 돋는 것 같았다. 하지만 신분제가 존재하는 세계에서 오신 체키빙 공자님은 의견이 달랐다.

"하렘이라니 기분 나쁜 일이 맞다만, 난세에 군웅할거라고 세를 모으는 건 지극히 당연한 일이다. 그리고 지금까지 나온 얘기로는 어째서 무섭다는 건지 이해할 수 없다."

하늘 천 땅 지 가마솥에 누룽지밖에 모르는 이한생이 문자를 썼다.

이보배는 다른 의미에서 소름이 돋았다.

"성질 급하기는. 이제부터가 본론이니까 잘 들어보십시다."

박마노는 깡패를 이틀 동안 조져놓고 길게 탄식했다.

'사람들이 헌터는 다 이런 놈밖에 없다고 생각하면 어떡하지?'

박마노가 만난 헌터는 대부분 상식인이었다. 지가 진시황인 줄 알고 아방궁 차린 또라이는 소수에 불과했다.

하지만 소수의 시끄러운 또라이가 상식적인 다수를 짓밟고 집단을 대표하기도 한다.

만약 이런 또라이들이 헌터를 대표하는 이미지가 된다면?

만약 후발 헌터들이 저런 또라이 사상에 찬동한다면?

만약 어느 날 갑자기 힘이 주어졌던 것처럼 어느 날 갑자기 힘이 사라진다면?

그때 소수의 또라이에게 희생당한 사람들이 힘이 없어진 헌터들을 내버려 둘까?

박마노는 엄습해 오는 공포에 몸을 떨었다.

"흠, 보복이 무서웠다는 얘기구나."

"그게 전부는 아닙니다."

"말해보거라."

"나야 운이 좋아서 각성했지만, 각성 안 한 사람이 더 많지 않습니까."

"그야 그렇지."

"사실 내가 구출한 친구랑 그렇게 친한 사이는 아니었어요. 그냥 같은 반이었고 똑같이 재수한다고 하니까 가끔 연락하는 정도? 그런데 광주 간다고 하니까 걔를 꼭 봐야 할 것 같더라고. 그게 왜 그랬냐면."

박마노가 쓰게 웃었다.

"걔가 좀 예뻤거든. 아이고, 재수생이라 어른보단 애에 가깝고 부모님은 멀리 계신데 심지어 애는 예뻐. 쓰리 스트라이크잖습니까. 나처럼 각성이라도 했으면 몰라, 걔는 각성도 안 했는데 하필 꿈이 진시황인 또라이가 학원을 점거한 겁니다."

박마노를 정말 슬프게 한 건 구출된 친구가 한 말이었다.

"세상이 변했으니 어쩔 수 없다고 말하는데, 내가 혈압이 치솟는 겁니다. 아니, 솔직히."

박마노가 목에 핏대를 세웠다.

"솔직히 힘 센 놈 눈치 봐가며 설설 기는 게 바뀐 세상의 논리라 치면. 내가 더 센데, 내 눈치를 봐야지. 왜 나보다 약한 새끼들이 지랄하냐 이겁니다!"

박마노는 그 길로 전국을 유랑했다. 강한 몬스터가 아닌 진시황 꿈나무의 싹을 밟아주기 위한 원정이었다.

다행히 그녀의 의견에 동조해 주는 헌터가 많아 원정은 순조로웠다.

그렇게 진시황 꿈나무들의 싹을 싹둑싹둑 자르던 차에 누군가 말했다.

"근데 이거 불법 아니에요?"

그래서 박마노는 관리국을 만들었다.

"합법적으로 조지려고 국가의 녹을 받는 관리가 되었구나!"

"바로 그겁니다!"

각성자 내부의 자정을 위해 법대로 조지고자 만든 것이 관리국이었다.

"내가 기본만 지키면 상대가 선을 넘었을 때 거리낌 없이 팰 수 있다 이거죠."

"관리국 설립에 반대하는 자는 없었느냐?"

"균열의 날 초기처럼 세계 종말이다 아포칼립스다 뭐다 했으면 반대하는 사람이 좀 있었겠지만…… 재건할 수 있다는 확신이 드니까 대부분 찬성했습니다."
최요한이 폭로하듯 말했다.
"그때 반대표 꺼내면 공공의 적이 되는 분위기라 대놓고 말 못 한 사람들이 전부 과장님 적이 되었잖아요."
"반대하는 놈들 논리대로면 우리나라에서 나랑 빙제가 찬성했으면 끝이지. 싫으면 나나 빙제보다 세지든가. 검성 영감 봐라. 나보다 세지만 별말 안 하잖아."
박마노는 검성 얘기를 할 때면 으레 그렇듯 어금니를 빠드득 갈았다.
관리국에서 담당한 첫 귀환자 고진수에겐 참 할 말이 많았다. 그런 검성도 표면적으론 관리국에 맞춰주고 산다.
"인프라는 인프라대로 누리고 싶으면서 갑질은 하고 싶고? 정 싫었으면 시스템 제국으로 이민 갔겠지. 한국 뜨긴 싫으면서 우는소리 하는 거잖아."
"역시 과장님이 국회로 가셔야겠네요!"
"진짜 안 간다니까. 킹메이커 놀이 하고 싶었으면 검성한테 갔어야지."
박마노는 친근했던 말투를 버리고 엄중히 경고했다.
"나 몰래 개수작 부리지 마라. 믿는다, 요한아."
내내 부드럽게 웃고 있던 최요한의 눈동자가 흔들렸다. 아주 잠깐이지만 이보배는 보았다.
최요한은 속내를 짐작하기 어려운 미소를 짓더니 갑자

기 탄산음료를 원샷했다.

"크으."

달콤한 탄산음료를 독주처럼 들이마신 최요한이 오리구이를 씹었다. 속 모를 미소가 사라지고 체념한 미소가 남았다. 혼란스러웠던 마음을 다잡은 듯했다.

'다행이네.'

이보배가 최요한을 물끄러미 응시하는데 박마노가 그녀의 손을 잡았다.

"보배야, 보배는 뒤에서 개수작 안 부리고 법 잘 지키는 준법 시민 할 거지? 법 어겨도 경범죄만 저지를 거지? 언니는 믿는다."

"그럼요, 당연하죠."

이보배는 냉큼 대답했다. 당장 떠오르는 것만 꼽아도 양심에 걸리는 사건들이 있었지만 모두 잊었다.

이보배는 실시간으로 세계를 지키고 있으니 소소한 경범죄는 상쇄될 것이다.

"너한테 행패 부리는 전투계 패는 건 괜찮아. 네가 때려봤자 얼마나 아프겠니. 아이고, 이 고사리 같은 손 좀 봐."

"우리 막내 손이 좀 예쁘지."

"예쁘긴 뭐가 예쁘냐. 돼지 족발이지."

이보배의 손을 만지작거리던 박마노가 히죽 웃었다.

"한 대 때려볼래? 그동안 우리 사이가 얼마나 깊어졌는지 볼까?"

야망을 포기하고 현실로 돌아온 최요한이 박마노를 말렸다.

"과장님, 술도 안 드셨으면서 어디서 추태를."

"보배야, 말해도 돼?"

"네, 괜찮아요."

박마노가 이보배에게 '〈사랑의 매〉 얘기 해도 돼?'란 눈빛을 쏘아 보냈다.

이보배는 흔쾌히 승낙했다. 박마노는 최요한에게 〈사랑의 매〉 스킬에 대해 설명하기 위해 일어나다가 생각을 바꿨다.

"일단 당해보자. 그게 이해가 빨라. 보배야, 한 대 시원하게 쳐줘."

최요한이 당황하면서도 박마노가 시키는 대로 이보배 앞에 앉았다.

이귀한이 불만스러운 듯 인상을 썼다.

"안 되는데, 우리 막내 사랑은 나랑 동생들 전용인데."

"나도 동감하지만 최요한은 형이 지지하잖아. 궁금하지 않아?"

"씁, 궁금하니까 이번만 봐준다."

"흠, 다른 사람을 패는 건 처음 보니 궁금하긴 하구나."

이귀한이 불만을 표하다가 호기심에 굴복했다.

이보배는 자신의 의견도 듣지 않고 멋대로 진행되는 바

람에 당황했지만 곧 침착해졌다.

'야유회에서 장기자랑으로 차력 쇼 한다고 생각하지 뭐.'

〈가장의 위엄〉은 범용성이 높아 여러 번 사용했지만 〈사랑의 매〉는 스킬이 통하는 사람이 한정적이라 오빠들 말곤 써본 적이 없었다.

딱 두 번, 박마노에게 시험해 본 게 전부였다.

"이건 그러니까."

"설명은 나중에 하고 일단 쳐!"

〈사랑의 매〉 스킬에 대해 설명하려는 이보배의 입을 박마노가 막았다.

예의가 아닌 듯싶지만 때린 후 빨리 설명하면 된다고 생각하며 이보배는 최요한을 때렸다.

맞은 최요한이 뜻밖의 통증에 놀란 것을 참고 눈을 깜빡였다.

모두가 그의 소감을 기다렸다. 입 막힌 이보배만 빼고.

"아프냐?"

"아니요, 그렇게 아프지는……. 하나도 안 아픕니다."

"자세히 말해봐."

"제가 동렙 대비 물리 방어력이 낮아서 그런지 살짝, 아주 살짝 아픈 것 같기도 하고. 별로 아프지 않습니다."

사실은 꽤 아팠지만 최요한은 거짓말을 했다. 최요한을 위해 변명을 적자면, 전투계 각성자 중에 생산계에게 맞아

아프다고 하는 사람은 없을 것이다.

심지어 좋아하는 사람이 때렸는데 곧이곧대로 아프다 말하는 사람은 눈 씻고 찾아도 없을 것이고.

호감 품은 상대 앞에선 강해 보이고 싶은 것이 사람 마음이다.

그러거나 말거나 박마노는 배를 잡고 웃었다. 이해기는 비실비실 튀어나오는 비웃음을 참느라 입을 틀어막았다.

"큽, 별로, 안, 아팠, 크하하!"

"에잉, 왜 안 아파. 좀 더 아파도 되지 않나?"

이귀한은 본인이 지지하는 매제 후보가 별로 아프지 않았다는 데 실망했다.

통증의 크기는 곧 사랑의 크기. 별로 아프지 않다는 이야기는 곧 이보배가 최요한을 별로 좋아하지 않는다는 말이다.

"뭔가 수상하다. 돼지 네가 약하게 때린 것 아니냐?"

"이건 조절 불가능하다고 몇 번을 말해."

때린 이보배도 뭔가 이상하다 싶었다.

이보배는 확실한 비교를 위해 옆에서 바닥을 구르는 박마노를 때렸다.

"아얏! 주먹 저번보다 매워졌는데?"

"이상하네요. 마노 선배만은 못해도 요한 씨에게도 정말 많이 들었는데. 이렇게 차이가 나나."

"막내야, 나나! 나 때려줘! 나 때려야 해!"

호시탐탐 동생의 사랑을 확인하고픈 이귀한이 기회를 놓치지 않았다.

비교군은 많을수록 좋기 때문에 이보배는 큰오빠를 찰싹 때렸다.

“끄아아아악!”

이귀한이 막내의 사랑에 기쁨의 비명을 지르며 자갈밭을 굴렀다. 뾰족한 자갈이 안구를 터뜨려도 이것보단 아프지 않을 터였다.

“보배야, 나는?”

“됐거든요. 막내 오빠도 한 대 때려줄까?”

“나야말로 됐느니라! 꺼져라!”

돌아가는 상황이 이런데 수상한 기미를 알아채지 못했다면 별명으로 여우를 쓸 자격이 없다.

최요한은 금방 알아차렸다.

‘이거 아플수록 좋은 거구나!’

“잠시만요. 제가 그래도 관리국 헌터인데 생산계인 이보배 씨에게 맞아 아프다고 하면 체면 없어 보일까 봐 거짓말한 겁니다. 꽤 아팠습니다.”

뒷북치는 자의 이야기는 들어주는 이가 없었다.

외로운 최요한에게 이보배가 〈사랑의 매〉에 대해 설명했다.

최요한은 목소리는 점잖게, 하지만 목엔 핏대를 세워가

며 부연했다.

"아팠습니다. 믿어주세요. 초등학교 6학년 남자애가 전력 질주하면서 아무렇게나 내지른 주먹에 명치를 직격으로 맞은 만큼 아팠습니다."

묘하게 구체적인 예시가 설득력을 더했으나 아무도 믿지 않았다.

〈사랑의 매〉가 선사하는 고통의 크기는 본인 말곤 아무도 모르기 때문이다. 비교할 수 있는 대상은 오직 하나. 과거의 자기 자신밖에 없다.

"정말 아팠습니다. 최근에 맞은 주먹 중에 제일 아팠어요. 아까 과장님이 깨뜨린 제 야망만큼 아팠습니다."

"아유, 참. 별거 아닌데 이게 뭐라고 신경 쓰게 해드리나 몰라요. 죄송합니다."

이보배에게 사랑받는다고 인생이 바뀌는 것도 아니거늘. 아팠다고 과장해 주니 친분이 깊어진 것 같아 기분 좋았다.

최요한은 박마노를 데리고 멀찍이 이동했다.

관리국 일로 나눌 얘기가 있는 듯했다. 바짝 달라붙어 쑥덕이는 둘의 뒷모습을 보고 있자니 절로 이런 생각이 들었다.

'천벌 콤비는 참 사이가 좋구나.'

흐뭇하게 천벌 콤비를 응시하는 이보배 옆에 이해기가 앉았다.

"질투해?"

"아니, 오늘만큼은 악수를 둔 이에게 동정을 보내련다."

이해기가 이보배의 머리에 손을 얹었다. 오리 해체하면서 묻은 기름은 닦고 쓰다듬는지 의심스러웠다.

"보배야, 네 스킬은 네가 모르고 있는 애정의 깊이도 확인할 수 있다는 가능성을 품고 있다."

"음……. 그럴 수도 있겠네."

이보배는 상대에게 별다른 정이 없다고 여겼는데 맞은 사람이 심하게 아파하면 그렇게 좋아했나 싶어 정이 깊어질 수 있다. 가능성이 농후했다.

"모르고 있던 사랑의 크기를 확인하는 건 반가운 일이지만 반대로도 생각해 봐야 한다. 너는 그 사람을 많이 좋아한다고 생각했는데 맞은 사람이 별로 아파하지 않으면 어떻겠니?"

"내가 이 사람을 좋아하는 게 착각이었나? 이런 생각을 하겠지?"

"그래. 사람은 눈에 보이고 손에 잡히는 것에 약해. 네가 품은 마음이 어떻든 눈앞에 결과가 닥쳐오면 착각하게 되고, 그게 진짜였다고 마음이 움직일 수도 있는 거야."

오늘은 진국 모드를 오래 유지할 생각인 듯했다.

이보배는 이해기가 하는 말을 새겨들었다.

"상대의 반응에 연연하지 말렴. 네 생각과 네가 품은 마음에 따라. 시스템은 완벽하지 않아. 알겠지?"

"응. 알았어."

피가 되고 살이 되는 조언이었다.

이보배는 슬쩍 뒤통수를 만졌다. 상온에서 응어리진 오리 기름이 잡혔지만 용서해 주기로 했다.

슬프게도 이해기는 진국 모드를 오래 이어가지 못했다.

"나중에 너에게 맞은 최요한이 형처럼 바닥을 구르더라도 절대 속아선 안 된다. 네가 최요한에게 품은 감정은 딱 이만큼. 하나도 안 아플 만큼이다. 오늘을 잊어선 안 돼."

이보배는 고개를 돌려 작은오빠를 보았다.

꼭 그 말까지 해야 했냐는 눈빛을 짓자 이해기가 입을 다물고 고개를 끄덕였다. 맞고 싶어서 한 소리인 게 분명하니 때려선 안 된다.

하지만 너무나도 매를 부르는 말이었다.

결국 이보배는 한숨과 함께 주먹을 들었다.

"에라, 인간아. 결국 매를 벌어요."

그렇게 맞는 게 소원이라면 때려주는 수밖에.

이보배의 주먹이 이해기의 어깨에 닿자 우렁찬 비명이 산에 메아리쳤다.

외전 11. 사계절 길드

대한민국을 대표하는 5대 길드에서 단독으로 우뚝 선 사계절. 그런 사계절 길드의 길드 마스터 회의실에 짙은 패배감이 맴돌았다.

[이보배 씨, 이날 시간 괜찮으십니까? 전 한가합니다.]
[다행이네요! 푹 쉬시고 즐거운 휴일 되시기 바랍니다!]

질풍 방패 추효풍이 신음했다.
"와, 이건."

[안부차 뵐까 하는데 시간 되십니까?]
[저는 잘 살고 있습니다. 저 때문에 한현우 씨 시간을 낭

비할 순 없죠. 푹 쉬세요!]

광전사 나여름이 이마를 짚었다.

"가망이 없어."

[이보배 씨, 다음 주 토요일에 시간 있으십니까? 괜찮으면 식사라도.]

[정말 죄송해요, 제가 그날 선약이 있습니다. 마노 선배, 요한 씨와 교외로 외출합니다. 한현우 씨도 가끔씩 쉬어주세요.]

A급 헌터 둘과 S급 헌터 하나를 좌절케 한 원흉, 이보배와 한현우의 문자 내역은 모두를 충격과 공포로 몰아넣었다.

빙제 류시우는 가족 같은 동생에게 상처 주지 않도록 조심스럽게 말을 골랐다.

"현우야, 너는 정말, 이게 널 피하는 게 아니라고 생각하는 거야?"

"네, 해기 형이 아니랬어요. 순수하게 절 위하는 마음에서 쉬라고 하는 거래요."

"그 증언 믿어도 돼?"

"해기 형은 거짓말 안 해요."

한현우의 올곧은 눈을 본 나여름이 문제의 문자 내역을 다시 살폈다.

"혹시 네 마음을 알아채고 돌려서 거절하는 건 아닐까?"

"그것도 아니래요."

한현우는 이해기가 제공해 이보배가 시식하던 김치 국물을 본인이 내팽개쳤단 사실을 몰랐다.

'이게 일부러 외면하는 게 아니라고?'

길드 마스터 회의실에 재차 침묵이 드리웠다. 돌려 거절한 게 아니라면 이 철벽을 어떻게 받아들여야 하는가.

다양한 경험을 했지만 현실 연애 경력 0년을 자랑하는 추효풍이 참다못해 말했다.

"철벽이 내 물리 방어력보다 높다. 이거는 못 깬다. 나보다 탱 잘하는데."

"시우도 한 철벽 했지만 이 정도는 아니었어."

나여름은 눈을 감고 고개를 저었다. 공략 포기 선언이나 마찬가지였다.

류시우가 난색을 표했다. 그는 거듭 확인했다.

"우리도 네 청춘을 응원하지만 이건 정말, 너한테 호감이 티끌만큼도 없는 것 같은데?"

"그래, 가망이 없어."

"호감은 있어요."

"누가 그러던."

"해기 형이요."

"이 대화를 보고 호감이 있는 것처럼 보이면 너 병원 가야 한다. 이해기 씨 손 잡고 같이 가자."

류시우는 가족 같은 동생이 첫사랑에 미쳤나 싶어 진심으로 말했다.

한현우의 차돌처럼 단단하고 새까만 눈이 살짝 흔들렸다.

"해기 형이 그러는데 제가 갑자기 밥 먹자고 한 날 같이 못 먹어서 보배 씨가 안타까워했대요. 저랑 밥 먹을 수 있으면 꼭 같이 먹어서 제대로 먹는지 봐야 하는데 그러지 못했다고."

"그건 이보배 씨가 네 엽기 식단을 목격해서잖아."

매사에 효율을 중시하는 한현우는 밥 먹는 시간이 아까워 셰이크로 끼니를 대체하는 날이 많았다.

그 셰이크는 닭 가슴살, 칼로리 바, 우유, 비타민, 각종 영양제를 갈아 만든 지옥의 음식이었다.

"네가 PK한 사람들도 그거 보면 너한테 밥 사주려고 할걸."

류시우가 한현우의 나쁜 식습관에 일장연설을 늘어놓으려는 걸 나여름이 가로막았다.

"다르게 생각해 보자. 이보배 씨는 〈독 내성〉을 얻었으면서도."

잊고 싶은 기억에 류시우가 헛구역질하며 입을 틀어막

았다.

말을 꺼낸 나여름의 안색도 좋지 않았다.

추효풍은 아예 명상을 시작했다.

"현우가 굶지 않았으면 좋겠고, 식사를 챙겨주고 싶을 정도의 호감이 있어."

"한국인 종족 특성이지."

"그런데 현우를 어렵게 생각해. 자기 평가가 낮고 현우에 대한 평가가 너무 높아. 이러니 만나기가 어려울 수밖에 없지. 현우가 자신과 만나는 걸 시간 낭비라고 생각하고 있을 테니까."

한현우가 홍일점인 나여름의 분석을 조용히 경청했다. 그러다가 시간 낭비 대목에서 불만을 표했다.

"시간 낭비 아닌데."

"그걸 알려주기가 어렵지. 이건 장기전을 각오해야 해. 꾸준히 시간을 같이 보내면서 둘이 같이 있을 때 현우가 행복하고, 얻는 게 많다는 걸 알려줘야 하거든. 직접적으로 언급하면 안 되고 암시로."

실로 유용한 분석과 결과였지만 문제가 있었다.

한현우가 이보배와 제대로 된 약속도 못 잡고 있다는 현실이었다.

류시우가 그 부분을 지적했다.

"여름아, 그건 어장도 못 들어간 물고기에게 어장 주인

호감 사는 법을 알려주는 거잖아."

현재 한현우의 입지는 태평양 연어다.

이보배의 눈에 띄긴 했으나 이보배의 물고기가 아닌 자유로운 자연산 연어였다.

한현우의 목표는 이보배의 어장에 진입해 양식 연어가 되어 최종적으로 이보배 식탁 위 연어 스테이크가 되는 것이었다.

나여름은 남자 친구의 지적에 고개를 끄덕였다.

"자존감이 낮고 현우를 어렵게 생각하니까 강제로 약속 잡으면 거절하지 못할 거야."

"그렇지만 계속 거절하는데요, 여름 누나."

"그건 거절할 수 있는 확실한 이유가 있었잖아. 이해기 씨에게 일정을 물어봐서 한가한 때에 갑자기 만나자고 하면 거절하지 못하고 나올 거야."

"그건 싫어요. 보배 씨는 저보다 더 원대한 목표를 갖고 불철주야 노력하고 있는데."

한현우는 이보배의 포션 연구 시간이 1일 여덟 시간으로 제한되고 있는지 몰랐다.

엘릭서 제작을 꿈꾼 자신보다 더 원대한 라스트 엘릭서 제작을 꿈꾸었으니 아주 효율적으로 일정을 짜 생활하고 있다 지레짐작했다.

'그래서 연락도 심사숙고해서 하는데.'

"보배 씨를 방해하고 싶지 않아요."

한현우의 말에 나여름이 손가락을 튕겼다.

"이보배 씨가 네 제안을 거절하는 심리가 그거야. 짐작 가지?"

"그럼 어떻게 해요, 여름 누나?"

한현우는 이보배를 방해하고 싶지 않았고 이보배도 한현우를 방해하고 싶지 않아 한다.

동시에 한현우는 이보배와 사귀고 싶다. 이보배에게 잘해주고 싶다. 이보배와 가능하면 백년해로하고 싶다.

이보배와 함께 격변한 세상의 진리를 탐구하고 싶고 가능하다면 이 세계의 엔딩을 보는 그날까지 곁에 있고 싶었다.

참고로 세이브 로드가 불가능한 운빨X망겜 인생 온라인의 엔딩은 죽음이다.

한현우는 죽음이 둘을 갈라놓기 전까지 이보배와 함께하고 싶었다.

"너와 이보배 씨의 시간이 아깝지 않을 만큼 즐겁거나, 유용한 일. 너와 보배 씨의 연구를 방해하지 않거나 도움이 되는 일을 미끼로 내밀어. 치명적인 보상을 내거는 것도 좋겠지."

그러니까 그걸 어떻게 해야 하냔 말이다.

한현우와 류시우가 동시에 얼굴을 찌푸렸다. 명상 중인

추효풍의 얼굴만 태평했다.

나여름은 한현우의 얼굴 주름을 펴고 영화의 명대사를 읊었다.

"그녀에게 거절할 수 없는 제안을 해."

위이이잉.

청소기 돌아가는 소리에 주말 아침부터 집이 시끄러웠다.

이보배는 시끄러워서 잠에서 깼다.

"작은오빠, 청소 이따 하면 안 돼?"

"미안, 시끄러워서 깼구나? 그런데 안 되겠다. 이따 현우가 오기로 했거든."

"손님 오는구나. 누가 온다고?"

"현우."

"내가 아는 현우?"

"너도 알고 나도 아는 현우."

존경하는 한 선생님이 방문하신단 얘기에 이보배의 눈이 번쩍 뜨였다.

이보배는 눈을 크게 뜨고 사방을 살폈다. 집은 이해기가 청소해서 깔끔했다. 한 선생님께 보여 드려도 부끄럽지 않았다.

한현우가 오면 집 말고 사람도 보게 된다.

먼저 첫째인 이귀한을 보자. 이귀한은 한없이 인간에서 멀기 때문에 더러워지지 않는다. 육신은 늘 깔끔하고 피부는 돌잡이처럼 곱다. 옷은 외부 오염이 아니면 세탁할 필요가 없으며 자세는 구부정하지만 체격이 좋아 트레이닝복만 입고 있어도 단정해 보였다.

차남 이해기는 어떠한가. 이해기는 아침 일찍부터 부산떨며 집을 청소했다. 빌어먹을 군복을 또 꺼내 입었지만 일찍 일어나 활동해서 그런지 깔끔했다.

이한생? 그는 언급할 필요도 없었다. 그는 성신의 사랑을 받는 체키빙 공작가의 유일한 후계자로서, 늘 의복에 심혈을 기울였다. 지금 당장 강남 대로에 던져놔도 부끄럽지 않을 수준이다.

진짜 부끄러운 사람은 바로 여기 있었다.

이보배는 찬찬히 자신의 모습을 살폈다. 수면 바지, 목이 늘어난 티셔츠는 갈아입으면 된다.

하지만 산발한 머리와 개기름 흐르는 얼굴은 머리털과 피부를 뜯지 않는 한 수습이 불가능했다.

지금 당장 씻어야 해!

이보배는 수도꼭지가 아닌 이해기의 멱살을 잡고 흔들었다.

"어디까지 왔는데? 언제 오는데?"

"올 시간 다 된 것 같은데."

"안 돼!"

이보배는 두 뺨을 때리고 절규했다.

본인의 뺨이 아니라 이해기의 뺨을 때려서 그런지 손바닥만 아팠다.

이보배는 〈사랑의 매〉로 이해기의 팔뚝을 후려쳤다.

"나한테 말해줬어야지!"

"으아악! 가족 대화방에 공지했다! 부당 폭력 반대!"

"중요한 건 나한테 따로 알렸어야지! 오빠들이 맨날 게임 초대 문자랑 쓸데없는 사진이나 올리는 대화방을 누가 본다고 그래!"

"쓸데없는 사진이라니! 내가 엄선한 예쁜 그림인데 어떻게 그런 말을 할 수 있니!"

"시끄러워, 나 바빠!"

이보배는 이해기를 몇 대 더 후려치고 화장실로 뛰어갔다.

화르세인지는 부리나케 달려가는 이보배와 부딪칠까 무서워 벽에 달라붙었다.

이귀한은 덤으로 맞을 수 있을까 싶어 근처를 얼씬거렸지만 끝까지 동생의 주먹이 닿지 않자 실망하고 둘째에게 관심을 돌렸다.

"둘째야, 살아 있니?"

"억울해……."

이해기가 억울하거나 말거나 초인종이 울렸다. 한현우가 도착한 것이다.

평소라면 이해기나 이보배가 문을 열어주고 사람을 응대하겠지만 둘 다 행동 불능 상태.

결국 망나니가 나섰다.

"어서 오너라. 이곳은 이보배가 다스리는 이씨 가문의 저택이다. 방문자여, 네 이름과 방문 목적을 밝혀라. 가문의 규칙에 따른다면 융숭한 접대를, 불응한다면 피를 보게 될 것이다."

NPC 같은 환영사에 한현우는 저도 모르게 도울 일이 있냐고 물어볼 뻔했다.

무슨 일이 있냐는 질문을 던지면 NPC가 '주위에 이상한 일이 생긴다'라고 말하며 퀘스트를 내주는 것이 게임의 정석이었다.

"안녕하십니까, 이한생 씨. 한현우라고 합니다."

"현우야, 들어와!"

집 안에서 이해기가 들어오라 외쳤다.

한현우는 들어가려 했으나 이한생이 수문장처럼 현관을 가로막았다.

"이 집의 주인은 씻는다. 과년한 처자가 씻고 있는데 외간 남성을 들일 수 없으니 다 씻을 때까지 기다려라."

"알겠습니다."

한편 이보배는 천하의 전투 연금이 집도 아니고 집 밖에서 기다리고 있다는 사실을 모른 채 부지런히 움직였다.

'미친, 미친, 미친, 미친.'

대피소 시절 온수 나오는 시간이 정해져 있어 3분 만에 씻을 때와 비슷한 속도였다.

'진짜 이해기 죽여 버려. 아니지, 죽이는 건 안 되고 반만 죽여 버려. 어떻게 한 선생님 오시는 걸 숨길 수가 있어.'

이보배의 얼굴을 타고 뜨거운 물이 흘렀다. 대부분이 수돗물이지만 이보배는 자신의 눈물도 섞였다고 확신했다.

'내가 볼 낯이 없다, 진짜!'

이보배가 본 한현우는 언제나 단정했다. 한 치의 흐트러짐도 용납하지 않아서 꼭 드라마 주인공 같았다.

이한생을 강남 대로에 던져놔도 된다면 한현우는 맞선이나 소개팅 자리에 던져놔도 된다.

진짜 무서운 점은 한현우가 더럽게 바쁘다는 사실이다.

더럽게 바쁜 와중에도 사계절의 대표로서 늘 단정한 그가 하는 일도 없으면서 추레한 이보배를 보고 무슨 생각을 하겠는가?

'한심하게 보겠지.'

다 씻은 이보배는 머리를 대강 말렸다. 뻗치는 머리를 꾹꾹 누르고 급하게 옷을 찾아 입었다.

1층으로 내려오니 현관이 열려 있고 집 앞에 한현우가 서 있었다.

'다행이다, 딱 맞췄어.'

이보배의 얼굴에 절로 미소가 번졌다. 이보배는 두 팔 벌려 한현우를 환영했다.

"어서 오세요, 한현우 씨. 지금 오셨나 봐요."

현관에서 8분쯤 기다린 한현우가 고개를 끄덕였다.

"안녕하십니까, 지금 막 도착했습니다."

"얼른 들어오세요. 막내 오빠는 아시죠?"

"실례하겠습니다."

한현우가 구두를 벗고 이씨 남매의 집에 입성했다. 그의 차림새는 오늘도 완벽했다.

'볼 때마다 옷을 잘 입는단 말이야. 센스가 좋은가.'

이보배는 한현우가 미래 패션인 헌터 룩의 선발 주자가 아닐까 생각하다가 곧 정정했다.

'시사회 때 완전 무장하려던 걸 길마가 말렸다고 했었지. 얻어걸렸거나 주위에서 챙겨주나 보다.'

사계절 길드의 대표니만큼 전문 코디네이터를 고용했을 수도 있다.

한현우는 인벤토리에서 큰 상자 두 개를 꺼냈다.

"약소하지만."

"뭐 이런 걸 다."

"그래, 현우야. 이런 거 없이 편히 놀러 와도 돼."

한현우의 약소한 선물 중 하나는 한우 선물 세트고 다른 하나는 겉으로만 봐선 내용물을 알 수 없었다.

이보배는 한현우를 이해기에게 맡기고 싶었지만 이해기가 상자를 들고 부엌으로 들어갔다.

결국 이보배가 한현우를 거실 소파로 안내했다. 한현우는 소파를 극구 사양하고 바닥에 앉았다.

이귀한은 익숙하게 소파를 차지했고 화르세인지는 2층으로 올라갔다.

"잘 지내셨죠?"

"무탈했습니다. 이보배 씨야말로 어떠셨습니까."

"저는 아주 성실하게 열심히 살고 있었습니다."

이보배와 한현우 사이에 어색한 대화가 오갔다.

다행히 어색한 시간은 금방 끝났다. 이해기가 다과를 가져왔기 때문이다.

"너는 무슨 약소한 선물이 한우랑 석류야?"

"형에게 신세 진 것에 비하면 약소하죠."

겉으로는 내용물을 알 수 없던 선물의 정체는 석류였다.

이해기가 비닐장갑을 끼고 석류를 까서 유리그릇에 석류 알을 담았다. 빨갛고 투명한 석류 알이 보석 같았다.

"고맙다. 보배가 석류를 좋아하거든. 게을러서 누가 까줘야 먹지만."

"아하하, 농담이에요."

이보배는 존경하는 한 선생님에게 쓸데없는 말을 하는 작은오빠를 노려보았다.

"보배 씨라면 좋아하실 것 같았습니다."

세상에 석류 좋아하게 생긴 관상도 있나?

이보배는 알아들을 수 없는 얘기에 고개를 갸웃거렸다.

한현우는 평소의 냉철한 얼굴로 진지하게 말했다.

"미녀는 석류를 좋아하니까요."

"푸하핫!"

이보배가 반응하기 앞서 더 빠르게 빵 터진 이가 있었다.

이보배는 고개를 돌려 소리가 난 쪽을 바라보았다.

2층으로 간 줄 알았던 이한생이 계단 중간에서 어깨를 들썩였다. 이한생은 벽과 배를 동시에 잡고 급성 호흡 곤란을 호소했다.

"돼지가…… 미녀래!"

한현우는 별생각 없이 한 농담일 텐데 저리 비웃으니 이보배가 다 민망했다.

망나니가 숨넘어갈 기세로 웃다가 결국 계단에서 굴렀다. 큰 소리가 났지만 웃는 소리는 여전했기에 이보배는 돌아보지 않고 무시했다.

"죄송합니다. 알고 계시겠지만 저희 막내 오빠 상태가 조금 안 좋아요."

"괜찮습니다."

"그래, 한생이랑 형은 없는 사람이라고 생각하고 무시해. 우리 보배는 예쁘니까 좋아하는 석류 많이 먹고."

"작은오빠 농담도 무시해 주세요."

"농담이 아니라 정말 미인이십니다."

"넵, 한현우 씨도 미인이니까 많이 드세요."

이보배는 석류 알을 수저로 퍼서 씨까지 꽉꽉 씹어 먹었다. 새콤달콤한 과즙에 씁쓸하고 텁텁한 씨 맛이 뒤섞였다.

철없던 시절의 이보배는 이 씨앗이 싫어서 왜 씨앗 없는 석류는 없냐며 엄마에게 달라붙어 어리광 부리곤 했다.

"그래서 갑자기 어쩐 일이야?"

이해기가 한현우에게 방문한 용건을 물었다.

"〈마법의 성〉 공략을 해기 형이 도와주셨잖아요. 얼마 전 공략이 무사히 끝나 직접 만나 인사를 전하고 싶었습니다."

〈마법의 성〉은 사계절이 공략에 성공한 A급 균열이다. 연이은 A급 균열 공략 성공에 사계절이 진짜 A급 길드가 되었다고 한창 시끄러웠다.

'나 몰래 언제 도와줬대.'

이보배는 가장 몰래 하는 일 많은 작은오빠를 흘겨보았다. 그러다 한현우가 있음을 깨닫고 석류 먹는 척했다.

"내가 뭘 했다고."

"큰 도움이 되었습니다. 그래서 저희 사계절에선 이해기 씨를 꼭 영입하고자."

한현우가 각종 서류를 꺼내 펼쳤다.

이보배는 슬쩍 조건을 훔쳐보고 기함했다. 부길드 마스터가 친히 영입하러 온 것부터 비범했는데 조건이 장난이 아니었다.

"최근 이한생 씨도 이보배 씨의 일을 도와줄 만큼 안정되었으니 다시 생각해 보시는 건 어떻겠습니까."

"흠."

"현 균열 업계는, 애석하게도 신입이 자력 생존하기 어려운 방향으로 성장하고 있습니다. 물론 이해기 씨라면 충분히 잘 해나갈 수 있을 겁니다. 하지만 각성 초기는 헌터 성장에 있어 가장 중요한 단계입니다. 이미 가족을 위해 1년을 쓰셨으니 이후의 시간은 형 자신을 위해 쓰는 건 어떻겠습니까. 사계절에서 적극 돕겠습니다."

'내가 듣고 있어도 되나?'

이해기는 묵묵히 한현우의 말을 듣고 이보배는 입에 남은 석류 씨앗만 잘근잘근 씹었다.

"균열의 날 이전이었다면 이해기 씨의 행보를 응원했을지도 모릅니다. 하지만 세계가 뒤집혔습니다. 이해기 씨의 성장은 형 본인뿐만이 아니라 가족, 그리고 인류를 위해 꼭 필요합니다."

“앞으로 얼마나 더 강한 몬스터가 등장할지, 어떤 균열이 생성될지 모르지. 거기에 대비하기 위해 헌터는 계속 성장해야 하고.”

“네, 바로 그겁니다.”

“가족을 지키기 위해 헌터가 할 수 있는 최선의 노력은 성장이다. 나도 그렇게 생각했던 시절이 있었다.”

“그 말은.”

이해기가 한숨을 쉬며 팔짱을 꼈다.

“네 얘기가 맞아. 네가 하는 말이 맞아. 우리 집이 조금 특수한 상황이어서 그렇지 어지간해선 네 얘기가 맞아. 맞으니까 하는 말인데.”

이보배의 작은오빠가 활짝 웃었다.

“그래도 난 지금이 좋다.”

‘아이고.’

이보배는 속으로 앓는 소리를 냈다.

한현우에게 사실대로 말할 수 없으니 스카우트를 거절하는 건 어쩔 수 없다 치자. 그렇다고 한현우가 반발할 만한 식으로 거절할 필요는 없었다.

이보배는 동갑 꼰대의 안색을 살폈다. 놀랍게도 한현우는 담담하게 이해기의 거절을 받아들였다.

“알겠습니다.”

‘세상에!’

"대신 균열 공략 대비는 이제까지처럼 도와주실 수 있겠습니까?"

"당연하지."

"혹 마음이 바뀌신다면."

한현우가 인벤토리를 열어 녹슨 검과 감정 스크롤을 꺼냈다.

이보배 옆에 앉은 이해기의 몸이 살짝 떨렸다.

"성장형 아티팩트 [미완성 용살검]입니다. 사계절에 입단해 주신다면 평생 무료로 대여해 드리겠습니다. 일단 시험 삼아 사용할 수 있도록 석 달 동안 빌려 드리겠습니다. 마음이 바뀌면 언제든 연락 주십시오."

한현우의 용건이 끝났다. 딱 일어날 타이밍인 것 같아 이보배는 테이블을 짚었다.

한현우도 같이 일어나나 싶었는데 그는 바닥에 엉덩이를 붙이고 이보배를 응시했다.

이보배는 떼었던 엉덩이를 도로 바닥에 붙였다.

"그럼 이보배 씨."

'용건 끝난 것 아니었어?'

방심하고 있던 이보배는 깜짝 놀라 바르게 앉았다. 어떤 말을 할까 궁금해 한현우의 입술에 집중했다.

"저와 함께 균열에 들어가지 않겠습니까?"

예상치 못한 권유에 이보배의 눈이 놀란 토끼 눈이 되

었다.

마법의 성을 지나 늪을 건너 어두운 동굴 안에 균열 속 균열, 즉 던전인 〈엉터리 연금술사의 비밀 공방〉이 있다.

이보배의 머릿속에 수련회에서 모닥불 피워놓고 틀어주는 배경 음악이 자동 재생되었다.

한현우는 그곳에서 히든 피스를 발견했다.

"연금술 관련 스킬을 수련할 경우 경험치와 숙련도가 소폭 오릅니다."

"그건 진짜 좋은 히든 피스네요."

"안타깝게도 던전 입장 인원수 제한이 다섯 명입니다. 공략 완료한 던전이라도 생산계만 있으면 위험하니 호위 세 명, 연금술사 두 명으로 파티를 짜 진입할 예정입니다. 거기에 이보배 씨를 초대하고 싶습니다."

"그렇게 좋은 기회에 외부인인 제가 참가해도 될까요?"

"길드 규칙상 히든 피스는 발견한 사람이 소유권을 갖습니다. 개인적으로 길드의 포션팀보단 이보배 씨에게 제안하고 싶었습니다."

"그런 규칙이 있었어요?"

"생산계라 모르셨군요. 저희 사계절이 타 길드보다 균열을 세심히 탐색하는 편이라 히든 피스 발견율이 높습니다. 어차피 균열이 소멸하면 사라질 히든 피스니 대충 뒤져 놓치는 것보단 발견자가 가지는 게 낫죠. 그래서 생긴 규칙입니다."

'오죽하겠어.'

게임에 인생을 걸었던 사람들이 모여서 만든 길드다.

멀쩡한 벽에 몸통 박치기는 기본이요, 수상한 물건이 있다 싶으면 무조건 건드려 보는 게 사계절 원년 멤버의 상식이었다.

그들은 게임 속 상식을 현실에도 적용했다. 놀랍게도 성과가 괜찮았다.

'어떻게 하지? 진짜 좋은 기횐데. 이걸 내가 받아도 되나?'

한현우의 제안은 지나치게 좋아서 거절할 수 없었다.

이보배는 전전긍긍하며 피 토할 것 같았던(실제로 토한) 스파르타 교실의 추억을 되새겼다.

'이번엔 그때보다 심하게 구를지도 몰라. 그렇지만 좋은 기횐데.'

이보배는 의지를 다졌다.

'그래, 내가 지금 찬밥 더운밥 따질 때가 아니야. 기회가 오면 잡아야 해. 갓보배 따라가려면 한참 멀었잖아.'

이보배는 눈을 또렷하게 뜨고 고개를 끄덕였다.

"할게요. 하겠습니다. 시켜주세요."

"알겠습니다, 그럼 일정을."

"호위는?"

내내 소파에 누워 핸드폰 게임만 하던 이귀한이 불쑥 물었다.

"세?"

"확실히 정해지진 않았지만 믿을 만한 사람으로 구성했습니다. 변수가 발생할 경우 균열 핵을 인벤토리에 집어넣어 바로 소멸시킬 테니 걱정하지 마십시오."

"흐음."

이귀한이 못마땅한 듯 입술을 삐죽였다. 무례한 태도였으나 한현우는 성실히 대답했다.

"이귀한 씨가 실종되신 경위는 들어 알고 있습니다. 무슨 일이 있어도 이보배 씨의 안전을 우선하겠습니다."

"형, 현우는 믿을 수 있어."

이해기가 이귀한의 입을 막고 타일렀다.

"보배야, 가고 싶니?"

"응!"

"그럼 가야지. 그래도 걱정되어서 그러는데 우리도 균열에 들어갈 수 있을까? 던전 밖에서 기다릴게."

"괜찮습니다. 〈마법의 성〉 내부에 길드 베이스를 설치해 두었으니 거기서 기다리면 됩니다. 다만 유사시 길드 지시에 따라준다는 계약서를 작성해야 합니다.

"균열 진입 허가 내주는 게 어딘데. 괜찮다."

이해기는 멋대로 한현우와 이야기를 끝내고 이귀한의 입을 막고 있던 손을 뗐다.

이귀한이 건방진 둘째 동생을 노려보았다.

"둘째가 괘씸해."

"나 원래 시건방진 동생이잖아. 현우는 믿을 만해."

이해기가 이귀한에게만 보이게끔 입술을 달싹였다.

'얘가 보배 관도 들어준 애야.'

본인이 점찍은 매제 후보를 옹호하는 태도가 가상했다.

결국 이귀한은 한발 물러섰다.

"그럼 그때 뵙겠습니다."

"정말 감사합니다, 살펴 가세요."

이보배는 용무를 마친 한현우를 대문 밖까지 배웅했다.

거실로 돌아온 이보배는 애수 띤 눈빛으로 녹슨 검을 바라보는 작은오빠를 목격했다.

백 일 된 아기 안듯 조심스럽게 드는 것을 보고 이보배가 물었다.

"뭐 해?"

이보배의 질문에 화르세인지가 대답했다.

"사기꾼이 썼던 무기라고 한다."

"아, 회귀 전에 쓰던 무기구나."

성장형 무기 [미완성 용살검]를 발견한 곳은 〈용의 무덤〉이었다고 한다.

처음으로 얻은 무기가 성장형 무기였기 때문에 이해기는 오랫동안 [미완성 용살검]을 주 무기로 사용했다. 기간이 기니 추억도 많았다.

"감회가 새롭겠다."

"〈용의 무덤〉 진입을 포기해서 다시 볼 수 없게 될 줄 알았다. 다시 보게 되더라도 내 손에 들릴 일은 없다고 생각했는데……. 이렇게 보게 되다니. 결국 내 손으로 돌아올 운명이었나."

회귀자는 느끼한 대사를 남발하며 녹슨 검날을 어루만졌다.

이보배는 이해기가 외면한 현실을 일깨웠다.

"근데 오빠 그거 석 달 대여야. 영구 대여하려면 사계절 들어가야 돼."

한 번 포기하기는 쉬우나 포기했던 것이 손에 쥐어지면 다시 포기하기가 쉽지 않다.

이해기가 유기되어 누군가 주워 가주길 바라는 강아지처럼 이보배를 올려다보았다.

"우리 보배가 현우랑 결혼하면 공짜로 주지 싶구나."

이보배는 작은오빠의 촉촉한 눈동자를 보고 짧고 굵게 말했다.

"지랄한다."

한현우는 호위를 믿을 만한 사람으로 구성했다고 했다.

이보배는 그 말을 믿었다.

'배신당했어.'

하늘색 로브를 걸친 온화한 인상의 남자, 녹색 경갑을 장비한 체형이 날렵한 스포츠머리의 남자, 붉은색 경갑옷을 걸친 날카로운 분위기의 미녀.

믿을 만한 사람들의 면면을 확인한 이보배의 눈이 왕밤만 하게 커졌다. 놀란 심장이 거칠게 뛰고 호흡이 가빠졌다.

이보배는 비명을 지르지 않기 위해 이를 악물었지만 콧구멍은 마음을 반영해 벌렁거렸다.

"저번에 뵈었었죠? 오늘은 명함 가져왔어요. 여기 명함."

로브를 걸친 온화한 인상의 남자, 빙제 류시우가 명함을 내밀었다.

"추효풍입니다. 부길마든 태풍이든 질풍이든 바람이든 편할 대로 불러요. 아, 나도 명함 있는데."

키 크고 체형이 날렵한 스포츠머리의 남자, 질풍 방패 추효풍이 인사했다.

"나여름이라고 해요. 만나서 반가워요. 제 명함도 가져

가세요."

경갑옷을 걸친 날카로운 분위기의 미녀, 광전사 나여름이 살짝 웃었다.

이보배는 달달 떨리는 손으로 사계절의 마스터들이 내민 명함을 받아 들었다.

대한민국을 대표하는 각성자 길드, 사계절의 길드 마스터가 한자리에 모였다.

이보배를 호위하기 위해서.

'믿을 만한 사람 데려온다더니 나라를 구하겠어.'

이보배가 항의하는 눈빛을 보내자 한현우가 변명했다.

"원래는 다른 분들이 오기로 했는데 형이랑 누나가 갑자기 끼어들었습니다."

"낄 수밖에 없었어요. 거절할 수 없는 제안을 하랬더니 레벨 업 계획 짜 온 놈이 있었거든요."

"여름이 말은 농담이에요."

나여름이 딱딱하게 말하자 류시우가 웃으면서 농담임을 밝혔다.

"실은 대규모 공략이 끝나면 잠시 휴식하거든요. 밖에서 놀면 시끄럽거나 귀찮은 데 불려 나가는 수가 있으니 이렇게 공략 끝난 균열에서 시간 때울 때가 있어요."

"게임은 못 하지만 어쩔 수 없지."

사계절 길드의 길드 마스터쯤 되면 균열이나 몬스터 때

문이 아니더라도 부르는 곳이 많았다.

전부 거절할 수 없으니 아예 균열에서 쉴 때도 있다며 류시우와 추효풍이 하하 웃었다.

이보배와 인사를 마친 길드 마스터는 이씨 삼형제에게도 인사했다. 안면이 있는 이해기와는 더욱 반갑게 인사했다.

"여러분의 호위는 균열에 이미 진입해 있는 길드원들이 맡게 될 겁니다. 물자도 담당하고 있으니 혹 지내시는 동안 필요한 게 있으면 그쪽에 말해주십시오."

추효풍이 균열을 건드리자 세계의 상처가 벌어졌다. 탱커인 추효풍을 필두로 차례차례 균열로 진입했다.

[마법의 성]

–난이도: A

–마감: 카운트 다운 중단 상태

–보스 몬스터 처치 완료(사계절 길드)

–균열핵 확보(사계절 길드)

–내부에 던전 〈엉터리 연금술사의 공방〉 있음

〈마법의 성〉은 필드형 균열이었다. 독 늪지대와 성, 숲으로 이뤄졌는데 균열 이름대로 실질적인 활동 영역은 성 내부였다.

진입하자마자 성이 눈에 들어왔다. TV나 영화에서 보던 아름답고 웅장한 성이 아니라 평범하고 작은 성이었다.

이보배는 내심 실망했다.

“이름은 거창한데 규모가 작은 성이로구나.”

판타지 세계 대귀족답게 성에 익숙한 화르세인지가 성에 대한 감상을 밝혔다.

이보배는 속으로 동의했다.

성 주위는 독 안개가 자욱하고 성벽 밖은 아예 늪지대였다. 다행히 균열 입구에서 성문까지는 돌로 된 도로가 깔려 있고 독 안개도 없었다.

“길과 성을 벗어나면 중독됩니다. 자유 행동은 삼가주시고 바로 성으로 이동하겠습니다.”

성문으로 들어가니 사람들이 있었다. 사계절 길드원이 길드 마스터를 보고 인사했다.

류시우는 반갑게 인사한 뒤 멈추지 않고 계속 움직였다.

“인사는 나중에 하고 일단 계속 올라가실게요. 쭉쭉.”

“계단이 좁고 높으니까 발밑 조심하세요.”

이씨 사남매는 친절한 안내를 받으며 성의 첨탑으로 올라갔다.

“아까 보신 대로 길드 베이스는 성 앞마당과 중앙 홀에 있습니다. 그리고 이보배 씨가 저희와 가실 던전이 저기.”

류시우가 균열 입구 반대 방향의 어딘가를 가리켰다.

독 안개가 진해 이보배의 눈엔 아무것도 보이지 않았다. 열심히 째려보니 색이 짙은 부분이 있는 것 같았다.

"저편에 숲이 있고 숲에 동굴이 있습니다. 동굴 내부에 던전이 있는데 거기가 목적지입니다."

"용케 발견하셨네요."

"탐색을 즐겁게, 샅샅이 하는 게 사계절의 장점이죠."

"그럼 바로 이동하겠, 읍!"

질풍 방패 추효풍이 바람과 같은 속도로 한현우의 입을 틀어막았다.

"균열 초행을 데리고 바로 던전에 들어간다니! 하루는 여기 머물면서 균열 내부에 적응해야지!"

한현우가 입이 막힌 채 웅얼거렸다.

"공략했잖아요."

"그래도 혹시 모르는 일이다. 여긴 A급 균열이니 공략 완료했어도 방심해선 안 돼. 우리끼리만 있어도 방심은 금물인데 심지어 균열 초행 생산계에 저레벨 각성자도 있잖아. 우리가 초대했으니 책임지고 조심해야지."

추효풍이 뭐 모르는 한현우를 엄히 꾸짖었다.

한현우는 추효풍이 맞는 말을 하자 생각이 모자랐음을 깨닫고 사과했다.

"죄송합니다. 제가 성급히 행동했습니다. 하루 정도 상태를 지켜보며 균열에 적응하도록 하죠."

"던전이 있는 동굴까지 거리가 제법 있는 것 같은데 늪은 어떻게 건널 생각이니?"

독 안개를 뚫고 숲과 성 사이의 거리를 가늠하던 이해기가 물어보았다.

이보배는 자신이 생각하지 못한 점을 물어보는 작은오빠에게 오랜만에 존경심을 품었다.

'배 같은 걸 띄우나? 늪에 배가 뜨나? 아니면 빙제가 마법으로 늪을 얼려서 걸어가는 걸까?'

잘하면 이번 기회에 호수를 얼리는 빙제의 위엄을 목격하게 되는 것인가!

이보배가 내심 기대하는데 한현우가 흥을 깼다.

"독은 많이 접할수록 좋으니 시간이 걸리더라도 직접 건너야 합니다, 가 아니고."

물이 위에서 아래로 흐르는 것처럼 당연하단 듯이 말하던 한현우가 갑자기 본인의 말을 철회했다.

일행의 후미에서 뒤따르던 광전사가 그에게 살기를 날리고 목에 선을 그었기 때문이다.

살기를 감지하지 못하는 이보배를 제외한 전원이 뒤를 돌아보았다.

나여름은 언제 살기를 내보냈냐는 듯 시치미 뗐다.

광전사는 이목이 집중된 김에 전투 연금을 대신해 말했다.

"현우가 업을 거예요. 그렇지, 현우야?"

"네, 제가 업겠습니다."

질풍 방패에 이어 광전사까지 한현우의 말을 중간에서 끊었다.

한현우는 자신이 뭔가 잘못했다는 것을 대충 깨닫고 둘이 하라는 대로 하기로 했다.

반발은 의외의 곳에서 튀어나왔다.

"네? 업어주실 거면 질풍 방패님이나 광전사님이 업어주시는 게 효율이 좋지 않을까요?"

이보배가 의아해서 입을 연 것이다.

업혀 가는 마당에 업어줄 사람 고르는 건 건방진 자세일지도 모른다. 하지만 이보배는 진지했다.

늪을 걸어서 건너는 건 힘든 일이다. 그러니 생산계와 전투계에 걸친 한현우보단 전투계, 그중에서도 신체 스탯이 높은 추효풍이나 나여름이 이보배를 업는 게 효율이 좋았다.

이보배의 발언이 충격적이었기에 모두의 시선이 한현우에게 쏠렸다.

다들 하는 생각은 비슷했다.

'유유상종이라더니.'

'우리 막내가 나쁜 물이 들었어.'

효율을 사랑하는 한현우지만 다행히 그는 그렇게까지

어리석지 않았다.

그는 형, 누나의 경고로 잘못을 알아챘다.

한현우는 좋아하는 사람과 스킨십할 수 있는 기회를 고작 효율 때문에 날릴 위인이 아니었다.

"그렇지 않습니다. 제가 이보배 씨를 업어야 합니다."

"그런가요?"

"네. 왜냐하면 여름이 누나가 시우 형을 업고 제가 이보배 씨를 업어서 탱커인 효풍이 형 손을 비워놓는 게 만일의 사태에 대비하기 좋기 때문입니다."

사계절 길드의 길드 마스터들은 동시에 탄식했다.

그들의 막내는 효율 때문에 좋은 기회를 차버릴 효율 바보가 맞았다.

'이게 정답이죠?'

한현우는 존경하는 형, 누나에게 칭찬을 갈구하는 눈빛을 보냈다.

류시우는 이마를 짚다가 고개를 끄덕였다. 모로 가도 서울만 가면 된댔으니 어쨌든 둘이 가까워질 기회는 사수했다.

"듣고 보니 그렇네요. 죄송해요, 제가 아직 많이 모자라요."

"그렇지 않습니다. 이보배 씨는 훌륭합니다."

이보배와 한현우는 덕담을 나누며 첨탑을 내려갔다.

류시우는 갈 길이 구만리임을 실감하고 동료들과 눈빛

을 교환해 전의를 고취시켰다. 그러다 이해기와 눈이 마주쳤다.

이해기는 대충 상황을 파악하고 류시우에게 동지임을 밝힐 겸 호의적인 미소를 보냈다.

류시우는 사교적인 미소로 화답했다가 미소의 진의를 깨닫고 더 밝게 웃었다.

이보배에게 균열에 적응할 시간을 주기 위해, 정확히는 스파르타 교실의 재림을 막고자 하는 길드 마스터의 뜻에 따라 이보배는 한현우의 안내를 받아 성 내부를 구경하기로 했다.

"나도 둘러보겠다. 작은 성이지만 양식이 독특하니 내부도 궁금하구나."

"어허, 한생아. 여기로 와야지."

이해기가 점잖게 경고했으나 화르세인지는 이보배의 뒤로 숨었다.

한국의 작은 집에서 살다가 오랜만에 성을 보니 반가운 듯했다.

이보배는 막내 오빠 편을 들었다.

"막내 오빠가 보고 싶다잖아. 같이 가도 되죠?"

"물론입니다."

"그럼 나도 같이 가마."

이보배는 따라오려는 이해기를 저지했다.

"잠깐만, 그러면 큰오빠도 같이 가야지. 큰오빠도 가자."

"에잉, 귀찮은데."

대마왕은 귀찮아하면서 무거운 엉덩이를 일으켰다.

결국 이보배와 한현우 둘에서 이씨 삼형제까지 끼어 다섯으로 늘었다. 이해기는 책임감을 갖고 형과 동생을 챙겨 적당히 거리를 벌렸다.

'괜히 둘 사이에 끼지 마.'

'안 끼어, 귀찮아.'

'누가 낀다더냐? 난 성만 구경할 것이다.'

다행히 이귀한과 이한생은 그들을 방해하지 않고 순순히 협조했다.

그렇게 이보배와 한현우, 이씨 삼형제 두 덩어리가 〈마법의 성〉을 배회했다.

"어디 불편하거나 이상한 점이 있다면 바로 알려주십시오."

한현우는 이보배가 균열에 진입해 본 적 있다는 사실을 몰랐다. 그래서인지 유난히 이보배를 신경 썼다.

이보배로선 그저 황공무지할 따름이었다.

'너무 나한테 신경이 집중된 거 같은데. 다른 데 못 돌

리나. 아, 저기.'

이보배는 적당한 걸 발견하고 입을 열었다.

"네, 알겠습니다. 어, 저기 사람들이 있네요."

이보배는 성벽에 달라붙어 벽돌을 빼거나 바닥을 파헤치거나, 성 내부의 장식과 가구를 옮기는 사람들을 가리켰다.

장롱 하나 들고 쩔쩔매는 걸 봐선 비각성자로 보였다.

"전부 짐꾼인가요?"

"네, 그렇습니다. 사계절은 관리국의 안전 권고를 준수해 공략이 완료된 후에만 짐꾼을 투입합니다."

전원 정규직에 이어 훌륭한 직원 복지의 일환이었다.

이보배는 바람직한 일이라고 좋아했지만 한현우의 표정은 어두웠다.

"그런데 공략이 끝나기 전의 균열에 진입하고 싶다는 요청이 많습니다. 왜 그런지 모르겠습니다."

"그건 말이지."

내내 뒤에서 거리를 유지하고 따라오던 이해기가 끼어들었다. 이유를 알고 있는 이해기가 쓴웃음을 지었다.

이해기는 미래가 불투명했던 과거를 회상하고 이제는 아련해진 각성 당시의 기쁨을 떠올렸다.

미공략 균열일 땐 불안하고 공략 완료된 균열일 땐 아쉽다. 그게 사람 마음이었다.

"미공략 균열에 진입하는 게 더 각성 가능성이 높다고

생각하거든. 다들 각성하고 싶어 하니까."

일자리가 없어 짐꾼을 하는 사람도 있겠지만 대부분의 짐꾼은 각성을 꿈꾸며 균열로 진입했다.

"그렇다 해도 너무 위험합니다. 각성하기 위해 사지로 들어가는 건 너무 비효율적입니다."

"정론이지만 이미 각성한 사람만 할 수 있는 얘기지. 현우 너는 모든 사람이 너와 같지 않다는 걸 알아야 해."

한현우는 균열의 날 당일 각성한 1세대 각성자다.

그는 주위 사람들이 각성했는데 혼자 각성하지 못한 비참함을 모른다.

이해기는 한현우에게 인생 선배로서 조언했다.

화르세인지는 그 꼴을 보고 대악마와 쑥덕였다.

'우리더러 끼지 말라더니 자기가 먼저 끼는 것 보아라.'

'둘째가 '내가 하면 로맨스 남이 하면 불륜'이 심해. 재수 없는 새끼지.'

'누가 사기꾼 아니랄까 봐.'

"다른 사람도 있는데 가족 험담은 자제하지?"

"그래서 작게 말했는데?"

"입도 가렸느니라."

궁지에 몰린 이해기에게 구원의 동아줄이 내려왔다.

옷장을 운반하던 짐꾼이었다.

한현우를 발견한 짐꾼이 묵례했다가 이해기를 보더니

얼굴을 폈다.

"이게 누구야! 이해기 형씨 맞지?"

"도훈 형님? 사계절 들어가신 거예요?"

상대의 얼굴을 확인한 이해기도 반갑게 인사했다.

이보배는 대충 둘의 사이를 추측했다.

'오빠 짐꾼 시절 지인인가 보네.'

"운수대통했지. 형씨도 사계절 입단한 건가?"

"저는 그런 건 아니고……."

이해기가 자신의 사정을 전하며 자연스럽게 짐꾼과 함께 움직였다.

이보배는 짐꾼을 따라 점점 멀어지는 작은오빠를 뒤로 하고 발걸음을 옮겼다.

성 내부엔 사계절이 헤집고 지나간 흔적이 가득했다. 바닥을 헤집거나 벽을 뜯고, 창문이란 창문은 모두 열어 놨다. 가구를 들어내는 건 기본이었다.

"정말 샅샅이 뒤지시는군요."

"일단 자원이 될 만한 건 무조건 챙기고 있습니다."

"보관은 어떻게 하세요?"

"길드원 중에 창고지기가 있습니다. 인벤토리와 물품 보관에 특화된 직업입니다."

처음 듣는 직업명에 이보배가 감탄했다.

한현우는 이보배가 묻지도 않았는데 창고지기의 유용성

에 대해 일장연설했다.

"만약 길드를 설립할 거라면 창고지기는 꼭 영입하셔야 합니다."

"와, 그렇군요."

이보배가 열심히 경청하는 동안 이귀한과 이한생은 한 발 앞서 성을 구경했다.

사계절 길드원들은 미리 언질받은 게 있어서인지 낯선 얼굴을 보고도 놀라지 않았다. 오히려 알은척했다.

"이보배 씨 오빠들? 누가 이귀한 씹니까?"

"나는 아니다."

화르세인지가 부정하며 옆에 있는 이귀한을 가리켰다.

알은척한 사계절 길드원이 반갑게 인사했다.

"안녕하세요, 이귀한 씨. 무사히 돌아오셔서 다행이에요."

가족 외의 사람에겐 관심 없고 흥미 없는 이귀한은 사계절 길드원의 인사를 무시했다.

이보배가 사계절에 다니고 있을 때면 모를까, 전 직장 동료니 예의 차릴 필요도 없는 것이다.

이한생은 이보배를 부르려다 여전히 설명을 듣고 있는 걸 보고 직접 나섰다.

"이 새끼는 악마 새끼라 건드리면 문다. 위험하니 저리 가거라."

"으르릉."

동생의 말에 이귀한이 이를 드러내고 으르렁거렸다.

사계절 길드원은 쉽게 물러나지 않았다.

"아, 귀환하고 상태가 많이 안 좋다고 듣긴 했습니다. 그런데 저는 나쁜 사람이 아닙니다. 사계절 길드원이고."

"으르릉, 왈왈!"

이귀한이 송곳니는 물론이고 어금니까지 드러내며 개 짖는 시늉을 했다. 하는 행동은 장난 같지만 눈빛은 무심했다.

외려 '이걸 구실 삼아 파괴와 살육을 자행할 수 있지 않을까?'란 의지까지 느껴졌다.

위기를 감지한 망나니가 버럭 소리쳤다.

"썩 꺼지거라!"

"너무 경계하지 마세요. 저도 귀환자거든요."

성자의 경고도 무시하고 대악마에게 접근한 청년이 정체를 밝혔다.

"김혁이라고, 나름 TV에도 자주 나왔는데. 하하, 모르시려나."

이귀한과 화르세인지는 김혁이 누군지 몰랐으나 정체를 밝힌 건 효과가 있었다.

"안 물어봄. 안 궁금함."

개같이 굴던 이귀한이 사람 말을 한 것이다. 이만하면 같은 귀환자 출신이라고 대악마가 많이 양보해 준 편이었다.

"와, 젊어 보이시네. 제 또랜 줄. 형이 있던 세계는 어땠어요? 제가 있던 곳은 용이랑 마법이 있는 전형적인 서양 판타지풍 세계였어요."

이귀한은 대놓고 무시하기 위해 평소 잘 하던 짓을 했다. 핸드폰을 꺼내 게임을 실행한 것이다.

물론 이곳은 균열이고 균열 내 전자 기기는 오작동하기 때문에 게임은 켜지지 않았다.

운 좋게 핸드폰 화면이 켜졌지만 그게 전부였다. 이귀한이 연타한 게임 아이콘을 본 김혁이 큰 목소리로 말했다.

"와아, 형도 프프프! 하는구나! 저도 하는데."

같은 게임을 한다고 해서 대마왕이 관심을 줄 거라고 생각하면 큰코다친다.

이귀한은 게임에 관심이 있는 거지 게임을 같이 하는 사람들에겐 관심이 없었다.

게임 내 길드에도 가입하지 않아 모두 기본으로 갖고 있는 길드 가입 기념 뽑기권도 받지 못했다.

"하고 있으면 주인공이 저랑 비슷해서 반갑고 그래요. 저도 주인공처럼 미남 미녀에 둘러싸여서 모험했었거든요. 세계는 구하지 못했지만 작은 왕국을 위기에서 구하기도 했고. 하하하!"

"비슷? 얘랑?"

이귀한의 눈이 위험하게 번뜩였다.

평소 이귀한은 한없이 상냥한 세계에서 행복하게 살아가는 게임 속 주인공을 보며 성내곤 했다.

체키빙 공자는 위험을 감지하고 이보배를 데려오기 위해 움직였다. 대마왕의 역린을 건드렸으니 그 혼자선 악마 새끼를 막을 수 없었다.

"돼지야, 위험하다! 악마가 사람 잡는다!"

"몬스터가 등장했습니까?"

위험하단 얘기에 설명을 늘어놓던 한현우가 깜짝 놀랐다.

이보배는 그게 아니라고 말했다.

"큰오빠 별명이 악마예요. 무슨 일이 있나 봐요."

이보배는 급히 이귀한이 있는 곳으로 달려갔다. 다행히 아직 대악마의 살육은 벌어지지 않은 상태였다.

"저 진짜 잘나갔거든요. 아, 진짜 구국의 영웅 소리도 듣고 거기선 제가 제일 셌는데. 여기 오니까 힘의 절반도 못 써요."

"응."

"저 좋다고 따라다니는 사람도 많았고, 제가 진짜 치명적인 매력의 먼치킨이었다니까요."

"응응."

김혁은 본인의 잘나가던 시절을 자랑하고 이귀한은 효과적으로 김혁을 죽이기 위해 고민하는 중이었다.

이보배는 다급히 둘 사이에 끼어들었다.

'세이프!'

"와아, 저도 더 듣고 싶어요!"

"앗, 혹시 이보배 씨? 안녕하세요, 만나서 반가워요."

"네, 저도 반갑습니다."

"균열 실종자가 전부 고생한 건 아니거든요. 저처럼 그쪽에서 더 잘나갔던 사람도 있죠. 하아, 용의 계약자라고 하면 다들 떠받들어 줬는데."

"하하, 그러시구나."

이보배는 이귀한의 머리를 열심히 쓰다듬었다.

이귀한이 목격자를 모두 죽이고 공간 자체를 파괴해 증거를 인멸하는 파괴신류 완전 범죄를 저지르기 전에 달래야 했다.

"여기로 오니까 프람이랑 연결도 끊기고. 아, 프람은 저와 계약한 용의 애칭입니다."

"프람이라, 예쁜 이름이네요."

"얼굴도 예뻤죠. 프람도 절 좋아했는데. 절 돌려보내 주면서 울었어요. 저도 같이 짠해서 눈물 참느라 혼났죠."

"아, 김혁 씨는 프람이란 용이 귀환시켜 준 거네요?"

"네. 관리국에서 그러는데 귀환자는 보통 두 부류래요. 저처럼 귀환한 원인이 명확한 사람이랑 모르는 사람."

이보배는 불 조절하는 심정으로 이귀한을 주시하며 동시에 김혁의 말에도 집중했다. 자력으로 돌아온 이귀한은 전자에 속했다.

“그럼 김혁 씨 선택에 따라 돌아오지 않을 수도 있었던 거군요.”

“그렇죠. 다들 절 말렸고 저도 남고 싶었지만 어쩔 수 없었습니다.”

김혁이 한숨을 팍팍 내쉬더니 울분에 찬 표정을 지었다.

‘정말 돌아오기 싫었나 보네.’

이보배는 그렇게 싫었음에도 불구하고 돌아온 이유가 무엇인지 물어봤다.

“어째서 거기 남지 않고 돌아오셨어요?”

“저희 집 근처에 실종 아동 찾기 센터가 있었거든요. 어릴 때부터 미아 찾기 전단지랑 전단지 붙이는 어른들을 봐서 그런가.”

김혁이 어쩔 수 없었다는 듯 웃었다.

“반드시 돌아와야 할 것 같았습니다.”

이보배가 열심히 문질러도 누그러지지 않던 이귀한의 화가 가라앉았다.

이보배는 안도했고 멀리서 동태를 살피던 화르세인지가 거리를 줄이며 다가왔다.

망나니가 붙잡는 바람에 끼지 못했던 한현우도 다가왔다.

“이번만 봐줌.”

파괴신의 살생부에서 김혁의 이름이 삭제되었다.

김혁은 본인이 죽을 뻔했다 살아났는지도 모르고 다시 이귀한에게 말을 붙였다.

“어쨌든 프프프!를 하신다니 잘됐네요. 여기요.”

김혁이 인벤토리에서 카드 크기의 종이를 꺼냈다.

프린세스! 프린스! 프린세스!의 SSR등급 카드 확정 뽑기권이었다.

“랭커전이랑 길드전 이기니까 주던데 전 필요 없거든요.”

김혁의 말이 끝나기 무섭게 이귀한이 뽑기권을 챙겼다.

이귀한이 진지하게 말했다.

“한 번 더 봐줌.”

뽑기 운이 극악에 가까운 이귀한은 확정 뽑기권이 아니면 등급 높은 카드를 뽑지 못한다.

이귀한이 두 손으로 뽑기권을 들어 가슴에 품었다.

“한동안 괜찮을 것 같군. 우린 계속 가자. 아직 볼 곳이 남았느니라.”

이한생이 앞서 걸었다.

이보배는 큰오빠를 혼자 두는 게 걱정되어 망설이다가 발을 움직였다. 막내 오빠 말마따나 한동안은 괜찮을 것 같았다.

그리 크지 않은 성이기 때문에 둘러보는 건 금방이었다.

성을 모두 둘러본 망나니가 턱을 매만졌다. 그는 지구상의 누구도 대답해 줄 수 없는 질문을 던졌다.

"이 성의 성주는 누구인가?"

"몰라."

"이 성을 지은 건축가와 목수, 석공은 누구고?"

"몰라."

"이 성은 어느 나라에 있었느냐? 이 성에 살던 이는 누구며 이 성은 어째서 여기에 있느냐?"

"다 몰라."

"애초에 균열이란 무엇이냐?"

"그걸 알면 내가 이러고 있게?"

이보배가 균열이 뭔지 알면 만천하에 떠들고 다니지 이렇게 '모른다'만 반복하겠는가?

균열은 무엇이고 몬스터는 무엇이며 마력은 무엇인가.

인류는 아직 그에 대한 답을 찾고 있다.

이보배는 언젠가 그 답을 찾을 것이라 생각했지만.

'작은오빠도 모르는 눈치란 말이지.'

22년 뒤의 인류도 답을 찾지 못한 듯하다. 어쨌든 이보배는 아는 게 없었다.

"여러 가설이 있습니다. 시스템이 만든 게임이란 가설부터 멸망한 세계의 잔재다, 다른 세계가 침공해 오는 것이다. 사실은 우리는 모두 통 속의 뇌고 과학자들이 자극을 주고 있는 중이란 얘기까지. 사람들의 상상력은 무한하니 그만큼의 가설이 있죠. 어쩌면 우리는 게임 속 인공 지능일지도 모릅니다."

무식한 이보배와 다르게 유식한 한현우가 답변했다. 한현우가 눈을 가늘게 뜨자 길고 풍성한 속눈썹이 그림자를 드리웠다.

"개인적으론 몬스터와 균열 속 문명의 모체가 되는 세계가 이미 멸망했다는 가설을 지지합니다. 왜냐하면 귀환자 때문입니다."

가설을 지지하는 건 개인의 자유이나 근거가 이보배 듣기엔 뜬금없었다.

이보배는 바로 이유를 물었다.

"귀환자가요?"

"국내 공식 귀환자의 수가 만 명을 돌파했습니다. 전 세계에서 보면 더 많을 겁니다. 한데 균열에 등장하는 몬스터와 문명에 대해 알고 있는 귀환자가 한 명도 없습니다."

차원 이동해서 돌아오니 지구에도 몬스터가 출몰하네? 응? 근데 이 몬스터 내가 있던 차원의 놈들이랑 똑같잖아? 좋아, 너희 약점은 내가 안다. 다 죽었으!

이런 내용의 판타지 소설도 제법 있었다. 이보배도 몇 권 읽어본 적 있다.

판타지 소설에서나 일어날 법한 일이 현실에 발생한 후,

사람들은 기존의 판타지 소설을 복습했다.

한 번 일어난 일, 두 번 일어나지 않으리란 법이 없었다.

정부는 귀환자에게 다른 세계에 관한 정보를 물었다. 다른 세계의 인종, 식생, 문화, 마법, 몬스터. 그러나 그중에 지구에 벌어진 이 현상, 균열, 몬스터와 연관된 것은 없었다.

"사람 사는 곳은 거의 비슷하단 결론은 났다고 하더군요. 어쨌든 저는 이렇게 생각합니다. 균열과 연관 있는 다른 세계는 존재하지 않거나, 혹은 그곳에 간 귀환자는 모두 죽었다고."

"흥미로운 가설이구나. 내가 살던 세계에도 이와 같은 현상과 몬스터를 본 적 없으니 그럴듯하게 들리는군."

귀환자인 이귀한이 아니고 식물인간이었던 이한생이 꺼낸 얘기에 한현우가 의아해했다.

이보배는 웃으면서 얼버무렸다.

"막내 오빠, 그건 꿈이라니까. 죄송해요, 막내 오빠가 아직 허우대만 멀쩡하지 속은 곯았어요."

"아니요, 괜찮습니다. 어쨌든 전 균열의 모태가 되는 세계는 이미 멸망했다는 쪽을 지지합니다. 게다가."

한현우가 결연히 눈을 떴다.

이보배는 뭔가 멋진 말이 나올 것 같아서 진지하게 응시했다.

"그쪽 스토리가 제 취향입니다."

"아, 그러시구나."

이보배는 맥이 탁 풀려 표정 관리에 힘썼다.

"사실 이런 가설로도 비슷한 구성의 균열이 반복적으로 등장하는 것은 설명할 수 없지만, 그 외에도 불가사의한 일이 태반이니 어쩔 수 없는 일일 겁니다."

한현우가 살짝 허탈한 심정을 드러냈다.

이보배는 균열의 날 이후 새로 생긴 규칙을 떠올렸다.

당신의 머리로 이해할 수 없는 일이라면 그냥 받아들여라.

'어, 이게 되네? 왜 되지?'의 마음보단 '어, 이게 되네? 개이득'의 마음가짐으로 살아갈 것. 그렇지 않으면 이 변화한 세계에서 생존할 수 없다.

이보배는 세계를 지키기 위해서라도 개이득의 마음가짐을 가져야 했다.

그렇기에 이 문제 또한 유연하게 받아들였다.

'언젠가 밝혀지겠지.'

만약 아니라면?

'아님 말고.'

실시간으로 세계를 구하는 영웅다운 유연한 사고였다.

밤이 되자 성을 헤집던 사람들이 베이스로 모였다.

한현우는 다른 길드 마스터들과 함께 조사 보고를 받기 위해 자리를 떴다.

이해기는 아는 짐꾼을 도우러 간 뒤 아직 돌아오지 않았고 이귀한은 프! 프! 프!를 하는 길드원들에게 좋은 카드가 나오는 꼼수(미신)를 듣고 있었다.

이보배는 이한생과 함께 움직이는 사람들을 구경했다.

짐꾼 중 일부는 퇴근하고 일부는 남아 짐을 정리하고 있었다.

전투계 각성자와 탐지 계통 스킬을 가진 각성자 몇은 파티를 짜 밤이 된 성을 탐색했다.

"서쪽 통로 함정 남겨뒀지? 그거 다 우리 거."

"함정 만 번 해체하면 업적 뜨는 거 진짜야? 슬슬 지겨운데."

"넌 소설도 안 읽었냐? 만 번이 기본이고 안 되면 십만 번 도전해야지."

이렇게 업적을 채우기 위해 노력하는 사람이 있는가 하면.

"아, 게임하고 싶다."

"하고 있잖아."

"보드게임 말고 비디오 게임 하고 싶다. 왜 균열에선 컴퓨터랑 게임기가 맛이 가는 거야!"

게임 좋아하는 사람들이 보드게임을 하며 게임하지 못하는 설움을 달래고.

"이곳 건축 양식이 일전의 균열과 비슷하지 않아요?"

"저도 동의합니다. 일단 동 세계관으로 집어넣을까요?"

"반대. 몬스터 외형과 사용하는 마법 스킬이 저번과 판이함. 일단 보류."

균열 내부 정보를 수집해 분류하면서 데이터베이스를 작성하는 학구파도 있었다.

로비를 훑고 있자니 종종 길드원과 눈이 마주쳤다.

이보배가 모르는 사람이었지만 대부분 반갑게 인사했다. 반가워하며 하는 말이 다 비슷했다.

"포션 잘 마셨어요!"

"언제나 안정적인 맛! 믿을 수 있는 보배표 포션!"

"진짜 사람이었구나. 난 '이보배'란 이름의 기계라고 생각했는데."

이보배는 불우한 가정사로 인해 사내에서 유명 인사였다. 하지만 균열에 드나드는 공략팀 내에선 다른 의미로 유명했다.

"신세 많이 졌습니다."

"포션팀이 할 일인데요."

"그게 아니라, 항상 이보배 씨 포션을 보면서 정신 집중했습니다. 감사합니다.”

회복 포션 제작자를 확인하려면 〈감정〉이나 〈관찰〉 등의 스킬을 사용해야 한다. 하지만 사계절 길드원이라면 대부분 이보배표 회복 포션을 육안으로 구분할 수 있었다.

언제나 똑같았기 때문이다.

똑같은 재료, 똑같은 제조 공정을 거쳐 품질 검사를 통과한 D급 회복 포션이라도 맛과 향, 효과가 미세하게 다르다.

그런데 회복 효과만 바라고 길드에서 지급한 포션을 사용하던 길드원들은 어느 순간 어떤 포션의 맛과 색이 항상 똑같다는 사실을 알았다.

단순히 포션의 품질이 언제나 똑같은 수준에 그쳤다면 모두가 이보배표 포션을 구분할 리 없으나, 이보배표 포션은 물량이 많았다. 최소 열 번은 먹게 되니 익숙해지고 곧 친숙해졌다. 익숙하고 친숙한 것은 일상이 된다.

균열이란 비일상이 일상이 되어버린 공략팀 중 몇은 이보배표 포션에 의미를 부여했다.

이 연금술사는 언제 어디서나 동일한 맛과 품질의 포션을 제작한다.

우리도 이를 본받아 어떤 상황에서도 평정심을 유지하고 동일한 딜, 탱을 해야 할 것이다.

“부길마와 같이 던전 들어간다고 들었습니다. 조심하시고, 응원하겠습니다.”

오늘 마주쳐 얼굴만 아는 사람이 진심으로 응원해 준다. 이보배는 얼떨떨하게 고맙다고 말했다.

포션 잘 썼다는 얘기를 들은 적은 있지만 이런 식으로 의미를 부여해 고마워하는 건 처음이었다.

'열심히 해야겠다.'

이보배 혼자만을 위한 성장이 아니다. 이보배가 성장해 훌륭한 포션 마스터가 되면 이귀한은 물론이고 다른 사람들도 도울 수 있다.

'향상심은 중요해.'

전투계 각성자가 가족을 위해 할 수 있는 최선은 성장이다.

그렇다면 생산계 각성자가 가족을 위해 할 수 있는 최선은 무엇이겠는가. 이 또한 성장이다.

과거의 이보배는 불행에 매몰되어 그걸 알아차리지 못했다. 주위에서 알려줘도 사는 것만으로도 숨이 막혀 그럴 여력이 없었다.

지금의 이보배는 행복하다. 이해기의 방해 공작 따위는 포션 마스터가 되고자 하는 그녀의 향상심을 막을 수 없었다.

'작은오빠 핑계는 이제 그만! 나는 할 수 있다, 아자아자!'

이보배가 주먹을 꼭 쥐고 다짐하자 화르세인지가 핀잔했다.

"돼지가 족발 쥐고 뭐 하느냐. 칭찬 좀 들었다고 경거망동하지 말지어다."

이보배가 족발 당수를 날릴까 말까 고민하는데, 보고가 끝난 듯 나여름이 다가왔다.

나여름은 이지적인 분위기의 여성이었다. 온화하고 서글서글해 보이는 류시우가 빙제라고 불리는 것처럼 별칭과 잘 어울리지 않았다.

"이보배 씨, 지내보니 어때요?"

"괜찮습니다."

"혹 어디 불편한 데 있으면 바로 알려주세요. 어려워하지 않아도 되니까."

"네, 그럴게요. 신경 써주셔서 감사해요."

"던전엔 나도 같이 들어가니까 너무 걱정하지 마요."

나여름이 남자들에게 말하기 어려운 일이 생기면 바로 자신을 찾으라고 말했다.

이보배는 몸 둘 바를 몰랐다.

"정말 황송해서……."

머리를 굴려도 황송하다는 말밖에 떠오르는 게 없었다.

이보배는 족발, 아니, 손가락을 꼼지락거리며 온몸으로 황공무지함을 표현했다.

"정말 이 은혜를 어떻게 갚아야 할지. 이렇게 좋은 기회를 주시다니 너무 감사하고, 저 정말 열심히 할게요!"

"의욕이 과해도 결과가 안 좋을 수 있으니까 부담 갖지 말고 쉬엄쉬엄해요. 현우도 한번 몰두하면 쉬지 않거든요. 현우가 폭주하면 따라가지 말고 적당히 끊어주면서 했으면 좋겠어요. 우리 말은 들어먹지 않지만 같은 연금술사 얘기라면 듣겠죠."

"식사는 꼭 챙길게요."

이보배는 지옥의 셰이크를 반드시 막겠노라 다짐했다.

나여름이 바로 그 자세라며 웃었다.

"내일 오전 7시에 출발할 거예요."

나여름은 내일 일정을 알려준 후 떠났다.

이보배는 시스템창을 열어 6시로 알람을 설정했다. 아날로그 시계는 균열 내에서도 잘 작동하지만 시스템을 이용하는 게 편했다.

짐꾼들을 도와주러 갔던 이해기가 돌아왔다.

이해기가 이리 오라 손짓하자 이귀한도 터덜터덜 걸어왔다. 표정이 사뭇 진지했다.

"막내야, 물구나무서서 혀로 뽑기 버튼 누르면 SR등급이 잘 나온대."

"유용한 정보네. 축하해, 형."

이해기가 가볍게 이귀한을 무시하고 빙제와 상의한 내용을 말했다.

"내일 우리도 던전 입구까지 따라갈 거야. 늪지대는 류시우 길드 마스터가 얼음으로 얼려준다고 했어. 호위도 붙는다고 하니까 한생이는 입조심하고. 형은 계속 참고.”

멀쩡한 성을 두고 숲으로 끌려가게 생긴 화르세인지가 항의했다가 폭력에 굴복했다.

망나니가 오만상을 찌푸리고 투정 부릴 때 이보배는 다른 의미로 이맛살을 찌푸렸다.

“너무 신세 지는 거 아닐까? 그냥 오빠들은 여기서 기다리는 게 어때?”

“응, 싫어.”

이귀한이 딱 잘라 거절했다. 이해기는 당당하게 팔짱 꼈다.

“보배야, 네 오빠는 이 정도 대우는 받아도 되는 사람이란다. 당당해지렴.”

‘그건 댁이 진국일 때 얘기고.’

이보배는 한숨을 쉬며 잠자리를 살폈다.

균열에서는 불면증과 변비에 시달리는 헌터가 많다. 균열에서 자는 게 처음이 아니었지만 그땐 큰오빠만 있었고 돌바닥보다 편한 차 시트도 있었다.

딱딱하고 차가운 성의 로비 바닥에 담요를 깔고 그 위에 누우니 다른 사람들의 인기척이 느껴졌다.

천이나 얇은 판으로 구획을 나누었던 대피소 시절이 떠올라 이보배는 저도 모르게 몸을 움츠렸다.

'그땐 화장실도 혼자 못 다녔는데.'

혼자 다니면 위험하단 이유로 꼭 다른 사람과 같이 가거나 오빠들이 망을 봐줬다.

하지만 이귀한은 대피소 밖에서 몬스터와 싸우느라 바빴고 이해기는 이해기 나름대로 젊고 건강한 청년이니 불려가는 일이 잦았다. 이한생은 삼남매가 간절히 부탁해 차지한 병상에서 시체처럼 누워 있었으니 언급할 필요도 없다.

이보배는 그 뒤 자기 전에 반드시 화장실에 가는 버릇이 생겼다. 자고 있는 오빠를 깨워 화장실 가기 미안했기 때문이다.

'갑자기 생각나고 그래, 잠 안 오게.'

잠을 설칠 것 같은 예감이 들어 이보배는 몸을 뒤척였다. 어떻게든 자기 위해 눈을 감고 숨죽이자 양옆에서 규칙적인 숨소리가 들렸다.

막내 옆자리는 자기 거라고 우긴 큰오빠와 악마나 사기꾼보단 돼지 옆이 낫다는 막내 오빠의 숨소리였다.

다시는 들을 수 없을 줄 알았던 숨소리와 기계의 힘을 빌리지 않은 숨소리. 빼먹으면 섭섭해하니 끼워줘야 할 것 같은 작은오빠의 숨소리까지.

듣고 있으니 이보배의 의식이 점점 몽롱해졌다.

잠이 올 것 같지 않다던 이보배의 예감이 틀렸다. 그렇지만 이번엔 예감이 틀린 것이 달가웠다.

이보배는 안심하고 깊이 잠들었다.

한현우가 이보배 앞에 쪼그리고 앉아 등을 내밀었다.

"업히세요."

"진짜 업혀요?"

이보배는 주저하다가 시간 낭비임을 깨달았다. 이러고 있는 동안에도 시간은 흘러간다.

이보배는 냉큼 한현우에게 몸을 맡겼다. 한현우는 솜털처럼 가볍게 이보배를 업고 몸을 움직였다.

'역시 복합계. 근력이 있긴 있구나.'

"혹 모르니 달리거나 점프해 보겠습니다. 꽉 붙들어주세요."

이보배는 한현우가 움직이는 데 방해되지 않도록 힘주어 매달렸다.

한현우는 전력으로 달리거나 제자리에서 폴짝 뛰어보더니 고개를 끄덕였다.

"괜찮을 것 같습니다."

"목이 졸리거나 그러진 않죠?"

"이보배 씨 근력으론 제 목을 조를 수 없습니다. 안심하고 꽉 조르십시오."

업은 한현우나 업힌 이보배나 모두 진지했다.

추효풍은 로맨틱한 분위기를 기대했다가 로맨틱의 'ㄹ'도 보이지 않자 후회했다.

"차라리 시우가 얼음 미끄럽게 만들고 넘어지지 않게 손 잡고 가라고 할걸."

"어쨌든 호감은 쌓이니까."

"그놈의 독만 안 먹였어도."

추효풍이 이를 갈고 나여름이 따라서 한숨을 쉬었다.

류시우는 사람 좋게 웃고는 지팡이를 꺼내 장비했다.

"길을 벗어나지 않게 조심하세요."

빙제는 늪지대를 얼려 이씨 삼형제를 위한 길을 만들었다. 질척하고 이상한 기포가 올라오던 독 늪지대가 순식간에 얼어 딱딱해졌다.

돌다리는 당당하게 건너지만 언 다리는 두드려 보고 건너야 하는 법.

망나니는 돌을 던져 언 땅의 강도를 확인해 보고 그래도 미덥지 않은지 다른 사람들이 올라갈 때까지 기다렸다.

이씨 삼형제의 호위를 맡은 사계절 길드원이 앞장서자 이해기와 이귀한도 따라 올랐다.

겁 많은 망나니는 걱정거리 하나가 해결되자 새로운 걱정을 더했다.

"사람이 너무 많아 깨지지 않겠느냐?"

"겉만 얼린 게 아니라 속까지 얼었으니 괜찮습니다. 그럼 저희 먼저 가보겠습니다."

류시우의 말에 추효풍이 창을 휘둘렀다. 돌풍이 일면서 앞을 가리던 독 안개가 뚫려 목적지인 숲이 보였다.

"먼저 갈게."

한현우의 등에서 내릴 타이밍을 놓친 이보배는 업힌 채 말했다. 한현우는 이보배가 편하도록 상체를 살짝 숙인 후 늪지대로 발을 디뎠다.

독 늪지대에 들어서자 역겨운 냄새가 이보배의 코를 찔렀다. 이보배는 반사적으로 튀어나오는 구역질을 참고 한현우의 머리에 얼굴을 붙였다.

'앗, 좋은 냄새.'

한현우에게선 좋은 냄새가 났다. 샴푸인지 향수인지 모르겠지만 역겨운 냄새를 중화해 줘서 견딜 만했다.

"독 등급이 낮더라도 고약한 냄새로 적의 집중을 흩뜨리거나 시야를 가리는 것도 효과적입니다. 짐승형 몬스터는 대부분 후각이 예민하니 공격 수단으로 좋습니다."

"기억해 두겠습니다."

전투 연금 한 선생님의 조언에 이보배는 퍼뜩 정신 차렸다.

역겨운 악취를 피해 좋은 냄새에 숨기보다, 고약한 냄

새에 익숙해져 집중력을 잃지 않는 게 바람직한 제자의 자세다.

휘유우우우.

어딘가에서 땅이 꺼질 듯한 한숨 소리가 들리는 것 같았지만 착각이리라. 파티의 선두에 선 추효풍은 맹렬한 기세로 창을 휘둘러 독 안개를 몰아냈다.

다행히 늪은 그리 깊지 않았다. 가장 깊은 곳이 한현우의 허리까지 올라왔다.

S급 헌터 한 명과 A급 헌터 셋, B급 생산계로 구성된 파티는 금방 늪을 건너 숲에 도착했다.

한현우가 업고 있던 이보배를 조심스럽게 내려놓았다.

잠깐 업혀 있었을 뿐인데 내려오니 온기가 사라져 허전했다. 이보배는 공연히 앞섶을 털었다.

뭔가 허전한 건 한현우도 마찬가지였는지 그도 공연히 등을 긁었다. 이보배는 허리를 숙여 감사 인사했다.

“정말 감사합니다.”

“별말씀을요.”

숲에선 늪을 건너지 않아 먼저 도착한 이씨 삼형제가 해독제를 마시고 있었다.

독 안개가 광범위하게 퍼져 있고 독의 농도 자체는 옅지만 혹 모를 중독을 방지하기 위해서다.

“막내가 만든 게 더 맛있어!”

"보배가 형한텐 일부러 맛 낸 포션을 주니까 그렇지. 한생아, 넌 좀 참아보고 마셔라."

"얼른 내놓아라! 중독될 것 같단 말이다! 속이 울렁거린다!"

"독도 비싸. 비싼 거니까 크게 들이마시렴."

'맞아. 독 비싸지.'

이보배는 역겨운 냄새가 나는 늪지대를 돌아보았다. 늪지대 전체가 독이니 저걸 퍼담아 팔기만 해도 짭짤할 터였다.

이보배가 눈이 휘둥그레져서 독 늪을 가리키자 한현우가 애석해했다.

"퍼내면 독 기운이 사라집니다. 지형에 부여된 속성 같습니다."

"아까워라."

"대신 이곳에 길드원을 상주시켜 〈독 내성〉 스킬 획득을 도우려 했는데……. 그것도 포기했습니다."

'다른 길마들이 반대했나?'

"독 농도가 옅어서인지 중독 상태가 되기까지 너무 오랜 시간이 걸리더군요. 효율이 좋지 않았습니다. 이 균열은 한 달만 유지할 계획이라 포기했습니다."

'한 달?'

연금술사의 성장을 돕는 히든 피스가 있는 균열을 한

달만 유지하고 소멸시킨다는 얘기에 이보배는 귀를 의심했다.

'유지하면서 두고두고 쓰는 게 좋지 않나?'

남동생을 실컷 놀린 후 해독제를 건넨 이해기가 능글맞게 웃으면서 다가왔다.

"보배는 좋겠네."

"나? 내가 왜?"

"현우가 업어줬잖니. 너 업히는 거 좋아하잖아."

"작은오빠는 내 나이가 몇인데 그런 소리를 해."

이보배는 이해기의 주책이 두려워 옆구리를 찔렀다.

가장이 비폭력주의일 때 알아서 입 다물라는 협박이었다.

이해기는 용사답게 미래의 폭력에 떨지 않고 계속 나불거렸다.

"오죽 업히는 걸 좋아하면 결혼식에서 행진할 때 업어주는 사람이랑 결혼할 거라고 했잖아."

"그건 어릴 때 얘기고. 그리고 신랑이 업어주는 게 아니라 아빠가 업어준다고 했던 거야."

금지옥엽 막내딸을 끔찍이도 예뻐한 이보배의 아버지는 그녀가 결혼할 땐 업어주겠다고 호언장담했다.

철없던 이보배는 그때 가서 말 바꾸지 말라며 아빠의 코어와 하체 운동을 장려했다.

'진짜 철딱서니 없었구나.'

스스로가 한심하면서도 세상 무서울 것 없을 만큼 사랑받던 과거가 그립기도 하다.

이보배가 웃어야 할지 울어야 할지 몰라 미묘한 표정을 짓는데 한현우가 조심스레 말했다.

"이보배 씨가 원하면 업어드리겠습니다."

"네? 아뇨, 진짜 괜찮아요. 저 새, 작은오빠가 농담하는 거예요."

이보배는 웃으면서 진흙이 묻은 한현우의 손을 물티슈로 닦았다. 군사부일체라지만 한현우가 진짜 이보배의 아버지는 아니다.

결혼식에서 업어준다니, 농담이라도 부담스러웠다.

"큰오빠나 작은오빠가 업어주겠죠. 그치?"

"내가? 좋아! 결혼식에서 막내 업는 일 내 거! 찜!"

"형, 솔직히 그건 나한테 양보해야지. 내가 보배랑 더 오래 지냈잖아."

"악마 새끼랑 사기꾼이 인도하면 결혼 생활이 행복하겠느냐? 돼지의 돈생이야 알 바 아니지만 이건 막아야겠다. 내가 해야 신께 축복받는 행복한 결혼 생활이 될 수 있다."

이씨 삼형제는 쓸데없이 투닥거렸다.

이보배는 낯이 뜨거워 세 명 전부 늪에 처박고 싶어졌다.

류시우와 나여름, 추효풍이 공략 완료한 던전 상태를 살피겠답시고 못 들은 척해주는 게 고마울 따름이었다.

의견이 좁혀지지 않자 파괴신이 엉뚱한 결론을 내렸다.

"막내가 결혼 세 번 하면 되겠다!"

자기 집이 아니라는 이유로 들르는 세계마다 뿌셔뿌셔하고 온 악마만이 할 수 있는 저세상 발상이었다.

회귀자는 물론이고 망나니 공자님도 경악했다.

"형, 부수는 게 좋아도 보배 가정은 파괴하지 말아줄래."

"오늘 악마가 한 말 중 제일 끔찍한 발언이었다! 신께서도 듣고 노하실 것이다!"

화르세인지는 가정 파괴 소리에 치를 떨었다.

이보배는 오빠들의 주접에 치를 떨며 주먹을 쥐었다. 보는 눈이 있어 〈사랑의 매〉를 쓰지 못하는 게 안타까웠다.

"이보배 씨."

"죄송해요, 많이 놀라셨죠. 보다시피 오빠들 상태가 안 좋아요. 겉보기만 멀쩡하다니까요."

한현우가 진지하게 손가락 세 개를 펼쳤다.

"은혼식과 금혼식도 결혼식처럼 하면 세 번 채워집니다."

'놀리는 거야, 위로해 주는 거야.'

이보배는 떨떠름하게 한현우를 바라보다가 피식 웃었다.

한현우라면 문자 그대로 '어떻게 하면 가정이 파괴되지 않고 결혼을 세 번 하나' 고민하다가 내린 답일 가능성이 높았다.

“한현우 씨 말이 정답이네요. 오빠들도 들었지? 이제 싸우지 마.”

이보배가 쓸데없고 부끄러운 형제 싸움에 종지부를 찍었다. 파괴와 살육, 혼돈을 사랑하는 대악마는 새로운 분란의 씨앗을 던졌다.

“금혼식은 내 거! 찜!”

“형 솔직히 인간적으로 금혼식이 내 거지.”

“되다 만 인간과 사기꾼은 꺼져라! 그런 명예로운 자리는 내가 가서 축복해야 하느니라!”

이보배가 지금 당장 결혼해도 50년 뒤의 일이다. 이보배는 여든 노인이 되어서도 자길 업어주겠다는 오빠들이 있어서 정말 행복했다.

너무 행복해서 그녀의 어금니가 빠드득 갈렸다.

이보배는 던전 입구에서 오빠들과 작별 인사를 나눴다.

그녀가 던전에서 보내기로 한 기간은 일주일. 편애하는 막내를 위해서 게임 출석을 일곱 번이나 포기한 이귀한이 손을 흔들었다.

“막내, 열심히 해.”

"형이랑 한생이는 걱정하지 말고. 너 기다리는 동안 한생이 검술 연습이나 시키면 되니 딱 좋구나."

"시발, 돼지 새끼 때문에 이게 뭐냐."

망나니의 각성자 등록을 더는 미룰 수 없게 되었다. 그렇다고 직업 '성자'를 있는 그대로 밝힐 수 없는 노릇이다.

사남매는 고민 끝에 직업은 '검사'에 각성 스킬은 '체키빙 가문 비전 검술'로 등록하기로 결정했다.

아라크네가 직업과 스킬을 속이는 마법 아이템을 판매한다고 하니 화르세인지 공자가 검술만 스킬처럼 보이도록 그럴싸하게 시연하면 되었다.

이해기는 일주일 동안 그걸 잡아보겠다고 한 것이다.

"호위해 주는 분에겐 뭐라고 둘러대려고?"

"그냥 검술 숙련도 올리느라 연습한다고 하면 된다."

일주일 동안 외출도 못 하고 사기꾼에게 붙잡혀 검만 휘두르게 생긴 망나니가 이보배를 노려봤다.

"내가 저 새끼에게 구박받는 것처럼 열과 성의를 다해 수련해야 하느니라! 알겠느냐?"

혼자 당하긴 억울한지 이한생이 이보배에게 최선을 다하라고 말했다.

이미 그렇게 할 생각이었기에 이보배는 굳세게 고개를

끄덕였다.

던전에 진입하기에 앞서 이보배는 주의 사항을 복기했다.

탱커인 질풍 방패 추효풍부터 던전에 진입했다. 류시우, 한현우, 이보배, 나여름이 순서대로 뒤따라 진입했다.

균열 속 균열인 던전에 진입하자 시스템이 던전 정보를 알렸다.

[엉터리 연금술사의 비밀 공방]

–난이도: A

–마감: 카운트 다운 없음

–보스 몬스터 처치 완료(사계절 길드)

–균열핵 확보(사계절 길드)

–〈마법의 성〉 내부 던전

–히든 피스 '연금술사 성장 속도 소폭 향상' 발견 완료(한현우)

"와, 히든 피스 발견한 것도 알려주네요."

"사전에 이야기를 들었고 발견자인 현우랑 파티를 맺고 있어서 그럴 겁니다."

〈관찰〉이나 〈감정〉 스킬이 없어도 이미 알고 있는 정보라면 던전 진입 시 반영된다.

이보배가 아무것도 몰랐다면 공략 완료된 사실만 알 수 있었을 것이다.

던전 〈엉터리 연금술사의 비밀 공방〉은 토굴이었다.

이보배는 절로 개미굴의 추억을 떠올렸다.

다행히 길은 개미굴처럼 복잡하지 않았다. 네 번의 갈래 길을 지나 던전 최심부에 도착했다.

'우와.'

한쪽 벽면은 책이, 다른 벽면은 온갖 물약과 원석, 정제한 재료, 말린 약초가 즐비했다.

특히 광물이 많았고 구석에 놓인 포션 설비는 겉으로 봐선 뭔지 모르겠지만 비싸 보였다.

전반적으로.

'허술해.'

평소 요리를 하지 않다가 갑자기 자취하게 된 사람이 소금과 설탕도 없으면서 트러플 오일과 무쇠 팬을 구비한 것처럼 엉성했다.

'엉터리라더니.'

균열 이름은 거짓말을 하지 않는다.

이보배는 묘하게 납득했다.

"조금 살펴봐도 될까요?"

"안전은 제가 확인했습니다."

한현우의 허락이 떨어지자 이보배는 가장 먼저 책장에 손을 뻗었다. 아무 책이나 집어 펼치자 역시나.

'하얀 것은 종이.'

흰 종이만 그녀를 반기고 까만 글자는 온데간데없었다.

균열에서 발견되는 책은 99% 본문이 없다. 희귀한 1%도 평범하게 읽을 수 없고 〈해독〉 스킬이 필요했다.

스킬이 없으면 아예 해독할 수 없게끔 문자의 형태가 일그러지고 패턴이 뒤바뀌며 억지로 읽고 있으면 '실명'이라는 치명적인 상태 이상에 걸리게 된다.

사진, 스캔, 문자로 인식하지 않고 따라 그리기 등의 편법도 모두 막혔다.

기껏 스킬을 써서 해독한 1%의 책은 무엇이냐. 대부분 스킬북이거나 레시피였다. 해독 완료되면 수정 형태로 변환된다.

결국 인류에게 허가된 책은 거의 없다고 봐도 무방했다.

'가끔 균열 보스 약점이나 히든 피스 힌트가 있는 책도 읽을 수 있다고 했지.'

그래 봐야 이보배는 〈해독〉 스킬이 없어서 읽지 못한다.

이보배는 몇 권 더 펼쳐서 살펴본 뒤 있던 자리에 꽂았다. 균열과 시스템에 대해선 밝혀진 게 하나도 없지만 알 게 뭔가.

'그건 다른 주인공이 찾겠지.'

이보배는 지금도 세계를 구하느라 바쁘다.

갓보배도 따라잡아야 하고 갓보배가 실패한 엘릭서도 만들어야 한다.

이보배는 이미 세계를 구하고 있다.

세계의 진리나 균열의 진상 같은 미스터리는 다른 사람이 밝혀줄 것이다.

'난 경험치 받을 거야.'

현재 이보배의 레벨은 25.

1년 사이 10이나 올렸지만 이보배가 생각하기엔 아직 부족했다. 싸울 일 없는 생산계는 레벨보다 스킬 등급이 중요하다지만 그래도 레벨은 높을수록 좋지 않은가.

현재 이보배의 스킬은 포션 메이커 B급과 포이즌 메이커 D급에서 정체된 상태였다.

레벨이 낮으면 스킬 등급이 오르지 않는다는 소문이 있었기 때문에 이보배는 레벨 업에 충실하기로 결정했다.

그러기 위해 한현우와 문자를 주고받으며 일정표를 짜 왔다.

하루 세끼에 간식 시간 보장, 다섯 시간 취침, 한 시간 휴식이란 알찬 일정표다.

'균열 적응하느라 하루 날려 먹었지만 괜찮아. 오늘부터 열심히 하면 되지.'

한현우도 같은 생각인지 변경된 일정을 알렸다.

"첫날 하기로 했던 추천 창작 레시피 릴레이는 포기하겠습니다. 둘째 날 일정부터 바로 시작하죠."

"네!"

이보배가 힘차게 대꾸하자 한현우가 종이 더미를 넘겼다. 건강한 성인 남성 정도의 근력을 지닌 이보배에게도 아주 묵직했다.

"이게 뭔가요?"

"이곳은 생각보다 〈해독〉 스킬이 통하는 책이 많더군요. 이 연금술사 공방의 주인이 쓴 연구 일지입니다."

"와, 그러면 이게 전부 레시피인가요?"

"아뇨, 전부 쓰레기입니다."

이보배가 눈을 초롱초롱 빛내자 한현우가 단칼에 희망을 잘라냈다.

"던전 이름에서 알 수 있듯 이 공방의 주인은 엉터리입니다. 엉터리 연금술 기록을 열심히 남겨뒀더군요."

살짝 기대했던 이보배는 실망했다. 역시 균열 이름은 거짓말을 하지 않았다.

그러나 한현우가 누군가. 균열 흙까지 긁어 가는 사계절의 원년 멤버 아닌가.

이게 정말 쓸모없는 기록이었다면 한현우가 [현자의 외알 안경]을 쓰고 컴퓨터에 옮겨 이보배 보기 좋게 프린트하지 않았을 것이다.

"하지만 사람은 길가의 돌에서도 배울 점을 찾지 않습니까. 이 쓰레기는 재활용 쓰레기입니다. 우리는 이 엉터리 실험 기록을 통해 잘못된 점을 찾고 연구할 수 있습니다.

오늘은 일지를 읽으면서 어째서 실험이 실패했는지 찾아보도록 하죠."

"네, 알겠습니다!"

"주인이 꽤 엉뚱한 인물이었는지 나름 그럴싸한 결과물이 나와도 본인이 원한 결과가 아니면 중도 포기한 게 많더군요. 여기서 새로운 창작 레시피를 착안할 수도 있을 겁니다."

"기대되네요!"

이번에도 힘들겠지만 얻어가는 것 많은 수업일 것이다.

이보배는 한현우가 번역해 준 엉터리 연금술사의 일지를 살폈다. 언뜻 보기만 해도 중구난방 엉터리였다.

"윽, 이 연금술사는 뭘 만들려고 했던 걸까요?"

"금입니다."

엘릭서와 다른 의미에서 연금술사들의 최종 목표였다.

'어쩐지 재료 중에 광물이 많더라니.'

이보배는 여러 광물을 섞어도 금이 나오지 않는다는 기존의 상식을 버렸다.

약초를 레시피대로 조합하면 회복 포션이 나오는 시대다. 언젠가 금 제작 레시피가 나올지 누가 아는가?

"별로 기대하진 않지만 금 제작 레시피의 힌트를 얻을 수도 있겠죠."

별로 기대하지 않는다는 게 사실인 듯 한현우가 무표정

하게 말했다.

이보배도 동의했다. 힌트를 찾으면 좋은 거고 없으면 마는 거다.

돈 많은 한현우가 새삼 금 제작에 연연할 필요가 없었다.

금이 엘릭서의 필수 재료긴 하지만 한현우는 돈 주고 사면 된다.

균열 보상으로도 심심찮게 나오기 때문에 길드 창고에 있는 금을 사용해도 되었다.

물론 제작 레시피는 많을수록 좋기 때문에 레시피를 알게 되면 좋은 일이었다.

크게 기대하지 않을 뿐이다.

"집중하고 있는데 미안하지만 잠깐 나 좀 볼래?"

열정적으로 일지를 탐독하던 이보배는 추효풍의 목소리에 고개를 들었다.

오빠 목소리면 무시했을 텐데 길드 마스터들과 같이 있으니 아주 약간 덜 집중해서 그런지 용케 무시하지 않았다.

"네, 무슨 일이세요."

"효풍이 형, 왜요? 저 필요해요?"

추효풍이 팔짱을 끼고 오묘한 표정을 지었다가 활짝 웃었다.

"제가 보고 있으니 둘 사이가 너무 딱딱해 보여서. 둘이 동갑이죠? 친구니까 편하게 말 놓는 건 어때요?"

"그래요, 그거 좋은 생각이야."

추효풍이 일으킨 바람에 류시우가 동조해 부채질했다.

"맞아, 맞아. 존댓말은 길잖아요. 반말이 더 효율적이네. 둘 다 효율 좋아하잖아."

"저는 좋습니다."

한현우가 이보배의 대답을 기다리듯 물끄러미 그녀를 응시했다. 바둑알처럼 새까만 눈동자가 인상적이었다.

'효율 별로 안 좋아하는데.'

한현우를 존경하지만 한현우처럼 살고 싶진 않았다. 그저 아주 약간 한현우의 성실함과 학구적인 태도를 본받고 싶을 뿐이다.

'그리고 존경하는 사람한테까지 효율 찾는 건 별로지.'

진심으로 존경하고 본받고 싶은 사람 앞에선 절로 고개가 숙여지는 법이다. 이보배에겐 한현우가 그러했다.

"제가요? 고작 동갑이라고 그럴 순 없어요."

"동갑 친구잖아요. 직업도 같으니까 좋은 인연 아닐까요?"

보다 못한 나여름이 참견했다. 이보배가 열심히 고개를 저었다.

"아유, 감히 그럴 수 없죠."

이보배는 정색하고 연신 고개 저었다. 그러자 더는 권하지 않았다.

잠시 맥이 끊겼지만 이보배와 한현우는 곧장 일지로 눈

을 돌렸다.

집중하기 직전 추효풍이 작게 투덜거리는 소리가 들렸다.

"이래서 루트가 중요한데……."

'게임 이야긴가 보네.'

하얀 건 종이요, 까만 건 글씨니.

이보배는 금방 추효풍의 투덜거림을 잊었다.

오전엔 이론, 오후엔 실습. 맛있게 도시락을 먹고 두 시간이 지난 후, 이보배는 눈을 부여잡고 쓰러졌다.

"내 눈! 내 누운!"

"실명하지 않으니까 참고 눈을 뜨세요. 따갑고 아프지만 견뎌야 합니다. 이보배 씨가 보안경을 찾아서 쓰는 것보다 참고 도망가는 쪽이 빠릅니다."

한현우가 현실의 최루제를 참고해 개발한 각성자 및 몬스터용 최루액은 '연금술사의 솥뚜껑'에도 레시피가 등재되지 않은 비전이다.

시스템은 한현우의 최루액에 C등급을 붙여줬다.

C등급 최루액 레시피를 알려줄뿐더러 제작까지 도우니 후배를 향한 사랑과 관심이 느껴지지 않는가?

한현우의 아낌없는 사랑을 받은 이보배의 눈과 코에선

맑은 물이 줄줄 흘렀다.

"독으로 분류되지만 최루 효과에 중점을 두었기 때문에 독 효과는 F급이라 〈독 내성〉이 있는 이보배 씨는 중독되지 않습니다. 아프기만 하니까 눈을 뜨세요!"

한현우는 제자 혼자 위험에 몰아넣는 스승이 아니었다.

그는 이보배가 제작한 최루액을 그의 눈가에 발랐다.

첫 제작에 바로 성공한 똑똑한 제자 덕분에 스승님은 감격했다.

감격한 나머지 눈물과 콧물을 줄줄 흘렸다.

"으어어어어."

이보배는 붓고 따끔거리는 눈을 간신히 떴다. 눈가에 최루액을 찍어 발랐을 뿐인데 코도 부어 숨쉬기 힘들었다.

"최루액의 효과는 최장 여덟 시간입니다. 그전에 중화제를 완성하도록 하죠. 이보배 씨는 할 수 있습니다."

신뢰감이 가득 담긴 목소리는 평소라면 듣기 좋았을 것이다.

그러나 지금은 아니었다.

이보배는 한현우를 한 대 때려줄까 하다가 물기 어려 더 짙어진 까만 눈을 보고 그만뒀다.

사실 정신력이 높다 보니 그럭저럭 참을 만했다. 이보배는 중화제에 눈물과 콧물이 떨어지지 않도록 보안경과 마스크를 장비했다.

보안경에 눈물이 고일 때마다 슬쩍 열어 흘려보내길 몇 번이나 반복했을까. 콧물은 몇 번이나 풀었는지 세어보지도 못했다.

다섯 시간 만에 중화제를 완성한 이보배가 두 팔을 들고 열광했다.

“끼요오오옷!”

“역시 이보배 씨. 믿었습니다!”

한현우는 가르치는 대로 쏙쏙 흡수하는 제자에게 칭찬을 퍼부었다. 무릎 꿇고 두 팔을 벌려 괴성을 지르는 이보배와 옆에서 ‘잘한다, 잘한다’ 맞장구치는 한현우.

모든 광경을 지켜본 추효풍이 비틀거리다가 벽에 기댔다.

“내가 멍청하게 최루액을 빼먹어서.”

독 안 돼, 화약 안 돼. 뱀이 도마뱀을 거쳐 지네가 되도록 사족을 달았으면서 왜 최루액을 빼먹었단 말인가!

추효풍이 과거를 자책하자 류시우가 위로했다.

“현우가 잘못한 거야. 형 탓이 아니야.”

사계절의 길드 마스터들은 좌절했다. 이래놓고 사귀면 이보배는 개명해야 한다. 이보살이나 이부처로.

“저 포이즌 메이커 숙련도도 꽉 찼어요!”

“대단합니다!”

“전부 한현우 씨 덕분이에요! 감사합니다!”

“이보배 씨가 노력한 성과입니다.”

그나마 다행히 호감도는 계속 쌓였다. 한현우에게 정이 떨어질 법한데 호감이 쌓인다는 점에서 희망이 보였다.

'이보배 씨도 보통은 아니야.'

역시 현실 인간과 2D 캐릭터, 3D 캐릭터에도 흔들리지 않던 한현우의 마음을 사로잡은 사람다웠다.

보통내기가 아니었다.

나여름은 눈앞에 펼쳐진 지옥도를 끝내고자 일어섰다.

"현우야, 이보배 씨. 그만하고 식사해요."

한현우는 섭취 간편하고 영양가가 풍부한 헌터용 칼로리 바를 꺼냈다. 두 개 꺼내서 하나는 이보배에게 건넸다.

'아, 맞다.'

나여름이 한 당부를 떠올린 이보배가 아차 싶어 칼로리 바를 거부했다. 적당히 끊겠다고 약속했고 실제로 점심 시간은 잘 지켰다.

그런데 저녁땐 끊기는커녕 중화제 제작에 정신이 팔려 까맣게 잊었지 뭔가.

"식사 시간이랑 간식 시간 건너뛰었잖아요. 휴식도 포함해서 제대로 챙기죠. 휴식도 일이니까요."

"한창 집중하고 계시던데 맥이 끊겨도 괜찮습니까?"

"전 괜찮아요."

이보배와 한현우가 통로 쪽으로 나왔다. 두 연금술사가 눈물과 콧물로 체내 수분을 배출하고 있을 때, 대한민국을 대표하는 길드 사계절의 길드 마스터들은 무엇을 하고 있었느냐.

보드게임을 하고 있었다. 추효풍이 게임을 치우고 음식 놓을 자리를 만들었다.

류시우와 나여름이 인벤토리에서 미리 해놓은 음식을 꺼냈다.

"저희 때문에 식사 안 하셨던 거예요?"

"먼저 먹지 그랬어."

"우리도 게임하느라 깜빡했어. 그럼 먹자."

점심에 먹은 도시락이 이해기의 작품이었다면 지금 먹는 음식은 모두 류시우, 나여름, 추효풍의 합작이었다.

"우와, 다들 요리를 잘하시네요."

"서울 살다가 부모님 귀농하는 데 끌려갔었거든요. 외식을 못 하니 직접 해 먹는 수밖에."

추효풍은 외딴 산골 유기농 과수원집 아들이었다. 본인은 짜장면 만들 때 면부터 뽑는다고 허세를 부렸다. 류시우와 나여름은 자취하면서 배웠다고 말했다.

'사계절의 길드 마스터들이 한 요리. 이것 참 귀하네.'

이보배는 황송한 마음에 맛을 음미하며 꼭꼭 씹어 먹었다.

식사가 끝나자 놀랄 만한 일이 벌어졌다.

한현우가 초코칩 쿠키를 꺼냈다. 갓 구워 김이 올라오는 쿠키와 며칠 숙성시켜 초코칩이 스며든 쿠키.

"제가 만들었습니다."

사계절 길드 마스터들의 얼굴에 화색이 돌았다.

"요즘 바쁘다고 안 만들어주더니 웬일이야."

"현우야, 잘 먹을게."

"이보배 씨도 많이 드세요. 현우가 요리를 안 해서 그렇지 일단 하면 잘하거든요. 특히 베이킹은 어지간한 디저트 카페보다 맛있어요."

"베이킹은 과학이니까. 습도와 온도만 일정하게 유지하고 레시피대로 따르면 쉬워."

이보배는 초코칩 쿠키를 한 입 베어 물었다. 최루액으로 셀프 고문하느라 젖은 눈가에 눈물이 다시 고일 정도로 맛있었다.

'의외다.'

부드러운 인상의 류시우도 아니고 겉만 봐선 빙제 소리 절로 나오게 생긴 한현우가 베이킹을 잘한다니.

뜻밖의 일이라 이보배는 새삼스러운 눈으로 한현우를 보았다.

그 시선을 눈치챈 류시우가 웃으며 말했다.

"의외죠? 현우가 반전 매력이 있는 남자예요. 혹시 또 궁금한 것 있어요?"

"뭐든 물어봐요."

"뭐든지."

당사자인 한현우는 가만히 있는데 다른 사람들이 난리였다.

이보배는 당황해 눈을 깜빡였다. 한현우도 당황하긴 마찬가지였는지 볼이 약간 붉었다.

'아니, 전 직장 사장에게 궁금한 걸 물어보라고 해봐야.'

연금술 관련 질문은 남은 5일 동안 할 수 있으니 패스. 개인적인 질문은 실례니까 패스.

적당한 질문을 궁리하던 이보배는 진짜 궁금했던 것 하나를 떠올렸다.

"저, 이 균열의 히든 피스는 꽤 좋잖아요. 그런데 한 달 뒤에 소멸시킨다고 들었거든요. 어째서인가요?"

적절한 질문이 아니었는지 셋의 눈동자에 실망감이 맴돌았다. 이보배는 아차 싶어 두 손을 휘저었다.

"꼭 답변을 바라고 여쭤본 건 아니고요. 길드 방침상 그러는 건데 제가 잘 몰라서 실수했다면 죄송합니다."

"실례라니 그렇지 않습니다. 현우야, 답변해 드려."

"형이 하는 게 낫지 않아요?"

"네가 해드려."

나여름이 냉침한 홍차를 따라주더니 멀찍이 떨어졌다. 보드게임을 이어 하려는 듯했다.

이보배는 한현우와 마주 앉아 시원한 홍차를 마시며 초

코칩 쿠키를 씹었다.

'천국이 따로 없네.'

한현우는 [현자의 외알 안경]을 고쳐 썼다. 의도치 않게 타인의 상태창을 보게 되기 때문에 평소엔 쓰지 않다가 필요할 때 장비한다. 하지만 이번엔 던전에 있어야 하니 계속 쓰고 있겠다고 이보배에게 미리 양해를 구해 장비한 상태였다.

"저희 사계절은 균열 소멸파입니다."

어느 날 갑자기 등장한 균열. 균열은 인류 문명은 물론이고 존립 자체를 위협했지만 인류는 각성자와 함께 이를 극복했다.

사람은 죽을 위기에서 벗어나면 다른 생각을 하게 된다. 공략 완료한 균열을 유지해 자원으로 이용하자는 의견이 튀어나왔다.

균열 내 몬스터와 채집물은 시간이 지나면 재생성된다. 이를 이용해 균열 부산물을 지속적으로 채집하거나 균열에 쓰레기와 핵폐기물 등을 버리는 처리장으로 이용하자는 주장이다.

이보배가 있는 던전처럼 유용한 히든 피스가 있는 균열이라면 장기적으로 운용하며 연금술사 육성에 이용할 수도 있다. 사실 균열을 이용할 방법은 무궁무진했다.

이에 반대해 균열은 반드시 소멸시켜야 한다, 예외는 없다고 주장하는 쪽이 균열 소멸파다.

"아깝지 않으세요? 너무 아깝다."

"한 달도 최대한 미룬 겁니다. 인류는 균열에 대해 파악한 게 하나도 없습니다. 앞으로 어떻게 업데이트될지 모르는데 변수는 막을 수 있을 때 막아야 합니다."

한현우는 세계에 더 큰 위기가 닥쳐올 거라 믿었다. 공략을 완료했다 해도 균열을 유지하는 건 그의 최소 노력 최고 효율 정신에 맞지 않았다.

"애초에 균열 자원파라는 이름 자체가 말장난입니다. 균열이 자원이란 식으로 사람들 인식에 장난질을 쳐 균열 소멸파를 매국노라고 몰아세우는데 균열이 언제부터 자원이었습니까? 균열은 위협입니다. 싹 다 소멸시켜야 합니다."

"그렇군요. 제가 잘 몰라서 실례했습니다."

'작은오빠도 소멸해야 한다고 했지.'

회귀자가 균열 소멸파를 지지하니 소멸시키는 쪽이 옳을 것이다.

이보배는 즉각 사과했다. 한현우는 괜찮다고 말하더니 높으신 분 몇을 언급했다.

헌터 협회 부회장, 모 대형 길드 마스터, 국회의원 등이 있었다.

"이 사람들은 균열 자원, 젠장. 하도 자원, 자원 하다 보니 저도 입에 옮았습니다. 균열 유지파니까 상종도 하지 마십시오. 박 과장님이 소멸파라 다행이지 뭡니까. 아니었으면 균열 소멸 금지법이 통과되었을 겁니다."

작은오빠에 이어 관리국 박 과장도 소멸파란다. 관심 없던 이보배도 오늘 이 순간부터 균열 소멸파가 되었다.

균열 소멸파인 한현우가 장고 끝에 정한 한 달. 그중에서 일주일이란 긴 시간을 할당받았으니 더욱 열심히 해야겠다.

이럴 때 이보배가 한현우에게 보일 수 있는 최고의 성의는 무엇이냐. 괄목할 성장? 이건 기본이다. 최고의 성의는 노력하는 모습이었다.

"공방을 운영하면서 상태 이상 치료제 주문 의뢰를 받고 엘릭서 연구를 병행하는데 〈포이즌 메이커〉 스킬 등급까지 올리다니. 저도 이보배 씨에 부족하지 않도록 노력하겠습니다."

한현우는 스파르타 교실 때 이보배의 〈포이즌 메이커〉 스킬 등급이 오른 걸 몰랐다. 그 뒤로 이보배 혼자 독학해 스킬 등급이 올랐다고 착각했다.

당시 스킬 등급이 오른 걸 알렸으면 천재라고 착각했을 테니 그게 그거였지만 어쨌든 이보배는 한현우를 실망시키고 싶지 않았다.

이보배는 〈포이즌 메이커〉 스킬을 시전해 D급 독을 제작했다.

다시는 독을 먹지 않겠다 맹세했지만 원래 주인공의 맹세는 한 번쯤 깨져줘야 스토리가 산다. 맹세를 지키기엔 히든 피스가 아까웠다.

'한 선생님. 지켜봐 주세요!'

이보배가 자진해 독을 마시자 한현우가 본인도 노력하겠다며 A급 독을 먹었다.

현재까지 균열에서 나온 독 중 가장 독한 독이 칠성 전갈의 꼬리 독(B급)이다.

한현우의 〈독 내성〉 등급이 B급이니 등급을 올릴 필요는 없지만 미래를 위한 투자라 치자.

이보배와 한현우는 독을 마시고 반사적으로 구역질했다. 이것만은 독을 자주 먹은 한현우도 참을 수 없었다.

번갈아 구역질하더니 나란히 포션 설비 앞에 서는 두 연금술사의 모습이 류시우 보기에 참 대견했다. 균열 강국 대한민국의 앞날은 눈부시게 밝았다.

빛이 밝을수록 어둠이 짙어지는 법. 대한민국의 연금술 업계가 밝은 만큼 한현우의 연애는 어둡고 캄캄했다.

흡사 전염병이 유행했을 때의 PC방 매출 같아서 류시우의 눈에 눈물이 고였다.

[레벨이 올랐습니다!]

레벨이 올랐다는 반투명한 알림창이 뜸과 동시에 이보배의 몸에 누적된 육체, 정신 피로가 싹 가셨다.

파티창엔 레벨이 표시되지 않지만 사계절 길드 마스터들은 그녀의 레벨 업을 귀신같이 알아차렸다.

"레벨 업 축하드립니다."

"축하해요!"

"이번이 네 번째인가? 빠르네."

"전부 이보배 씨가 노력한 성과입니다."

이보배가 던전에 들어온 지 5일이 지났다. 거의 매일 레벨 업 한 것이나 마찬가지니 폭렙도 이런 폭렙이 없었다.

이보배는 이 모든 공을 한현우에게 돌렸다.

"전부 한현우 씨 덕분이에요! 제게 이런 기회를 주셔서 정말 감사해요!"

"기회는 노력하는 사람에게 찾아오는 법입니다."

이로써 이보배의 레벨은 29가 되었다.

정신력은 유독 능력치가 잘 올라 홀로 독보적이고 마력도 팍팍 올라 어지간해선 마력 부족할 일은 없을 것이다.

추효풍은 혹시라도 분위기 띄울 일 있으면 뿌리려고 가져온 꽃잎을 레벨 업 축하용으로 뿌렸다.

아끼는 동생의 연애를 포기하니 마음이 편안했다.

화장실에서 나온 사람처럼 시원하게 웃던 추효풍의 미소가 갑자기 사라졌다.

“입구 쪽 바람이 이상한데.”

“리젠됐어?”

“한 마리인 것 같다. 나랑 시우가 다녀올게.”

질풍 방패가 빙제를 옆구리에 끼더니 바람처럼 사라졌다. 이보배는 둘을 걱정했지만 정작 빙제의 연인인 나여름과 길드원인 한현우는 태연했다.

“혹 모르니까 나도 이 근처 돌아보고 올게. 입구에 〈피의 쐐기〉 설치할 테니까 건드리지 말고.”

나여름이 공방을 나가며 입구에 피를 뿌렸다. 피는 살아 있는 것처럼 꿈틀거리다가 바닥에 흡수되어 사라졌다.

“무슨 일 있으면 바로 소멸시키고.”

그 말과 함께 나여름도 통로 저편으로 사라졌다.

이보배는 긴장해서 몸을 움츠렸다. 힘의 차원이 다른 큰오빠와 세계를 구했다는 작은오빠가 늘 곁에 있어서 잊고 있었던 공포가 떠올랐다.

“〈피의 쐐기〉는 여름 누나의 직업인 블러드 워리어의 스킬입니다. 피를 사용해 대상을 속박하는 가시 함정을 설치할 수 있죠. 시전자의 피는 물론이고 타인의 피도 사용할 수 있기 때문에 유용하고 좋은 스킬입니다.”

건드리지 않으면 안전하다며 한현우가 이보배를 안쪽으로 이끌었다.

"너무 걱정하지 마십시오. 형이랑 누나들은 강하고 저도 1인분 몫은 합니다. 무슨 일이 있어도 이보배 씨를 지키겠습니다."

"그게 아니라, 제가 이런 대우를 받아도 되나 싶어서요."

호위 자체는 당연히 받아야 한다. 이보배는 실시간으로 세계를 구하고 있고 이보배의 안전이 곧 세계의 안전이다.

이보배는 타인의 목숨을 짓밟고서라도 악착같이 살아야 할 의무가 있었다.

하지만 경호원이 사계절의 길드 마스터 급이 되니 슬슬 부담스럽다. 한현우가 제공해 준 히든 피스에 길드 마스터 호위까지 곁들어지니 이보배의 양심이 아프다고 외쳤다.

"제가 한 것도 없는데 너무 과분하지 않나, 그런 생각이 들어서. 그, 그래서 더 열심히 하고 있지만요! 다음에 더 좋은 기회 주셔도 염치없이 받을 거긴 해도요!"

왜 나에게 꿀 찍은 떡을 주는지 모르겠지만 주는 대로 받아먹겠다! 나중에 후회해도 나는 모른다! 떡은 최대한 맛있게 먹어줄게!

이보배가 비굴한 속내를 감추지 않자 한현우는 눈을 깜빡였다. 그녀의 자존감이 낮다는 나여름의 말이 저절로 떠올랐다.

"이보배 씨는 이런 대우를 받아도 됩니다. 마땅합니다."

"제가 뭘 했다고요. 사계절 다닐 때도 솔직히, 한현우 씨 말대로 자기 계발도 안 했잖아요. 물론 나름 포션 1팀 에이스로서 돈 받은 만큼은 기여했다고는 생각해요! 딱 그 정도라 그렇지."

이보배가 자조하자 한현우가 반박했다.

"지금은 아니지 않습니까. 한동안 정체기가 있었지만 이보배 씨는 자신의 길을 찾아 성장하고 있습니다. 전 이보배 씨가 저와 동등하거나 더 위대한 연금술사가 되리라 확신합니다. 왜냐면."

고개를 숙였던 한현우가 이보배와 눈을 맞췄다.

"왜냐하면……."

이보배는 강바닥에 가라앉은 차돌처럼 물기 어리고 새까만 그의 눈동자를 들여다보았다.

"이보배 씨는 이한생 씨를 구했으니까요."

이보배보다 앞서 이한생이 그녀를 구했다. 이보배가 당연한 일이라고 답하려는데 한현우가 입술을 달싹였다. 이보배는 입 다물고 한현우를 기다렸다.

입술을 달싹인 한현우는 쉽게 다음 말을 잇지 못했다. 한참 후에야 그가 작은 목소리로 고백했다.

"저는 그러지 못했습니다."

유명 헌터의 개인사는 당사자가 원하지 않아도 공공재

처럼 취급된다.

이보배가 관심 갖지 않아서 그렇지 인터넷에 검색해 보면 온갖 과거사가 진짜인 듯, 혹은 지어낸 얘기인 듯 상세하게 튀어나왔다.

그렇게 관심 없는 이보배도 한현우에 대해선 어느 정도 주워들은 이야기가 있었다. 각성 직업이 같은 데다 회사의 높으신 분이니 듣기 싫어도 정보가 들렸다.

한현우는 부잣집 도련님이었다. 위로 누나가 셋 있는데 한 명은 균열의 날 사망했다. 부모와는 사이가 아주 좋지 않아서 거의 의절한 수준이란다.

"저는 막내 누나를 구하지 못했어요."

"그건 한현우 씨 잘못이 아니에요."

이보배가 멍청하게 도망치지 못해 이한생이 그녀를 감싸다가 다친 것이 그녀의 잘못이 아니듯.

한현우가 누나를 지키지 못한 것도 그의 잘못이 아니었다.

심지어 한현우의 누나가 몬스터에게 습격당할 때 그는 누나와 다른 장소에 있었다. PC방에서 게임을 하다가 각성했으니까.

다른 장소에 있던 누나의 죽음이 왜 그의 탓이겠는가.

세계에 금이 간 날 벌어진 비극은 누구의 잘못도 아니었다. 이보배 자신이 생각해도 뻔한 위로였지만 이것 말곤

할 말이 없었다.

한현우는 눈살을 찌푸렸다. 뻔한 위로 때문에 그런 게 아니었다.

"저는 이보배 씨와 다릅니다. 저는 의사에게 항의하지 않았어요. 병원은 환자로 가득했고 의료진은 고장 난 로봇처럼 움직였죠. 누나는 너무 심하게 다쳐서 치료해도 가망이 없어 보였습니다. 그래서 의사가 누나의 치료를 포기한다고 말했을 때 동의했습니다. 그냥 받아들였습니다."

균열의 날은 누구에게나 크든 작든 흉터를 남겼다. 한현우가 눈을 감고 심호흡했다.

"환자가 계속 밀려들었어요. 병상은 물론이고 복도에도 자리가 없어 사람들이 쓰러져 있었습니다. 의료진, 약품, 기계 모든 것이 부족한 상황에서 밖엔 몬스터가 돌아다녀 부족한 것들이 보충될지 모르는 상황에서 누나 같은 중환자를 치료하느니 살 가능성이 높은 다른 환자를 치료하는 게 낫잖아요. 의사 판단은 현명했습니다. 효율적이었습니다. 그러니까 저는 한 번도, 그걸 후회한 적 없었습니다."

후회하지 않는다는 한현우의 몸이 떨렸다. 이보배가 위로하기 전에 그는 자력으로 극복했다. 한현우의 바둑알처럼 까만 눈동자가 이보배를 담았다.

"면접에서 이보배 씨를 뵙기 전까지는요."

한현우는 이보배가 하나도 기억하지 못하는 면접날을 거론했다.

이보배는 필사적으로 머릿속 기억의 서랍장을 뒤졌다. 뒤엎고 헤집다 마침내 꽁꽁 숨겨둔 실마리를 발견했다.

그 실마리를 잡아당기니 새까맣게 잊은 게 거짓인 양 생생하게 떠올랐다.

급하게 마련해 훔쳐 입은 것처럼 어색했던 정장. 그때나 지금이나 크고 아름다운 사계절 빌딩. 막내 오빠의 목숨이 자신에게 달려 있다는 질식할 것 같은 책임감.

모든 게 이보배를 짓눌렀다. 이보배는 숨 막혀 기절할 것 같았다. 같이 면접 보는 사람들은 하필 모두 어른이었다. 어른이라는 것 자체만으로 이보배는 그들이 눈부셨다.

그땐 어른이면 전부 큰오빠처럼 보였다. 이보배의 고집 때문에 균열에서 실종된 큰오빠처럼.

면접관 자리에 또래 소년이 앉아 있었지만 이보배는 반갑지 않았다.

그는 이보배와 위치가 달랐다.

이보배를 추천한 강철 깡통 허심은 그 소년이 알고 보면 정 많고 착한 아이니 친해지면 좋겠다고 말했지만 소년의 입에서 나온 말은 착하지 않았다. 나빴다.

"최종 학력이 중졸이시군요. 왜 고등학교에 입학하지 않았죠?"

이보배 딴엔 간병인비라도 줄여보고자 선택한 결과였다.

지금 생각해 보면 큰오빠는 돈이 더 들더라도 막냇동생이 학교에 가길 원했을 것이다. 실제로도 학교에 다니라 설득했었다.

그때마다 이보배는 귀를 막고 거부했다.

이보배가 직접 하겠다고 우겼던 간병도 그렇다.

간병인은 아무것도 모르는 중학생보다 전문 지식을 갖춘 전문가가 낫다.

똑같이 전문 지식이 없는 문외한이라면 근력 있는 어른이나 남자가 낫다.

인건비가 땅에 떨어진 시기라 큰오빠의 벌이면 간병인을 고용할 수 있었을 것이다.

이보배와 가족의 미래를 고려한다면 이보배가 간병을 하지 않고 고등학교에 입학하거나 어디든 가서 일을 배우는 게 효율적이었다.

당시의 이보배는 그걸 몰랐다. 무식하면 용감하다더니 딱 그랬다.

이보배는 이한생이 자신을 구하느라 다쳤으니 자신이 돌봐야 한다는 강박에 시달렸다. 쓸데없는 고집이었다.

면접관 한현우가 꼬집은 게 그 부분이었다.

한현우는 이보배가 감정에 휩쓸려 이성적이고 효율적인 판단을 내리지 못한 게 아닐까 걱정했다.

"비효율적입니다."

한현우의 지적은 이보배의 자격지심과 불안, 완벽히 버리지 못한 싸가지의 뇌관을 건드렸다.

이보배는 부모님이 돌아가시면서 버렸다가 노점상 하면서 주워온 성질머리를 터뜨렸다.

면접장에서 면접관에게 삿대질하며 소리친 것이다.

"비효율적이라뇨! 누가 효율 따지면서 가족 챙겨요! 그런 정신 나간 사람이 어디 있어요! 그리고 우리 오빤 나을 거예요! 현대 의학이나 포션이 고치지 못하면 내가 고칠 거예요! 난 연금술사니까! 두고 보세요. 몇 년이 걸려도 포기하지 않아요. 난 우리 오빨 고칠 거예요, 할 수 있어요. 우리 엄마 아빠 딸이니까. 큰오빠랑 약속했으니까 할 수 있다고요!"

밑도 끝도 없이 감정에 호소하며 배짱을 부린 이보배에게 합격 메일이 날아왔다. 귀하의 담력과 근성을 높이 산다나 뭐라나.

'괜히 잊은 게 아니구나.'

이보배는 자책하는 의미에서 혀를 깨물었다.

'부끄러워서 잊은 거였어.'

잊고 싶은 과거를 떠올린 이보배가 살짝 한숨을 쉬었다. 이런 분위기에서 이런 말 하고 싶지 않았지만.

"용케 합격시키셨네요."

"실력은 검증되었고 근성이 마음에 들었습니다. 절 노려보는 눈에 독기가 가득해 무슨 일이 있어도 포기하지 않을 것 같았거든요. 저는, 그러니까, 후회하지 않던 저는."

한현우가 씁쓸하게 웃었다.

"비효율적으로 사는 이보배 씨가 마음을 바꿔 성장에 힘쓴다면 훌륭한 연금술사가 될 거라고 생각했습니다. 그렇게 오만한 생각을 품었습니다."

씁쓸하게 웃던 한현우가 눈을 내리깔았다.

"그런데 그게 아니었습니다. 마음이 바뀐 건 저였어요. 면접에서 이보배 씨를 뵙고 난 후 가끔 막내 누나가 떠올랐습니다. 한 번도 좋아한 적 없는데, 죽은 것만 불쌍하다고 생각했었는데 가끔 보고 싶어졌어요. 그런데 볼 수 없었죠. 죽었으니까. 내가 포기해서 죽었으니까. 이한생 씨는 이보배 씨가 포기하지 않아서 살았는데 막내 누나는 제가 포기해서 죽었으니까."

한현우는 입을 다물었다. 입술을 짓뭉개다 떼었다.

“이보배 씨를 뵌 그날부터 오늘까지 줄곧, 당신을 질투했습니다.”

한현우의 눈이 다시 이보배에게 향했다. 이보배는 한현우의 감정을 무겁다 여기면서도 피하지 않았다.

“저는 1세대고, 1세대 중에서도 나름 네임드입니다. 거기에 믿을 수 있는 길드원까지 있습니다. 항상 노력했고 세상이 격변한 후 노력은 절 배신하지 않았습니다. 고작 그런 것들을 위안 삼아 이보배 씨를 질투하는 마음을 달랬습니다. 하지만 결국 이한생 씨는 깨어났고 이보배 씨는 라스트 엘릭서의 존재까지 알았습니다. 이보배 씨가 부여한 페널티를 고려하면 저보다 우수하단 얘기죠.”

한현우의 목소리가 메이더니 말하는 속도가 점점 빨라졌다.

한현우는 참았는데도 결국 속눈썹에 맺혀 버린 물방울을 소매로 닦았다.

이보배는 손수건을 건넸지만 한현우는 계속 소매로 얼굴을 문질렀다.

“정말 좋아한 적 없습니다. 깡패에, 매일 짜증만 내고, 내가 학교에서 왕따당할 때 도와준 적도 없습니다. 그래도 가끔 그리워요. 후회합니다. 이미 죽은 사람을 떠올리고 그리워하느라 쓸데없이 감정 소모해도, 이런 비효율적인 일로 시간을 보내도 그게 제 인생을 방해하진 못할 겁니다. 그게 비효율적인 일이 아니란 걸 이보배 씨가 증명해 주었으니까요."

한현우처럼 이보배의 목도 꽉 메었다. 이보배는 이를 악물어 눈물을 참았다.

거칠게 본인의 얼굴을 비비는 한현우의 손목을 조심스럽게 건드렸다. 그러자 한현우는 손목을 내리고 이보배가 내민 손을 잡았다.

"이보배 씨를 질투하고, 존경합니다. 진심입니다. 이보배 씨는 이런 대우를 받을 자격이 충분해요."

꾸욱.

이보배의 손을 잡은 한현우의 손에 힘이 들어갔다. 이보배는 잡힌 손을 빼내지 않고 맞잡았다. 붉게 달아오른 눈가만큼 잡은 두 손의 사이가 습하고 뜨거워졌다.

천상계 VVIP에 직장 사장, 엄두도 못 낼 전투 연금이기에 언제나 우러러보았으나 한현우도 인간이었다. 균열의 날 모두를 덮친 비극을 피하지 못한 동갑내기 남자애였다.

언제나 냉정해 보이던 한현우의 눈가가 눈물에 젖어 촉촉했다. 이보배가 유달리 진한 검은색에 감탄하는데 반투명한파티창이 한현우의 얼굴을 가렸다.

[무카쟌 Lv.62를 처치했습니다. 경험치를 얻지 못합니다.]

류시우와 추효풍이 리젠된 몬스터를 처치한 것이다. 반가운 소식에 이보배가 반색하는데 통로 쪽에서 괴성이 들렸다.

"시우야! 왜 하필 지금!"

여자 목소리였다. 던전에 여자는 이보배와 나여름밖에 없으니 나여름의 비명이 틀림없었다. 한현우가 깜짝 놀라 외쳤다.

"여름 누나, 무슨 일이에요!"

한현우는 이보배를 염려해 바로 움직이지는 않고 즉시 〈피의 쐐기〉를 작동시킬 수 있도록 적당한 투척물을 쥐었다.

"아무것도 아니야. 그냥, 시우랑 효풍이 오빠가 너무 늦게 끝낸 게 마음에 안 들어서."

"듣고 보니 좀 걸리긴 했네요."

"아예 빨리 잡든가, 기왕 시간 끌 거면 더 끌 것이지 하필 타이밍 딱 맞춰서……."

통로에서 등장한 나여름은 설치한 〈피의 쐐기〉를 발로 건드렸다. 혈액이 창이 되어 솟아올랐다가 다시 흐물흐물한 액체가 되어 나여름의 신체에 흡수되었다.

"누나 괜찮겠어요?"

"이 정도는 괜찮아."

나여름의 직업 블러드 워리어는 희귀 직업이다. 피를 소모해 스킬을 사용하고 적의 피를 흡수할수록 능력치와 스킬 위력이 상승한다.

하지만 광전사란 별명에서 짐작할 수 있듯 피를 많이 흡수하면 피아를 구분하지 않고 주위를 공격했다.

직업 스킬이 다양하고 범용성이 높은 데다 공격력도 보장되니 좋은 직업처럼 보이지만 단점도 있었다. 피가 없는 몬스터를 상대로는 위력이 약화된다.

나여름의 등장에 이보배는 급히 눈물을 닦았다. 나여름이라면 한현우와 절친한 사이니 그의 사정을 알고 있겠지만 한현우를 배려해 말을 돌렸다.

“일단 광전사가 되면 광폭화 진정제를 써도 효과가 없나요?”

“없어요. 비슷한 직업이나 스킬엔 효과가 있는데 저한텐 안 통하더라고요.”

“이보배 씨는 유마리 씨의 의뢰를 받았었죠. 마침 잘되었습니다. 제가 여름 누나를 위해 제작했던 진정제를 보여드리겠습니다.”

“앗, 정말요? 감사합니다.”

그럴싸했던 분위기는 깨지고 다시 연구 의욕 불태우는 연금술사 둘만 남았다.

나여름은 아쉬운 마음에 이마를 짚다가 묘안을 떠올렸다. 이전엔 통하지 않았지만 이젠 통할 것이다.

"둘이 동갑이잖아요. 친구인데 편하게 말하지 그래요?"

이전의 이보배였다면 감히 그럴 수 없다며 적극 사양했을 터다.

하지만 한현우가 용기 내어 한 고백을 들은 지금의 이보배는 다르다. 이보배는 약간 고민하며 한현우의 눈치를 보다가 고개를 끄덕였다.

"그, 그럴까?"

"그러자."

"조금 어색하고 그러네. 하하."

"나도 친구가 별로 없어서……. 내가 더 어색해할 테니까 너그럽게 봐줘."

스물다섯 동갑내기 청춘은 서로를 마주 보며 머쓱하게 웃었다. 기가 막힌 타이밍에 몬스터를 처치한 빙제와 질풍방패가 돌아왔다.

"기왕 입구까지 간 김에 한 바퀴 돌고 왔는데 여긴 별일 없지?"

"현우랑 이보배 씨 눈가는 왜 저래? 또 최루액 실험했어?"

스승 루트에서 친구 루트로 루트 변경에 성공했다. 관계가 진전되었으니 중간에 방해받았어도 남는 장사다.

하지만 애써 그렇게 생각해도 숨죽이고 관전하던 아쉬움이 크다.

나여름은 기막힌 타이밍에 몬스터를 잡은 둘을 흘겨보

았다.

"오늘로 마지막이니 라면 먹을까? 길마 생각은 어때?"

"나야 좋지. 이상하게 균열만 들어오면 라면이 땡겨. 왜 그럴까?"

"레이드 뛸 때 생각나서 그런 거 아냐?"

추효풍이 라면 얘기를 꺼내자 류시우가 동의했다.

나여름도 고개를 끄덕였다.

잠시 휴식 중이었던 이보배는 그 얘기를 듣고 선뜻 나섰다.

"그럼 제가 끓일게요. 저 라면 잘 끓여요."

이보배의 손이 닿은 음식은 모두 이도 저도 아닌 기묘한 맛이 난다. 그런 그녀가 유일하게 인정받는 음식이 라면이었다. 이보배의 라면 끓이는 솜씨는 성신의 사랑을 받는 체키빙 공자께서도 인정하신 바 있다.

이보배는 곰국을 고아도 될 법한 들통을 꺼내 눈대중으로 물을 부었다. 라면을 종류별로 꺼내 미리 봉지를 뜯고 물이 끓길 기다렸다.

"양 많은데 능숙하네."

"저희 집도 입이 많으니까요. 오빠들이랑 라면 먹으려면 한 번에 열 개는 끓여야 해요."

류시우가 돕겠다며 다가오더니 PC방 라면 끓이는 법을 읊었다. 집이 PC방이라 본인도 라면 끓이기에 일가견이 있단다.

"대형 레이드나 길드전이 있으면 우리 집에 모여서 밤새고 그랬지. 그립다."

"시우야, 여기 와서 밥 좀 식혀. 현우랑 교대."

추효풍은 김치를 썰고 나여름은 단무지와 밥을 꺼냈다. 집게와 수저, 그릇을 펼친 한현우가 류시우와 교대해 자리를 바꿨다.

"현우도 밤새고 그랬어?"

"응."

"밤만 샜나."

배추김치를 다 썬 추효풍이 파김치를 꺼냈다.

"가출해서 아예 살았지. 재 때문에 시우 가게 영업 정지 당할 뻔한 거 생각하면 지금도 아찔하다."

"하하하."

그리운 이야기에 류시우가 웃었다.

'가출이라니?'

이보배가 깜짝 놀라 한현우를 보자 그가 당당하게 변명했다.

"전교 10등 안에 들면 게임해도 된다고 해놓고 컴퓨터 버렸어."

분노한 한현우는 무작정 집을 가출해 믿을 만한 형(류시우)의 집에 쳐들어갔다. 류시우가 기절초풍한 건 두말할 것 없다.

“시우 오빠 엄청 놀랐겠네요.”

한현우와 말을 놓으니 다른 길드 마스터와 친해지는 건 순식간이었다. 류시우와 추효풍이야 사교적인 성격이었고 나여름도 이보배에게 친절했다.

“하하하, 다 그리운 추억이지. 집에 돌아가라고 설득하면서 자주 보고, 그러다가 이렇게 동업도 하고 그렇게 된 거지. 사람 인연이란 게 참 모를 일이야.”

물이 끓자 이보배와 한현우는 들통에 면과 스프를 투하했다. 면이 적당히 익으면 넣을 계란과 파, 고추, 후추를 꺼내놓는 것도 잊지 않았다.

“시우 말대로 인연은 인연이지. 구색이 괜찮았잖아.”

“근접 물리 둘에 마공 하나, 보조 겸 힐러 하나. 우연치곤 절묘했지.”

혼자라면 무섭지만 든든한 동료가 있다면 무섭지 않다.

중금속미세먼지, 더워쥬금, 가을태풍실화냐, 레릿꼬는 파티를 짜 용감히 몬스터를 무찔렀다. 대한민국 대표 길드 사계절은 그렇게 시작되었다.

“그래도 아직 부족해. 제대로 된 탱커와 물리 딜러가 필요해.”

나여름이 파티의 부족한 점을 꼬집었다. 파티 개개인의 실력은 의심의 여지가 없지만 문제는 파티 플레이다.

추효풍의 직업인 바람 전사는 본래 탱커용 직업이 아니다. 오랜 기간 게임으로 갈고 닦은 상황 판단력과 센스, 높은 민첩과 스킬로 탱커가 된 것이다.

나여름의 직업인 블러드 워리어도 살상력은 좋으나 피가 없는 몬스터와 상성이 맞지 않는다.

특히 장기전에선 실력 발휘하기 애매했다. 이성을 잃고 아군을 공격할 수 있기 때문이다.

그렇기 때문에 사계절은 언제나 탱커와 근접 물리 딜러, 지휘관용 인재를 찾았다.

탱커인 추효풍이 고인이 된 메인 탱커를 떠올렸다.

"얼마 전에 헌터 닷컴에서 깡통 형님 추모하는 글 봤는데 그립더라."

그리운 이름에 한현우가 어깨를 축 늘어뜨렸다.

"그렇게 될 줄 알았으면 깡통 삼촌 독립하는 거 반대했을 거예요."

류시우가 씁쓸하게 한숨 쉬었다.

"그러게 말이다. 대한민국 최고의 탱커 길드 만든다고 해서 보내줬더니 그렇게 허망하게 갈 줄 누가 알았겠니."

나여름은 가라앉은 분위기를 띄우기 위해 긍정적인 이야기를 꺼냈다.

"그래도 요즘 강철 방패 길드 잘나간다더라. 그나마 다행이지."

강철 방패 길드는 허심이 사계절을 나와 세운 탱커 전문 길드였다. 베테랑 탱커의 노하우를 공유해 탱커 사망율을 줄여보겠다는 야심 찬 포부였다.

하지만 허심은 지나가던 중에 발생한 방출형 균열에서 사람들을 지키다가 목숨을 잃었다.

설립 초기에 길드장을 잃은 강철 방패 길드는 와해될 뻔했으나 허심의 뒤를 이은 길드장도 능력 있는 헌터라 현재는 내실 있는 중견 길드로 자리매김했다.

"누리가 이제 고등학생인가?"

"작년에 졸업했을걸."

"벌써 그렇게 됐어? 한번 보고 싶은데, 싫어하겠지?"

강철 깡통 허심은 알아도 누리가 누군지 모르는 이보배가 질문했다.

"누리가 누구예요?"

"깡통 삼촌 딸."

이보배는 장례식장에서 상주가 어려 씁쓸해했던 기억을 떠올렸다.

"연락하면 싫어하는 건, 슬픈 기억이 떠올라서 그런 걸까요?"

"그것도 있고."

류시우가 시무룩하게 대답했다.

"강철 방패 길드는 거의 허심 형님 원맨 길드였거든. 투자자들도 형님 보고 투자한 거고. 그래서 형님 그렇게 가신 다음 길드가 많이 위험했어. 그 소식을 듣고 우리가 도와주려고 했는데 소문이 어떻게 났는지 사계절이 강철 방패를 그대로 꿀꺽하려고 한다는 오해가 생겨서……."

추효풍도 덩달아 시무룩한 얼굴로 덧붙였다.

"하필 형수님이 그걸 믿었나 보더라고. 원래도 형님 게임하는 거 싫어하기도 했고, 게임으로 쌓은 인맥도 싫어했고, 균열 들어가는 것도 싫어하는데 탱커인 건 더 싫어하셨고. 그래서 그냥 무소식이 희소식이다~ 하고 넘겼지."

"조용한 거 보면 잘살고 있을 거야."

나여름이 조용한 목소리로 시무룩해진 남자들을 위로했다.

"슬픈 이야기는 이쯤에서 끝내자. 라면 다 익었지?"

"맞아, 맞아. 가는 사람이 있으면 오는 사람도 있는 법이니까. 공방에 오는 손님 중에 괜찮은 탱커나 근딜 있으면 언제든지 추천해 줘."

"이해기 씨는 언제든 환영이야."

이해기는 사계절이 원하는 인재상에 완벽하게 부합했다. 뜨뜻미지근한 맹탕이라도 오빠가 인정받으니 이보배의 어깨가 으쓱했다.

라면이 다 익었다.

이보배가 면을 건지고 한현우가 국물을 펐다.

이보배는 조마조마한 마음으로 모두의 반응을 살폈다.

누가 먼저랄 것 없이 엄지손가락을 치켜들었다.

"진짜 맛있어."

학교 빼먹고 PC방 죽돌이로 살아온 한현우도 감탄했다.

귀하신 [현자의 외알 안경]에 김이 서려 그의 한쪽 눈을 가렸다.

대단한 것도 아닌데 이보배는 그게 너무 웃겨서 키득키득 웃었다.

[레벨이 올랐습니다.]

이보배의 레벨이 30이 되었다. 이번에도 사계절의 길드 마스터들은 귀신같이 알아채고 축하해 줬다.

"30레벨 달성 축하해."

"축하해, 보배야."

"축하축하."

"너라면 해낼 줄 알았어."

29에서 멈추면 기분 나쁘니 30을 채우자고 설득한 보람이 있었다. 혹시나 고레벨 파티원 때문에 불이익을 받을까 봐 아예 파티까지 해제했다.

거기서 끝이 아니다. 단순히 동일한 행동만 반복하면 시스템이 경험치로 인정해 주지 않을 수 있다는 한현우의 주장에 따라 이보배는 전투 연금의 스킬도 흉내 냈다.

한현우가 〈독 분사〉 스킬을 사용하면 적에게 독이 분사된다. 이보배에겐 스킬이 없으니 배우나 마나지만 언젠가 써먹을 곳이 생길지도 모른다.

그런 이유로 이보배는 인벤토리에 수납한 독을 잽싸게 뿌리는 손기술을 익혔다.

한현우처럼 복합계가 아니기 때문에 실제 전투에서 써먹진 못하겠지만 성실히 배운 덕분일까.

이보배는 마침내 30레벨 연금술사가 되었다.

한현우는 흡족한 미소를 지었다가 이보배의 반응이 이상해 상태를 살폈다.

이보배의 시선이 허공에 머물러 떨어지지 않더니 불안하게 떨렸다.

"저, 저기."

이보배는 사계절의 길드 마스터인 류시우와 그녀를 초대한 한현우를 번갈아 보았다.

그녀는 덜덜 떨리는 검지로 자신 눈에만 보이는 알림창을 가리켰다.

“히든 피스 떴는데요.”

[〈엉터리 연금술사의 비밀 공방〉에서 단독으로 레벨 30까지 수련했습니다! 히든 피스 달성!]

[히든 피스 달성 보상으로 ??? 제작 레시피를 지급합니다.]

이보배의 눈동자가 진도 9 규모로 흔들렸다. 히든 피스 발견 조건이 터무니없었다.

‘A급 균열 속 A급 던전에 레벨 30 미만 연금술사가 입장해 연금술 수련해야 하는 거잖아. 이걸 찾으라는 거야, 말라는 거야.’

심지어 그 던전은 입장 인원이 다섯 명으로 제한한다. 진짜 이보배처럼 끌내주는 인맥이 없으면 발견 자체가 불가능한 히든 피스였다.

‘주인공 버프 오랜만이야.’

오랜만에 누린 주인공 버프는 차치하고 중요한 문제가 따로 있었다. 이 균열은 사계절 길드의 소유고 이보배는 초대받은 손님이다.

그런 이보배가 히든 피스를 발견했으니 주객전도가 따로 없었다.

“어, 어떡하죠? 이, 일단 보상은 이건데!”

이보배는 히든 피스 달성 조건을 외치면서 책장으로 다

가가 책을 한 권 뽑았다.

히든 피스를 달성했다는 알림과 함께 이 책이 번쩍였다.

이보배가 책을 뽑자 책의 겉면에 검은색 글자가 떠올랐다. 놀랍게도 세종대왕님이 창제하신 한글이었다.

"연금술의 완성이자 시작?"

이보배가 책 겉면에 떠오른 글자를 읽자 책은 레시피 수정으로 변했다.

"현우야, 여기!"

이보배는 한현우에게 ??? 제작 레시피를 내밀었다.

히든 피스는 그녀가 달성했지만 본래 이 물건의 주인은 한현우였다. 아니면 사계절 길드 소유가 되든가.

하지만 한현우는 레시피를 받지 않았다.

"보배야, 침착해. 우리 길드 규칙은 알려줬잖아."

사계절 길드에서 히든 피스 보상은 발견자가 갖는다. 이보배는 그것과 이건 다르다고 말했다.

"난 길드원도 아니잖아. 그러니까 이건 네가 가져야 맞지."

"히든 피스 조건대로라면 네가 아니었으면 발견하지 못했을 거야. 네 거야."

레시피 수정을 사이에 놓고 이보배와 한현우가 밀고 당기기를 하자 류시우가 중재했다.

"이건 스킬북이 아니라 레시피잖아. 누구든 사용해서 입수하고 다른 사람에게 레시피를 알려주면 돼. 그리고 우리 길드 규칙상 이건 보배 거니까 보배가 사용하면 되겠다."

"그래, 나에게 레시피를 공유해 줘. 그거면 충분해."

'공유 가능한 레시피라 다행이지. 공유 못 하는 게 보상으로 나왔으면 큰일 날 뻔했네.'

한현우가 괜찮다고 말해도 이보배 홀로 끙끙 앓았을 것이다. 보상이 좋으면 한현우에게 평생 고개를 들지 못했을지도 모른다.

한현우는 간신히 돌입한 우정 루트가 잠시 위태로웠던 것도 모른 채 레시피 수정을 감정했다.

감정 끝난 레시피가 정체를 드러냈다.

〈순금 제작 레시피〉

"금을 제작한다고? 진짜 연금술이네."

"과거 연금술사들이 보면 깜짝 놀랐겠는걸."

"요즘 금값이 얼마더라? 보배야, 빨리 사용해 봐. 쉽게 구할 수 있는 재료면 무한으로 금을 찍을 수 있는 거야."

등급 높은 포션은 같은 무게의 금보다 비싸지만 그래도 금이다. 누렇게 반짝이는 광물을 향한 인류의 욕망은 세계가 뒤집혀도 바뀌지 않았다.

다른 길드 마스터들은 호기심을 내비치는데 한현우 혼자 조용했다. 한현우는 미간을 좁혔다.

"일단 습득해 봐."

"어, 으응."

이보배는 〈순금 제작 레시피〉 수정을 사용했다. 수정이 깨지면서 이보배의 머릿속으로 레시피가 주입되었다.

이보배는 재료를 떠올리고 숨을 들이켰다.

"미친, 재료가 금보다 비싸."

심지어 구하기 쉬운 재료도 아니었다. 백금으로 금을 연성하는 현대의 연금술보다 효율이 나빴다.

게다가 제작 공정은 어찌나 복잡한지, 이보배도 성공을 장담하지 못했다.

이보배가 종이에 재료와 레시피를 적자 가장 들떴던 추효풍이 재료 부분을 보고 실망했다.

"만화에서도 등가 교환이라고 질량은 맞춰주는데. 양심 없는 시스템은 그것도 없네."

"현우 같은 말 하고 싶진 않지만 효율이 너무 안 좋네."

나여름도 추효풍의 말에 동의했다. 류시우는 뭐가 되었든 아는 레시피가 늘었으니 좋은 거라며 이보배를 위로했다.

이보배는 레시피를 옮겨 적다 멈칫했다. 뭔가가 계속 마음에 걸렸다. 놀리던 손을 멈추고 한현우를 올려다보니 그가 이보배의 생각이 맞다는 듯 고개를 끄덕였다. 한현우가 떨리는 목소리로 말했다.

"이건 엘릭서의 재료예요."

전투 연금 한현우가 8년 동안 모은 엘릭서 레시피 조각이 22.2%다.

조각에 담긴 내용 순서가 엉망이라 아직도 전체적인 얼개를 짜기엔 부족하지만 무수히 많은 재료 중 몇은 확실히 알게 되었다. 그중에 '순금'이 있었다.

"그냥 순도 높은 금이라고 생각했는데 따로 존재했다니……!"

"이걸 여기서 이렇게 발견하다니. 운이 좋군!"

이보배는 판타지 소설 주인공이 할 법한 대사를 외쳤다. 사실 한 번쯤 외쳐보고 싶었다.

"역시 보배는 대단해!"

"대단하긴! 전부 네 덕분이지!"

이보배와 한현우는 금맥을 발견한 광부처럼 제자리에서 뛰었다. 한현우가 이보배의 손을 잡아끌었다.

"내 공방에 재료 다 있어. 가서 제작해 보자!"

"잠깐만, 이거 완성하려면 불의 정령석이 필요한데."

이보배는 황급히 레시피의 남은 부분을 마저 적었다. 모든 혼합물을 녹여 순금을 제작하려면 '물을 살라먹는 불'이 필요했다. 이보배가 알기로 그런 불을 지필 수 있는 건 불의 정령석밖에 없었다.

'하급 불의 정령석으로 고기를 구우니까 광물을 녹이려면 상급은 필요할 거야.'

한현우는 시원시원하게 대답했다.

"길마 형, 길드 창고에 있는 거 써도 되죠?"

"당연하지. 아니면 우리가 가져다줄까? 여기서 제작하는 게 성공 확률이 높을 수 있어."

"이미 통지했으니 일정을 바꿀 순 없어요. 길드로 갈게요. 가자, 보배야."

한현우가 이보배 앞에 쭈그려 앉아 등을 내밀었다.

이보배는 사양 않고 냉큼 업혔다. 얼른 새로 얻은 레시피로 순금을 제작해 평범한 금과 어디가 어떻게 다른지, 정말 엘릭서 재료인 순금이 맞는지 확인하고 싶었다.

"빨리 가자!"

"꽉 잡아!"

"얘들아, 마음이 급해도 탱커는 앞세워야지."

"나랑 시우가 정리할 테니까 너희가 먼저 가."

추효풍이 허둥지둥 둘을 따라잡았다.

뒤에 남겨진 류시우와 나여름이 손을 흔들었지만 이미 갈림길을 지난 이보배는 보지 못했다.

이보배는 한현우에게 업힌 채로 던전을 빠져나왔다.

이대로 늪도 지나 균열 출구로 직행할 계획이었다.

던전 입구에서 추효풍과 한현우가 뛰어나오자 이씨 삼형제의 호위를 맡은 길드원이 당황했다.

"부길마, 거기도 무슨 일 생겼어요?"

'거기도?'

이보배가 호위의 말을 뇌에 입력하는 사이 이해기가 굳은 얼굴로 다가왔다.

"좋은 일이 생겼는데, 여기도 무슨 일 있었어? 무슨 일인데? 다른 오빠들은 어디 갔어?"

아무리 급해도 오빠들에게 어디 간다고 보고는 해야 한다.

그게 실시간으로 세계를 구하는 영웅 겸 트라우마에 시달리는 회귀자 동생의 바람직한 자세였다.

이보배는 던전 입구에서 기다리기로 한 이씨 삼형제를 찾았다. 어찌 된 일인지 이해기만 그녀를 기다리고 있었다.

'내 이럴 줄 알았지. 심심하니까 나갔구먼.'

하나는 게임 중독이고 하나는 망나니다. 지루함을 견디지 못하고 균열을 나간 게 틀림없었다.

"음, 보배야. 그게 말이다."

평소라면 한현우에게 업힌 그녀를 보고 흐뭇하게 웃었을 이해기가 난감한 듯 목덜미를 어루만지며 고개 숙였다.

"한생이가 쓰러졌다."

이보배의 심장이 내려앉았다.

외전 12. 이상한 나라의 양아치 (1)

이보배가 던전에서 최루액을 눈가에 바르고 바닥을 구르고 있을 무렵. 성신의 총애를 받는 화르세인지 드 체키빙 공자는 최루액을 바르지 않았는데도 눈물을 주룩주룩 흘리고 있었다.

"헉, 헉헉."

"한생아, 다시!"

"더는 못 한다."

체키빙 공작가의 가전 검술을 검술 스킬로 속이기 위한 훈련은 처음부터 혹독했다.

망나니는 검을 집어 던지고 그 자리에 드러누웠다.

일명 '배 째라' 자세였다.

"나 배 잘 째."

이해기가 진짜 배를 째기 위해 다가왔다.

“히익, 오지 마라!”

“걱정 마. 살살 째면 안 아플 거야.”

“총 살살 쏘면 안 아프단 소리하고 똑같잖아!”

“이 새끼 아무리 봐도 기억 있는데 없는 척하는 거라니까.”

티격태격 싸우는 동생들을 보고 이귀한이 히죽 웃었다.

역시 싸움은 약한 놈들끼리 싸워야 구경할 맛이 난다. 유치하고 가소로워서 귀여웠다.

한참 시달린 끝에 풀려난 망나니가 이번엔 정말 지쳐 바닥에 드러누웠다.

던전이 있는 숲은 독안개가 없었기에 밤하늘이 보였다.

달이 하나뿐이라 텅 비어 보이는 밤하늘도, 익숙하고 그리운 고향의 밤하늘도 아니었다.

균열의 밤하늘은 그가 아는 두 개의 밤하늘과도 달랐다. 균열의 밤하늘은 매번, 항상 이전과 달랐다.

화르세인지는 결국 인상을 찌푸렸다.

“대체 균열은 무엇이냐?”

“머리는 안 때렸는데?”

뜬금없는 질문에 놀란 이해기가 다가와 눈동자를 살폈다.

화르세인지는 사기꾼 새끼와 눈 마주치는 취미가 없기 때문에 옆으로 굴러 피했다.

"사람이 만든 성이 있지 않느냐."

"사람이라고 단정할 순 없어. 비슷한 체형의 지적 생명체일 가능성도 있다."

"아는 게 없느냐?"

10년도 아니고 무려 20년 후의 미래에서 돌아온 회귀자지만 이해기도 아는 게 없었다.

이해기는 이한생을 따라 밤하늘을 올려다보았다.

초기에 천문도로 균열 간 연관성을 찾으려는 시도가 있었지만 얼마 지나지 않아 다들 포기했다.

균열 속 밤하늘의 별은 자리가 랜덤 배치였기 때문이다.

천체가 아예 존재하지 않는 균열도 존재했고 심지어 천문학자들을 약 올리기라도 하듯 하루하루 별의 위치가 바뀌는 균열도 있었다고 한다.

"그런 게 궁금하던 시절도 있었지. 어느 순간부터 아무 의미 없어졌지만."

동생들이 죽기 전까지 이해기는 분명 그 세계의 주인공이었다. 그러나 동생이 죽고 복수행을 결정하면서 어딘가 어긋났다.

혹 모른다. 이해기가 속죄행을 마치고 마음의 안정을 되찾으면서 세상의 주인공은 못되더라도 주인공의 친구나 동료, 스승쯤 되는 자리를 꿰찰 예정이었을지도.

하지만 그런 미래는 대마왕이 강림하면서 산산조각

났다.

'형의 귀환은 시스템도 예상치 못한 사고였던 게 분명해.'

시스템은 이해기가 회귀하면서 미래의 정보를 일부 입수했다. 그 때문인지 이해기가 동료로 점찍었던 일부 각성자의 각성이 앞당겨졌다.

'일찍 각성한다고 해서 더 강하게 성장한다는 법은 없지만.'

이해기가 울트라 초특급 회귀자 독식 코스를 짰던 것처럼 시스템도 시스템 나름의 계획을 수립했을 것이다.

시스템의 목적이 무엇인지 모르지만 적어도 이해기가 아는 한 시스템은 현생 인류와 문명을 유지하고 싶어 한다.

"생각해 보면 인류는 균열의 비밀에 조금씩 가까워지고 있었다. 내가 흥미를 잃었을 뿐이지. 이젠 강력한 변수도 없어졌으니 균열의 비밀이 밝혀질지도 모른다."

말이 길고 중간에 회상하느라 텀도 길었다. 애수에 찬 눈으로 밤하늘을 응시하며 분위기도 잡았지만 결국 결론은 하나였다.

모른다.

망나니는 오만상을 찌푸렸다.

"모르면 짧게 모른다고 말하면 덧나느냐? 혀가 썩어?"

"보배가 모른다고 대답하려면 성의를 보이라고 해서 말이다. 형은 혹시 아는 것 없어?"

시간을 거슬렀으나 결국 우물 안 개구리인 회귀자보단 여러 차원을 여행한 파괴신이 아는 게 더 많을 터.

이해기가 묻자 이귀한은 동생의 궁금증에 답해주기 위해 진지한 태도를 보였다.

"뿌수면 알 것 같아."

"좋아, 계속 모르는 대로 살자."

"동감이니라."

"솔직히 한생이 너는 균열보단 네 자신에 대해 궁금해해야 할 텐데."

어느 날 눈을 떴더니 다른 세계에서, 다른 사람의 몸으로 깨어났다. 심지어 기억까지 일부 잃은 상태. 주위 세계보단 본인 정체성에 의문을 품어야 하지 않을까?

이에 성신의 사랑을 받는 화르세인지 드 체키빙 공자가 대답했다.

"내 존재는 두 신께서 증명해 주신다."

신성력이 없었다면 매 맞는 말이라고 때려줬을 텐데 신성력이 있어서 맞는 말이 되었다.

"열여덟 살 이후로 기억 없다는 건 어떻게 되었어? 그 뒤로 기억나는 건 없어?"

망나니는 침통해했다.

"없다……. 아버지께 혼나고 창고에 갇힌 게 어제 일처럼 생생하지만 그 뒤는 도저히 떠오르지 않아. 하지만 가끔 내가 모르는 지식이 떠오른다."

화르세인지는 떠오르지 않는 기억에 애타하며 자신의 두 손을 보았다.

타인의 몸에서 눈을 뜬 후 그는 신성력을 쓸 수 있게 되었다. 누가 알려주지도 않았고 배운 적도 없는데 자연스럽게 쓸 수 있었다.

처음엔 그저 좋았다. 신성력을 쓸 수 없어 더욱 엇나가고 주위 평판이 추락했던 것도 사실이니까.

하지만 신이 주신 힘을 쓰면 쓸수록 화르세인지는 깨달았다.

'나는 이전에도 신성력을 쓴 적 있다.'

창고에 갇힌 후 그에겐 무슨 일이 있었던 건가. 그리고 어째서 이한생의 몸에서 깨어났는가.

이해기의 말대로다. 균열보단 이한생과 화르세인지의 비밀을 푸는 게 먼저였다.

"휴식은 여기까지. 일어나라, 한생아."

체키빙 가문의 유일한 후계자이자 이씨 가문의 셋째는 앓는 소리를 내며 몸을 일으켰다.

그렇게 나흘이 지났다.

이귀한은 동생이 동생 패는 거 구경하는 맛에 얌전했다. 직접 동생 패는 이해기야 말할 것도 없다.

망나니 홀로 죽을 맛이었다. 훈련의 성과가 있어 검술을 펼치면 물 흐르듯 자연스럽게 몸이 움직였지만 이해기는 만족할 줄 몰랐다.

“검술을 스킬이라고 속이려면 어디서 시작하든 기계처럼 딱딱 움직여야 한다니까! 다시!”

“이젠 정말 못 참겠다! 너 죽고 나 죽자!”

한평생 성질머리 죽이고 산 적 없는 망나니는 검을 들고 회귀자에게 달려들었다.

회귀자는 즉각 건방진 동생을 응징했다.

딱!

목검에 맞은 이한생의 머리에서 맑고 경쾌한 소리가 났다. 목탁 두드리는 소리처럼 청량했다.

“개길 거면 나만 죽일 각오로 덤벼야지 같이 죽어? 소름 끼치는 소릴.”

“끄으으윽, 머리야.”

바닥에 고꾸라진 이한생이 머리를 쥐고 천천히 일어났다.

이해기는 목검을 휘두르며 재촉했다.

“얼른 일어나.”

“시발, 이게 웬…….”

“엄살 부리지 말고 빨리 일어나. 열까지 센다. 하나, 아홉, 열.”

이한생은 형의 협박에도 오만상을 찌푸리고 일어나지 않았다. 그는 힘겹게 주위를 둘러보더니 놀란 눈으로 이귀한을 불렀다.

"큰형, 여기 어디야? 엄마 아빠는? 보배는?"

큰형.

악마 새끼가 아니라 큰형이란 호칭과 부모님 찾는 소리에 이해기의 심장이 덜컥 내려앉았다.

어지간한 일엔 감흥 없는 이귀한도 자리에서 일어났다.

"셋째야?"

"시발 대가리 깨지겠……."

입 한 번 열어 귀환자와 회귀자의 숨통을 틀어막더니, 이한생은 그 자리에서 쓰러졌다.

이보배는 급히 균열을 빠져나와 이해기가 운전하는 차에 탔다.

"한생인 일단 병원으로 옮겼다. 형이 같이 있어. 나는 널 위해 남았고."

이해기가 이한생이 입원한 병원으로 가면서 상황을 전달했다.

이보배는 앓는 소리를 내며 이마를 싸맸다. 이한생이든 체키빙 공자님이든 큰오빠와 단둘만 남겨놓는 건 위험했다. 셋 다 상식이 부족했다.

"반대가 낫지 않았을까. 작은오빠가 병원에 가고 큰오빠 남겨두지."

"만약에 정말 한생이라면 어차피 혼란스러운 거 익숙한 사람이 있는 게 낫지. 외관상으론 형이 제일 차이가 없고 한생이가 아닌 척해도 형을 잘 따랐으니 형이 있는 게 낫다."

똑같이 9년이 지났더라도 연령대에 따라 외양 변화에 차이가 크다. 중학생 이보배만 기억하는 사람은 지금의 가장 이보배를 보면 깜짝 놀랄 것이다.

가장 연장자며 실종 당시의 외모 그대로인 이귀한이 이한생의 기억과 가장 비슷한 건 맞다. 하지만 이귀한에겐 치명적인 문제가 있었다.

"내가 막내 오빠라면 큰오빠 미쳤나 싶을 텐데. 아니면 몰래 카메라라고 생각하거나."

"형에겐 일단 과거의 형을 연기해 달라고 부탁했다."

이보배는 기가 막혀 혀를 찼다.

"그게 되겠어?"

"일단 노력해 보겠다 했으니 믿어야지."

'그냥 작은오빠가 병원에 따라가지.'

이보배는 목 끝까지 차오르는 말을 입을 악물고 참았다.

이해기가 그러지 못한 이유가 짐작되었기 때문이다.

이해기에게 이한생은 두 번 죽은 동생이었다.

마음속에서 한 번, 현실에서 한 번.

간신히 화르세인지 드 체키빙에 익숙해졌는데 거기서 다시 이한생이 튀어나왔으니 깜짝 놀랐을 것이다.

이보배는 병원 현관에서 내리고 이해기는 주차장으로 차를 몰고 갔다.

그녀는 급히 이한생이 입원한 병실로 향했다. 사계절에서 신경 써줬는지 이한생은 VIP용 독실에 입원해 있었다.

"막내 오빠!"

이보배는 병실 문을 힘차게 열었다.

막내 오빠는 아직 깨어나지 못한 건지 아니면 깨어났다가 잠든 것인지 침대에 누워 있었다.

이보배는 다급히 자신에게 상황을 설명해 줄 사람을 찾았다. 간호사, 의사, 이귀한 모두 없고 병실엔 이한생 혼자였다.

이보배가 이귀한을 찾느라 두리번거리는데 뒤에서 인기척이 느껴졌다.

"막내 왔어?"

이보배가 찾던 큰오빠 이귀한의 목소리였다. 이보배는 반색하고 몸을 돌렸다가 뒷걸음질 쳤다.

"큰오빠 왜 뒤통수에서 빛이 나?"

이귀한의 얼굴이 극히 평온하고 인자했다. 표정이 평온하고 인자하고 자비로운 건 차치하고 그의 얼굴 뒤에서 오색찬란한 빛이 번쩍였다.

종교화 속 성인이나 두를 법한 후광이었다.

"둘째가 난 붓다 같았다고 했어. 그래서 참고했지."

마흔아홉 이해기가 기억하는 큰형은 부처님급으로 위상이 높았나 보다. 그 마음이야 이해하지만 불상 표정과 후광만 베끼면 무슨 소용인가.

이보배는 급히 고개 저었다.

"막내 오빠 보면 놀랄라. 이미 봤어?"

"아니, 계속 의식이 없었어."

"어쨌든 막내 오빠 보기 전에 빛 꺼. 계속 그러고 다닌 건 아니지?"

"보는 눈 없을 때만."

"잘했어."

이보배는 이귀한의 머리를 쓰다듬었다.

주차하자마자 계단으로 빠르게 올라온 이해기가 병실에 당도했다.

동생들이 모이자 이귀한은 그간 있던 일을 전했다.

"셋째 계속 자. 의사가 전부 정상이고 그냥 자는 거래."

"서, 설마 또 깨어나지 못하는 건 아니지?"

"보배야, 진정하렴. 한생인 깨어날 거야, 반드시."

이보배에게 진정하라고 말하는 이해기의 손도 덜덜 떨렸다.

간신히 깨어난 동생이 본인 때문에 다시 쓰러진 건가 싶어 그도 제정신이 아니었다.

"포션은 먹여봤어?"

"먹였다."

"그런데 왜 안 깨어나는 거야."

이보배가 초조하게 의사가 오길 기다리는데 이한생의 손가락 끝이 꿈틀거렸다.

이보배라면 놓쳤을 작은 움직임에 이귀한과 이해기는 즉각 반응했다.

"셋째 방금 움직였다!"

"보았니, 보배야? 한생이가 깨어나려다 보다!"

"정말?"

이보배는 종종걸음으로 침대에 다가갔다. 가까이서 보니 정말 막내 오빠가 오만상을 찡그리고 깨어나려 했다.

'다행이다.'

이보배는 놀란 가슴을 쓸어내리고 의자에 앉았다. 정말 이한생의 기억이 돌아온 건지는 완벽히 깨어나야 알 수 있었다.

'만약에 그때만 잠깐 기억이 돌아온 거고 계속 체키빙 공자님이어도 실망하지 말아야지.'

이보배는 얼굴을 지압해 표정 관리에 힘썼다.

그때 이한생의 눈꺼풀이 움직였다. 굳게 닫혔던 눈꺼풀이 열리고 눈동자가 드러났다.

이한생의 눈은 초점을 잡지 못하고 불안하게 흔들렸다.

여기 봤다, 저리 봤다 불안하게 움직이는 눈동자가 본인에게 닿을 때마다 삼남매는 입꼬리를 올리고 손을 흔들었다.

삼남매도 불안하긴 마찬가지였다.

"셋째야?"

병실을 훑은 후 더 떨림이 격해진 이한생의 시선이 이귀한에게 고정되었다.

모두가 긴장하는 가운데 이한생이 입을 열었다.

"큰형?"

"응, 나야."

"시발, 여기 어디야?"

화르세인지 드 체키빙 공자께서도 깨어나고 뱉은 첫마디가 저거였다.

이한생은 가까이 다가온 이귀한의 손목을 붙잡았다.

"여긴 어디고 저 사람들은 누구야? 내가 분명, 분명히……. 돼지는? 돼지 새끼 어디 갔어? 엄마랑 아빠는? 괴물은?"

쓰러지기 직전의 기억이 떠올랐는지 이한생의 얼굴이 새파랗게 질렸다. 그와 동시에 이보배와 이해기도 손으로 얼굴을 감쌌다. 이유는 같았다.

'막내 오빠다.'

이한생이 깨어났다. 화르세인지 드 체키빙처럼 이름과 설정 모두 구린 공자님이 아니라 진짜 이한생이.

부모님의 죽음을 목격한 뒤 몬스터의 습격에서 이보배를 감싸고 쓰러진 이한생이 깨어난 것이다.

"어떻게 된 거야, 시발! 말을 해!"

양아치가 설명을 요구했다. 이보배는 막내 오빠가 깨어날 경우를 대비해 늘 설명을 준비했었다.

하필 깨어난 이가 화르세인지라 제대로 써먹지 못했지만 다시 기회가 주어졌다.

이보배가 어금니를 악물고 입을 열었다.

"으헝헝, 어, 엄마 아빠 돌아가시구우, 막내 오빠는 흑흑, 파알 년, 구 년? 구 년 만에 깨, 크흥! 깨어나따아!"

화르세인지가 깨어났을 땐 하도 황당해서 흘리지 못한 눈물이 이번엔 주룩주룩 흘렀다. 이보배는 눈물 콧물 범벅이 되어 작은오빠에게 배턴을 넘겼다.

이해기가 얼굴을 가렸던 손을 내렸다. 그의 얼굴도 눈물 범벅이었다. 화르세인지 때처럼 그 자리에서 무릎 꿇고 통곡하지 않은 게 용했다.

"한생아. 정말 한생이니? 형이 한 번만 만져봐도 될까?"

"누구세요! 오지 마세요! 큰형 이 사람들 누구야? 왜 이래?"

이한생은 낯선 어른이 울면서 다가오자 이귀한을 제 앞

으로 잡아당겼다.

"귀여운 셋째를 위해 형이 한 번만 말할 테니 잘 들어! 우리 세계랑 다른 세계랑 최소 삼중 추돌 교통사고 나는 바람에 차원 벽이 무너졌어! 다행히 우리 세계 차원 핵은 멀쩡한데 다른 세계 차원 핵이 부서져서 복구하려고 우리 세계 침공 중이야! 너는 교통사고 난 날에 막내 지키다가 쓰러져서 9년 만에 깨어난 거야!"

한 번만 말하겠다는 설명에 듣고 넘겨선 안 될 세계관 주요 설정이 포함되어 있다.

이보배와 이해기가 그게 무슨 소리냐 외치려는데 이귀한이 선수쳤다.

"그러니까 얘가 막내! 얘가 둘째!"

이보배는 이한생이 알아볼 수 있도록 눈을 크고 똘망똘망하게 떴다가 손수건으로 얼굴을 닦았다. 크게 코를 푼 뒤 코맹맹이 소리로 나섰다.

"내가 설명할게."

잠시 뒤. 오랜 기간 준비했으나 1년 동안 까먹는 바람에 약간 중구난방이었던 설명이 끝났다.

설명을 모두 들은 이한생의 얼굴은 여전히 시퍼렜다.

"그러니까, 시발. 엄마랑 아빠 돌아가신 거. 그게 꿈이 아니고, 내가 돼지 새끼 감쌌던 것도."

"응, 진짜야."

"그날이 균열의 날인지 뭔지였고 그때부터 9년이 지났다고? 난 9년 동안 식물인간이었다고요?"

부모님의 사망, 균열의 날, 자고 있는 동안 흘러간 세월.

이런 기본적인 정보도 받아들이기 어려운데 거기에 화르세인지 얘기까지 추가하면 더 혼란스러울 것이다.

'모르는 사람이 자기 몸을 움직였다니 기분 나쁘겠지.'

이보배는 오빠들과 눈빛을 교환해 화르세인지 대목을 감췄다.

"대충 그렇지. 전부는 아닌데 다 알면 헷갈리니까 나머진 천천히 알려줄게."

"누나가, 돼지라고요?"

이한생이 혼란을 감추지 못하고 이보배를 응시했다.

이보배는 고개를 끄덕였다.

"내가 보배야, 막내 오빠."

"저 형씨가 작은형이고, 나는, 나는?"

이보배는 가방에서 꺼내는 척 인벤토리에서 손거울을 꺼내 이한생의 얼굴을 비췄다.

이한생은 어른이 된 본인 얼굴이 낯선지 한참을 들여다보고 볼과 코를 꼬집었다. 그는 거울을 본 뒤에도 불손한 눈빛으로 이귀한을 제외한 가족들을 응시했다.

"돼지랑 작은형은 삭았는데 큰형은 왜 그대로야? 이거 몰래 카메라죠?"

"나는 지금 형태로 재구축해서!"

"형이 하는 말은 흘려 넘겨라. 형은 잠시 다른 차원에 있었는데 차원끼리 시간 흐름이 달라서 그래. 그렇다 치자."

"스토리 개구려. 판타지랑 SF만 쳐보더니 미쳤냐고요."

"책과 담쌓은 너보단 낫지. 그럼 난 퇴원 수속하고 오마."

이해기가 병실을 나가자 이한생이 멍한 눈으로 문을 가리켰다.

"작은형 연기할 거면 제대로 해야죠. 말투 너무 심한데."

"작은오빠도 나름 사정이 있어."

"누나도 돼지라는 거 거짓말이죠? 그 꼴통이 이렇게 고분고분할 리 없는데. 혹시 저 기절한 동안 제 운동화 건드렸으면 죽여 버린다고 전해주실래요?"

이보배는 쓴웃음을 지었다.

급히 짐을 챙기는 와중 남매는 이한생의 짐을 많이 챙기지 못했다. 끽해야 사진 몇 장이 전부다. 이한생의 한정판 운동화는 침식된 옛집에서 썩고 있을 것이다.

"이거 몰래 카메라죠? 그렇죠? 제 얼굴은 특수 분장이잖아요."

얼굴을 매만지는 이한생의 목소리에서 물기가 묻어났다.

과거의 이보배라면 울먹이는 그를 비웃었을 것이다.

지금의 이보배는 비웃지 않는다. 그 마음 이해한다.

하루아침에 부모님이 돌아가시고 집도 잃었다. 막내 오

빠는 식물인간이 되었고 큰오빠는 사람들을 지키기 위해 매일 몬스터와 싸운다. 급조된 대피소에서 열여섯 살 이보배는 매일 이 모든 일이 꿈이길 빌었다.

스물다섯 살 이보배는 이제 현실에 적응했다.

이보배는 막내 오빠를 안쓰러이 여기면서도 진실을 말했다.

"미안, 막내 오빠. 진짜야."

"이거 몰래카메라지?"

이한생은 차를 타고 집에 가는 내내 같은 말을 반복했다.

기억과 다른 스카이라인과 사회 분위기, 대형 전광판에 뜬 날짜와 균열 관련 뉴스를 볼 때마다 몰래카메라라고 주장했다.

쉬지 않고 '몰래카메라'를 반복하던 이한생의 입이 닫힌 건 동네에 들어서고부터였다. 이한생은 차가 낯선 동네에 들어서자 입술을 꼭 붙이고 좌우로 눈동자만 굴렸다. 불안해 엉덩이를 들썩이다가 정차하자마자 이보배를 밀치고 차에서 구르듯 내렸다.

그는 처음 보는 이층집에 깜짝 놀랐다.

"여기 어디예요? 우리 집은? 왜 우리 집으로 안 가고 여기로 와요?"

현재 이한생이 유일하게 믿는 이귀한에게 물었다.

"설마 집 팔았어?"

"팔았나? 구워 먹었나? 기억 안 나!"

"팔진 않았는데 몬스터한테 뺏겼어."

이귀한 대신 이보배가 대답했다.

이씨 사남매의 집이 있던 동네는 균열에 침식되어 몬스터 소굴이 되어버렸다.

귀환자와 회귀자 조합이라면 몬스터를 박멸하고 집을 되찾는 것 정도는 가능하지만 너무 눈에 띄기 때문에 몇 년 뒤로 미뤘다.

이한생은 낯선 집에 선뜻 발을 들이려 하지 않다가 억지로 들어갔다. 거실을 둘러본 그가 말했다.

"좁아. 구려. 더러워. 싼 티 나."

이보배가 부잣집 고명딸이었듯 이한생은 부잣집 도련님이었다.

대피소와 월세방, 반지하 전세살이를 겪어보지 못한 이한생 눈에 사남매의 새 보금자리는 한없이 구려 보였다.

"막내 오빠 보기엔 그러려나? 그래도 반지하 살 때보단 나아진 건데."

"반지하?"

이한생이 생전 처음 듣는 얘기에 질겁했다.

그는 소파를 보고서도 앉지 않고 거실을 서성였다. 이보배는 일단 2층을 가리켰다.

“막내 오빠 방 볼래?”

이한생은 불안해하면서도 일단 이보배를 따라 2층으로 올라갔다. 그는 슬라임 침대를 보고 놀랐다가 누군가 살았던 흔적을 발견했다.

“다른 사람이 살고 있는데요?”

“음, 사실 막내 오빠는 9년 만에 깨어난 게 아니야. 1년 전쯤 깨어났어.”

“뭐?”

9년 만에 깨어났다는 것도 기가 막힌데 사실은 1년 전에 깨어났었단 이야기에 이한생의 숨이 막혔다.

“근데 기억 상실이었거든.”

“지금 몰래 카메라가 아니라 드라마 찍어요?”

“1년 동안 같이 살다가 최근 머리에 충격을 받고 기억이 돌아온 거야.”

“시발, 컨셉 왜 이따구냐고.”

머리에 충격받았단 소리에 이한생은 공연히 머리를 어루만졌다. 눈에 보이는 상처는 없었지만 괜히 머리가 아픈 것 같았다.

그는 방을 둘러보는 척 자신을 동생이라고 주장하는 사람을 관찰했다.

건방지고 싸가지 밥 말아 먹은 동생은 어디 가고 출퇴근 시간에나 볼 법한 성인이 있었다.

대학생 누나처럼 보였지만 묘하게 어른스럽고 침착한 분위기 때문에 학생보단 사회인으로 보였다.

외모와 분위기만 낯선 게 아니다. 자신을 대하는 태도는 더 낯설었다.

이한생이 질문하면 꼬박꼬박 대답하고 시비 걸어도 화내지 않는다. 심지어 그의 눈치를 보았다.

이보배가! 그 개싸가지가!

"일단 여기서 쉬고 있어. 밥 먹고 얘기하자."

급격한 환경 변화로 스트레스받은 햄스터는 일단 안전한 공간에 격리해야 한다. 자꾸 들여다보거나 건드리면 자해로 이어질 수 있다.

'일단 엄마 아빠 돌아가신 거랑 균열, 식물인간 얘기는 했고. 남은 건 각성 얘기구나. 이건 인벤토리 보여주면서 설명하면 될 것 같고.'

이보배는 머리를 부여잡고 1층으로 내려왔다. 1층 거실에선 큰오빠와 작은오빠가 생쇼를 하고 있었다.

"이렇게?"

"아니야, 형. 형은 좀 더 근엄했어."

"이렇게?"

"그것도 아니야. 형은 좀 더 푸근하고 믿음직스러우면서 멋있었다니까."

"아씨, 둘째 설명 구려."

"형 진짜 어른스러웠는데……. 나중에 생각하니 전부 허세였지만."

뭘 해도 마냥 어려 보이는 이귀한의 모습에 이해기가 몇 번이고 '다시'를 외쳤다가 그 이유를 새삼 깨달았다.

실종 전의 이귀한이 멋있고 성숙해 보였던 것은 당시의 이해기가 어리고 철이 부족했기 때문이다.

만약 이해기가 이귀한이 실종되기 전으로 회귀했다면 형이 어려 보여 깜짝 놀랐을 게 분명하다.

정신 연령 마흔아홉 회귀자는 새삼 그 사실을 깨닫고 쓴웃음을 지었다.

"내가 형을 얼마나 존경했는지 모를 거야. 형 반만 따라가도 성공한 인생이라고 생각했는데."

"지금은?"

"지금도 존경하지. 형이 참으면 계속 존경할게. 자, 다시 해보자! 더 멋있게!"

"이렇게?"

"그래, 그거야!"

'쇼를 해요.'

이보배는 혀를 끌끌 차고 부엌으로 들어갔다. 아직까지 혼란스러운 막내 오빠를 위해 엄마의 맛을 선사할 계획이다.

“시발, 이게 무슨 맛이야?”

‘계획대로.’

못마땅한 기색으로 된장찌개를 한 숟갈 떠먹은 이한생이 입맛을 다시며 맛을 되새겼다. 맛이 있지도 없지도 않은 기괴한 맛이 딱 엄마가 끓인 된장찌개 같았다.

“와, 이걸 재현하네. 일부러 이렇게 끓이는 게 더 어려울 텐데. 이거 돼지 꼴통이 끓인 거죠? 지금 나오면 용서해 줄 테니까 빨리 불러주세요.”

“내가 보배라니까. 자, 여기 맛있는 된장찌개.”

이한생은 주위 어른들의 눈치를 살피다 다들 국물을 떠먹는 걸 보고 나서야 된장찌개를 한 숟갈 떴다. 훌륭한 맛에 이한생이 깜짝 놀랐다.

“사 왔어요?”

“작은오빠가 끓인 거야.”

“작은 새끼가 요리를 한다고?”

이한생은 숟가락을 떨어뜨릴 정도로 놀랐다. 그가 알던 이해기와 괴리감이 너무 컸다.

이해기는 돈 많고 공부 잘하면 만사 해결이라며 집에선 손 하나 까딱하지 않던 뺀질이였다.

“그러니까, 작은형 연기하는 아저씨는 인물 설정이 이상하다니까요. 작은 새끼가 자기는 그런 사람이래요? 완전 틀렸는데."

"낙지 좋아하지? 내일은 낙지볶음을 해주마."

이해기의 다정한 말을 듣고 이한생은 사레들렸다.

급히 물을 찾는 그의 손에 물컵이 쥐어졌다. 물을 마신 이한생이 물컵을 건넨 이귀한을 보고 의자를 밀어 거리를 벌렸다.

"갑자기 왜 야리는데. 그리고 큰형은 왜 그대로야. 대역 배우 못 구했어?"

"한생아, 저건 노려보는 게 아니라 맏이로서 밥 먹는 동생들을 흐뭇하게 지켜보는 거다."

"훗."

이해기의 설명에 이귀한이 입꼬리만 올려 미소 지었다. 동생들을 긍휼히 여기는 눈빛은 덤이었다.

"아주 쇼를 해요. 설명은 왜 작은오빠가 해주는데?"

"둘째가 표정 연기는 괜찮은데 입 열면 깬다고 닥치라고 함."

"형, 아깐 멋있었어."

"훗."

이보배는 기가 막혀 이마를 싸맸다. 오늘 하루 머리에서 손 떨어질 새가 없었다.

이한생은 길에서 주워 온 고양이처럼 눈치를 살피고 경

계하며 묵묵히 밥만 먹었다.

식탁엔 이해기가 만든 맛있는 반찬이 가득했으나 그의 수저가 오가는 곳은 밥공기와 이보배가 만든 된장찌개뿐이었다.

식사가 끝나고 사남매는 거실에 모였다.

이한생은 쉬이 앉을 곳을 찾지 못하고 방황하다 결국 이귀한 옆자리를 택했다. 그나마 눈에 익은 사람이 이귀한이었기 때문이다. 이귀한도 그의 기억과 달랐지만 어차피 다들 낯설다면 생김새라도 기억과 같은 이귀한이 나았다.

"좋아. 그럼 나머질 설명해 줄게. 균열이랑 몬스터까진 말해줬지?"

"그래."

"세상엔 각성자가 생겼어. 막 초능력 쓰고 마법 쓰고 그러는 사람들이야. 이 사람들이 몬스터랑 싸워서 인류 문명과 사회가 유지되고 있는 거야."

이보배는 간략히 각성자를 설명한 후 시간순으로 말했다.

"균열의 날 엄마 아빠가 돌아가시고 막내 오빠가 날 감싸고 쓰러진 다음 큰오빠가 와서 우릴 구해줬어. 큰오빠가 그때 각성했거든. 큰오빠가 우리 보살펴 줘서 같이 살다가 1년 반 조금 더 되어서 실종되었어. 그다음에 내가 각성했고, 나랑 작은오빠랑 둘이서 6년 동안 살다가 작년에 큰오빠가 돌아왔고, 막내 오빠도 깨어난 거지."

"기억 상실인 채로?"

"응."

이 모든 말이 사실이라 가정해 보자. 이한생은 머리를 쥐어짰다. 아무것도 떠오르지 않았다.

'아직도 믿지 못하는 눈치네.'

이보배는 반신반의하는 이한생에게 쐐기를 박았다.

"일단 각성하면 인벤토리가 생겨. 막내 오빠도 게임 해 봤으니까 그게 뭔진 알지?"

이보배는 인벤토리에서 포션을 넣었다 빼길 반복했다.

이한생은 자포자기한 눈빛으로 그 모습을 응시했다.

"그리고 막내 오빠도 각성했거든. 시스템이라고 말하거나 속으로 생각해 봐. 그럼 반투명한 창이 떠오를 거야."

"으악, 시발! 이거 뭐야!"

이보배의 말대로 시스템을 떠올린 이한생이 기겁하고 허공을 휘저었다. 그래 봐야 시스템창은 사라지지 않는다.

"각성은 랜덤이야. 그런데 각성하면 기존에 갖고 있던 부상이 낫거든. 막내 오빠도 그렇게 깨어났다고 이해하면 돼. 그리고 막내 오빠 직업이랑 스킬 말인데."

이한생의 각성 직업과 스킬은 반드시 숨겨야 했다.

이보배가 딱 여기까지만 말하고 오늘치 설명을 끝내려는데 이한생이 먼저 입을 열었다.

"스톱, 잠깐 스톱."

"왜 그래?"

"저 렌즈 무서워서 못 끼거든요? 당장 빼주세요. 아니면 고소할 거예요."

겁이 많아 안약도 혼자서 못 넣는 인간이니 잠든 사이 눈에 렌즈를 끼웠다고 생각하면 무섭긴 할 것이다.

"잘 봐봐, 막내 오빠. 인벤토리 다시 보여줄게. 여기 아무것도 없는데 짜잔! 없었는데 생겼습니다! 생겼다가 없어졌습니다! 막내 오빠도 인벤토리가 있으니까 할 수 있어. 해봐."

"속임수잖아요. 다 알아요. 그리고 이거 혹시 몰래 카메라가 아니라 사기 치고 그러는 거예요? 설마."

이한생이 겁먹은 표정으로 주위를 살폈다.

"빤질이가 시켰어요? 나 미친 사람으로 몰아서 정신 병원에 가두겠대요? 부모님 유산 지가 다 먹으려는 거죠? 아, 아니지. 큰형이랑 꼴통도 공범이네. 그런 거죠?"

이해기가 상처받은 표정을 지었다.

"한생아, 나를 어떻게 생각했기에 내가 주범이니."

"그 새끼 맨날 지가 공부 제일 잘하니까 돈도 제일 많이 물려받아야 한다고 말할 때부터 알아봤는데."

이한생의 얘기를 들으니 이보배도 떠오르는 바가 있었다.

"작은오빠가 그러긴 했지."

"억울하구나. 이건 모함이야, 내가 언제 그랬니."

"아냐, 진짜 그랬어. 큰오빠는 멍청하고 놀기 좋아해서 집안 재산 말아먹기 딱 좋으니까 차남이지만 공부 잘하는 자기가 상속 많이 받아야 한다고 맨날 그랬잖아."

여러 번 적었지만 이귀한과 이해기는 죽 잘 맞는 형제였다.

사이가 좋은 편임에도 불구하고 사춘기 이해기는 저렇게 주장했다. 그 얘길 들으니 떠오르는 게 있는지 이해기가 풀 죽었다.

"내가 그렇게 철없고 재수 없었니?"

"솔직히 우리 남매 전부 철이 없었어."

"훗."

균열의 날은 이씨 사남매에게서 부모님을 앗아간 대신 철을 주입했다.

이보배는 쓴웃음을 지었다가 삼천포로 빠진 화제를 제자리에 돌려놓았다.

"사기 아니니까 해봐. 인벤토리 생각하면 거기에 수납되어 있는 물건들이 떠오를 거야. 아무거나 빼고 넣어봐."

이한생은 울며 겨자 먹기로 이보배가 시키는 대로 했다.

그의 눈동자가 허공의 어느 지점을 응시하더니 상하좌우로 움직였다.

인벤토리에서 무엇을 뺄지 고민하는 건가 생각한 그때,

이한생의 눈동자가 요동쳤다.

"안 되잖아!"

"그냥 생각하면 된다니까. 긴장하지 말고 집중하자."

"시발, 사람 말 못 믿나. 진짜 안 된다고요!"

"막내 오빠 진정하고 심호흡해 보자. 인벤토리가 안 되면 다른 걸 해보자. 스킬이라고 생각해 봐. 그럼 스킬창이 뜰 거야. 뜨지?"

이한생은 불만에 가득 찬 얼굴로 고개를 끄덕였다.

"막내 오빠는 스킬이 두 개 있어. 〈치유〉랑 〈정화〉야. 큰 오빠에게 〈정화〉 스킬을 써보자. 생각하는 게 부담스러우면 스킬을 집중해서 응시하면 그 스킬 칸 색이 진해지거든? 게임 할 때처럼 그걸 누른다고 생각해."

"훗."

이귀한이 느끼하게 웃으면서 〈정화〉를 기다렸다. 하지만 이번에도 이한생의 눈동자가 요동쳤다.

"자격 없다는데요?"

"응?"

"스킬을 사용할 수 없습니다. 자격이 없습니다. 그렇게 뜨는데."

이한생은 어떻게 설명할 거냐는 듯 이보배를 쏘아보았다.

이번엔 이보배의 눈동자가 요동쳤다. 이보배만 그런 게 아니었다. 이해기의 눈동자도 진도 9.0을 기록할 기세로 흔들렸다.

"훗."

이귀한 홀로 동요하지 않고 느끼하게 웃었다. 뭔가 알아서 웃는 게 아니고 아무 생각이 없는 거였다.

연륜 있는 이해기는 곧 침착해졌지만 이보배는 동요를 숨기지 못했다. 둘은 곧장 이한생의 시스템창이 어디까지 막혔는지 확인했다.

결과는 놀라웠다.

스킬은 물론이고 인벤토리에, 각성하면서 상향된 능력치까지 모조리 '자격 없음'이 떴다.

"되는 게 없네. 죄 막혔잖아."

"한생아, 파티창은 뜨니? 수락해 보렴."

가뜩이나 불안한데 낯선 어른들이 같이 동요하고 있으니 이한생은 겁에 질렸다. 겁먹었지만 티 내지 못하고 속만 쭈그러들었다.

'시발 아까부터 되는 거 하나도 없는데 뭘 자꾸 해보라고.'

이한생은 이번이 마지막이란 생각에 파티 가입 권유를 수락했다.

되는 것 없던 시스템이 처음으로 그를 허락했다. 이한생의 앞에 반투명한 파티창이 생성되었다.

[파티원]

이한생(화르세인지 드 체키빙)–생존

이해기–생존

이보배–생존

이한생은 본인 이름 옆에 붙은 괄호를 보고 눈을 깜빡였다.

"화르세인지 드 체키빙? 이게 뭐야."

"으음."

"아이고."

이한생의 질문에 대답 대신 신음만 돌아왔다.

"전엔 망나니 안에 양아치 있더니 이젠 양아치 안에 망나니가 있네."

"형이 영혼이 같다고 했을 때부터 예상하긴 했다만. 환생인지 빙의인지 모르겠더니 환생일 가능성이 높아졌구나."

"아냐, 빙의인데 영혼이 합쳐진 걸 수도 있잖아. 그런 소설도 많던데."

낯선 어른 둘이 나라의 미래를 생각하는 것처럼 심각하게 신음하더니 하는 말들은 순 엉터리였다.

이한생이 사기꾼 어른들을 무시하고 큰형을 보자 이귀

한은 이번에도 씨익 웃는 대신 아이처럼 투정 부렸다.

"동생들이 나만 따돌려! 나도 낄래!"

이해기가 이귀한도 초대했다. 파티원이 추가되자 파티창이 갱신되었다.

[파티원]

이한생(화르세인지 드 체키빙)-생존

이해기-생존

이보배-생존

이귀한(??)-생존??

"큰오빠 생존 뒤에 붙은 물음표는 뭐야?"

중요한 때에 자꾸 삼천포로 빠져서 미안하지만 이보배는 이걸 보고 넘길 수 없었다.

이름 옆에 붙은 물음표는 시스템이 이귀한의 정체를 확실히 몰라서 그렇다 치자. 생존 옆에는 물음표가 왜 붙는단 말인가.

이에 이귀한이 대답했다.

"나야말로 진정한 죽음이요, 어둠이며, 세계의 종말이고 타락이라 그래."

"그냥 개념이 달라서 그럴 거다. 우린 육신이 기능을 멈추면 죽지만 형은 목이 잘려도 안 죽어. 그러니까."

이해기가 적절하게 설명하기 위해 오랜만에 머리 썼다.

"세균 하나 죽이거나 전염병 하나 극복했다고 질병이라는 개념 자체가 사라지는 건 아니잖니. 그런 거란다. 형은 굳이 따지면 절대악 성향의 개념신이다. 재앙신이나 파괴신, 사신 이런 거."

이보배는 이해하지 못했지만 이해할 마음도 없기에 그냥 넘어갔다. 중요한 게 있는데 이런 일로 시간을 허비할 수 없었다. 그런 이보배의 마음가짐이 옳다는 듯 작은 변화가 생겼다.

"자격 없대."

이한생이 파티창에서 사라졌다.

이해기가 재초대도 해보고 이한생에게 파티를 직접 만들어보라고도 했지만 전부 소용없었다. 파티창을 허락했던 건 어디까지나 이름 변화를 보여주기 위해서였다는 듯 한 번으로 끝이었다.

"이제 됐죠? 시발, 안 되니까 안 한다고!"

"마지막으로 하나만 더 확인해 보자."

이보배는 슬금슬금 거리를 벌려 현관까지 도망친 이한생을 붙잡아 와 이귀한 앞에 대령했다.

"놔, 놔주세요! 집에 갈래요! 저 돈 없어요! 우리 집 금고 비밀번호는 큰형이랑 돼지 꼴통만 알아요!"

이씨 사남매의 부모는 집안의 맏이와 막내에게만 금고

비밀번호를 알려주었다. 이유는 간단하다.

이귀한은 맏이라, 이보배는 금고에 있는 엄마의 패물을 갖고 노는 걸 좋아해서.

차남과 삼남에게 알려주지 않은 이유도 간단하다. 차남이란 놈은 떡 줄 사람은 생각도 않는데 김칫국부터 마시면서 상속 지분을 논하는 것이 건방져서, 삼남은 알려주겠다고 했더니 귀찮다고 무시해서다.

"미안, 막내 오빠. 이번이 진짜 마지막이야. 큰오빠 아주 약하게 힘 좀 써볼래?"

이귀한은 망설이지 않고 힘을 썼다. 약하게 쓰랬더니 앞에 있는 이보배의 속이 울렁일 정도로 기운을 발산했다. 화르세인지라면 칠공에서 피를 흘리고 장기간 요양할 타락한 힘이었다.

이한생은 쓰러지지 않았다. 대신 이보배처럼 기분이 나빠졌는지 구역질했다.

"우엑, 갑자기 속이. 여기 가스 새는 거 아니에요? 설마 아까 먹은 밥에 약 탔어요?"

타락한 기운이 불안한 마음을 증폭시킨 것일까. 공포와 불안이 극에 달한 이한생이 움직였다.

그는 이보배를 뿌리치고 현관으로 도망가다가 이해기에게 붙잡혔다.

이한생은 한 치의 망설임 없이 이해기에게 주먹을 휘

둘렀다. 안정된 자세에 훌륭한 펀치였으나 상대가 안 좋았다.

"끄악!"

이해기의 물리 방어력은 무쇠 프라이팬으로 때려도 튕겨 나가는 수준이다. 능력치가 온전하면 모를까, 시스템이 부여해 준 능력치를 쓸 수 없게 된 상태론 때린 사람 주먹이 아팠다. 계란으로 바위 친 격이었다.

"한생아, 조금 진정하고."

"사람 살려! 살려주세요!"

힘으로 이길 수 없음을 깨닫자 이한생은 즉각 외부에 도움을 요청했다.

망나니 시절이나 양아치인 지금이나 목청 하나는 기차 화통 삶아 먹은 것처럼 컸다.

"납치당했어요! 살려주세요! 신고해 주세요!"

"막내 오빠 조금만 우리 얘기를 들어줘."

"사람 살려요!"

이보배의 마음이 초조해졌다. 균열과 몬스터 때문에 사람들의 신고 정신이 활발해졌다.

이대로라면 소리를 들은 누군가가 신고해 경찰이나 헌터가 출동할지도 모른다.

경찰이나 헌터가 와도 사정을 설명하면 쉽게 해결될 것이다.

하지만 지금 상태의 이한생이 공권력의 인정에 납득할까? 외려 반항심만 거세질 것이다.

'생각할 게 너무 많아. 시간이 필요해.'

이보배는 시간이 필요했다. 이한생을 진정시킬 시간, 그에게 재차 설명할 시간, 복잡한 머릿속을 정리할 그 모든 시간이.

결국 이보배는 최후의 수단을 사용했다.

"에잇!"

"사람 살! 쿠울."

이보배는 이한생에게 수면 가루를 뿌렸다. 대한민국을 대표하는 A급 헌터 전투 연금 한현우에게 배운 고급 기술이었다.

수면 가루를 들이마신 이한생이 곧장 곯아떨어졌다.

이해기가 쓰러지는 이한생을 부축해 이귀한에게 넘겼다.

"작은오빠랑 할 얘기 있으니까 큰오빠가 옮겨줄래? 중간에 깨서 가출할 수 있으니까 오늘 밤만 감시해 주면 더 좋고."

"훗, 그래."

이보배는 잠 잘 필요 없는 마왕에게 불침번을 부탁했다.

이귀한은 불평 불만 없이 이보배의 부탁을 들어주었다.

이귀한이 이한생을 들고 2층으로 올라가자 이보배는 거실 바닥에 쓰러졌다. 그녀는 땅이 꺼지라 한숨을 내쉬었다.

“아이고, 내 팔자야.”

인생 날로 먹겠다는 것도 아닌데 왜 자꾸 일이 꼬이는 것일까.

이보배는 앓는 소리를 내다 몸을 일으켰다. 이대로 쉬고 싶은데 정신력이 높아서 그런지 스트레스만 쌓이고 버틸 만했다.

“막내 오빠가 안 믿네. 하긴 나라도…….”

부모님이 돌아가신 것도 기가 막힌데 세계가 뒤집혔단다.

심지어 게임에서나 나오는 시스템 소리를 하고 있으니 믿을 수 있겠나.

차라리 일찍 깨어났었다면 지금보다 쉽게 믿었을 것이다.

하지만 거의 10년이 지났다. 몇 년만 외국에 있다가 한국에 돌아와도 낯설 판에 세계와 상식이 동시에 뒤집히는 과정을 건너뛰어 버렸다.

이한생의 처지는 낯선 세계에 떨어진 화르세인지와 비슷했다. 기존 상식으로 이해할 수 없는 일들을 ‘다른 세계’라는 이유로 받아들인 화르세인지와 비교하면 더 적응하기 힘들지도 모른다.

“혹시 이거랑 비슷한 일이.”

이보배는 회귀자에게 질문했다가 표정만 보고 대답을 짐작했다.

"그래, 없겠지. 없었으니까 작은오빠도 놀랐지."

"대충 짐작은 간다."

"어떤데?"

"예전에 내가 신성력은 수입품이라고 했던 거 기억나니?"

"응."

"화르세인지가 사용한 신성력은 시스템이 아닌 성신의 힘이었다. 그럼 이렇게 생각해 볼 수 있어. 시스템이 신성력을 수입해 화르세인지에게 준 것이 아니라 화르세인지기 때문에 성신이 수출을 허락한 건 아닐까?"

이해기가 회귀한 후 세계는 그가 알던 것과 많이 달라졌다.

특히 기억하는 것보다 빠르게 각성하는 사람들이 이해기의 관심을 끌었다.

시스템의 목적은 미스터리지만 어쨌든 인류 보전을 위해 움직이고 있다.

이해기가 시스템이라면 신성력을 가능한 많은 각성자에게 줄 것이다. 그런데 아직까지 신성력을 쓰는 각성자는 나오지 않았다.

"우리처럼 힘을 숨기고 있는 게 아닐까?"

"그럴 가능성도 있지만 솔직히 몬스터와 싸울 때 힐러는 필수 요소란다. 그런데 균열의 날 이후 이 세계엔 계속 힐러가 없었고 내가 아는 미래에도 없었다. 한생이에겐 신성력을 수입해 유통해 주는 시스템이 어째서 다른 각성자에겐 그러지 못하는 걸까. 나는 신성력을 쓰려면 조건이 필요하다고 생각한다. 그리고 화르세인지는 그 조건을 통과한 거지."

"체키빙 가문 말이야? 근데 그건 피에서 피로 이어지는 거잖아. 몸이 바뀌면 무슨 소용이야?"

"우리가 몸이 같으니 화르세인지를 가족으로 받아들인 것처럼 성신 입장에선 혼이 같으니 똑같다고 생각한 걸지도 모른다."

혼이 같다는 대목에서 이보배의 얼굴이 굳었다.

"큰오빠가 화르세인지랑 막내 오빠 영혼이 같다고 했댔지."

"그래. 환생이거나, 빙의했는데 네 말대로 영혼이 융합되었을 가능성도 있다."

육체가 자동차, 혼이 운전자라면 망나니가 운전하고 있는 동안 양아치의 혼은 어디에 있는가. 트렁크에서 저 납치범을 단죄하라며 악을 쓰고 있는가, 아니면 도로 어딘가에 버려져 자동차를 찾고 있는가.

이건 화르세인지 드 체키빙이 깨어나 '시발'을 외친 순간부터 이씨 남매가 품고 있던 의문이었다.

이귀한은 사람의 혼을 구별하지만 실종되고 얻은 능력

이라 기존의 이한생과 각성한 이한생의 혼이 같은지 판별할 수 없었기 때문이다.

오늘 남매는 답을 알았다. 둘의 혼은 같다. 양아치는 줄곧 망나니 안에 있었다. 그리고 이젠 망나니와 양아치의 위치가 바뀌었다.

“난 환생 가능성을 높게 친다. 왜냐하면, 몸에 기억이 남아 있다고 해도 화르세인지는 가끔 너무 한생이 같았어.”

이해기가 간헐적 진국이었다면 망나니는 간헐적 양아치였다.

이보배는 아무래도 좋았기 때문에 신경 쓰지 않았다.

“직업이 성자인 것부터 수상했다. 본인이 주장한 대로 판타지 세계에서 성자 반열에 오를 때까지 살다가 죽어서 환생한 게 아닌가 싶구나. 성신은 자기가 총애하던 성자의 환생이니 신성력을 수출해 주는 거라고 생각하면 얘기가 맞는다.”

공작가 개망나니가 신께 사랑받는 성자?

이해기가 좋아하는 판타지 소설 제목 같았다. 지나치게 소설 같았지만 그럴싸한 추측이었다.

“회귀자의 감이야?”

“아니.”

이해기가 자부심 넘치는 미소를 지었다.

“판타지 소설 마니아의 감이란다. 내가 읽은 소설이 몇 권인데. 이게 왕도다, 확실해."

'잘났어, 정말.'

이걸로 집에 귀환자, 회귀자, 환생자가 모였다.

귀환자 대신 빙의자였으면 현대 판타지 소설의 삼신기인 회빙환이 모였을 텐데 빙의가 빠져 아쉬울 따름이다.

"막내 오빠에겐 뭐라고 설명하지? 기억 상실 중 인격이 었다고 할까 아니면 우리 추측대로 빙의거나 환생이라고 말할까."

"어느 쪽이든 한생이는 쪽팔려 할 것 같다만. 가능하면 사실대로 솔직하게 말해주는 게 좋겠지. 지금처럼 믿지 않더라도 차근차근 꾸준히."

이보배는 회귀자의 말을 믿지 않았던 1년 전을 떠올렸다.

"내가 안 믿어서 오빠들 답답했겠네. 미안해."

"나라도 믿지 않았을 거다. 우리가 일부러 가볍게 말한 잘못도 있으니 네 탓은 아니란다. 네가 시간이 지나면서 믿어주었듯이 한생이도 우릴 믿어줄 거다. 다만."

이해기의 안색이 흐려졌다. 무언가 걱정하는 듯했다.

기쁨은 나누면 두 배가 되고 고민도 나누면 절반이 된다. 이보배는 가장으로서 고민을 공유하고자 했다.

"고민 있으면 말해."

"이번엔 꼭 각성자 등록시키려고 했는데……. 각성했는

데 스킬도 못 쓰고 능력치도 적용 안 되면 비각성이랑 똑같잖니. 한생이 레벨 업 하는 것도 봤는데 비각성자 되었다고 하면 마노 누나가 믿을까?"

이보배의 얼굴도 심각해졌다.

고민을 나누긴커녕 두 배로 불린 남매는 팔짱을 끼고 신음했다.

지금은 이한생이지만 자고 일어나면 막내 오빠가 다시 화르세인지로 깨어날지도 모른다.

머리에 충격받아 인격이 바뀌었으니 다시 예상하지 못한 일로 화르세인지가 될 수 있다.

고민해 봐야 소용없는 일. 이보배는 결국 어느 정도 시간을 두고 지켜보자고 결론지었다. 그리고 박마노에게 눈치 보이지만 각성자 등록을 또 미루기로 했다.

이보배는 방으로 들어가기 전 이한생의 방을 들여다보았다. 다행히 이한생은 깨지 않고 곤히 잠든 상태였다.

"큰오빠, 오늘 하루만 잘 부탁해."

"훗."

"그거 구리니까 그만하고."

이보배는 방문 앞에 누워 게임하는 이귀한에게 하루 불

침번을 부탁하고 방으로 들어갔다.

방에 들어가자마자 그녀는 문에 기대 주저앉았다.

"으아아, 인생 진짜 한 치 앞도 모르겠네."

보통 소설에서 몸 주인의 인격이 돌아오려면 그전에 복선이 깔린다. 아니면 아예 특별한 이벤트를 거친 뒤 인격이 돌아온다.

이상한 마법이나 기술에 휘말리거나 강적과의 싸움이나 아니면 폭주한다거나. 고작 머리 살짝 부딪쳤다고 기억이 돌아오려면 애초에 기억을 잃은 원인도 두부 충격이어야 했다. 그게 정석이었다.

이놈의 인생은 현실이라 그런지 예고도 없이 다짜고짜 들이닥쳤다. 깜빡이 없이 무작정 끼어드는 트럭보다 무서웠다.

'이대로 끝이면 어떡하지. 인사도 못 했는데.'

딱 막내 오빠처럼 겁 많고 딱 막내 오빠처럼 애정 결핍이었던 판타지 세계의 공자님. 이별도 만남과 마찬가지로 너무 갑작스러웠다.

'그래. 망나니는 양아치 안에 살아 있으니까 진짜 작별은 아니야. 공자님이 그랬던 것처럼 막내 오빠도 가끔 공자님 기억을 떠올릴 수도 있고.'

화르세인지가 무의식중에 이한생의 습관이나 말버릇을 보일 때마다 얼마나 반가웠던가.

이젠 이한생이 가끔 보일 화르세인지의 습관에 반가워할 차례다.

이보배는 마음 정리를 마치고 핸드폰을 들었다.

'이제 현실 정리를 해보실까.'

한현우가 보낸 문자가 여럿 와 있었지만 미안하게도 뒤로 미뤄야 했다.

이보배는 심호흡한 뒤 최요한에게 통화 가능하냔 문자 메시지를 보냈다.

3분이 지나지 않아 핸드폰이 울렸다. 이보배는 목소리를 가다듬고 통화 버튼을 눌렀다.

"안녕하세요, 요한 씨. 늦은 시간에 죄송해요."

—별말씀을요. 저야 언제든 괜찮습니다. 무슨 일이세요?

최요한의 부드럽고 상냥한 목소리 뒤로 외국어와 비명이 배경 음악처럼 깔렸다.

—혹시 균열에서 무슨 일 있으셨나요?

이보배는 균열에 진입하기 전 최요한에게 보고했다. 최요한이 균열과 연관 지어 걱정하자 아니라고 부정했다.

"아뇨, 아뇨. 균열은 안전했어요. 죄송하지만 여쭤볼 게 있어서요. 혹시 마커로 찍은 대상은 시스템이 이름도 알려주나요?"

—아니요. 제가 이름을 붙여서 식별 관리하고 있습니다.

마커 찍은 표적의 현재 상태와 방향을 알려주는 것도

사기인데 거기에 이름까지 자동 등록되면 더 사기였을 것이다.

이보배는 납득했다.

"아, 그렇구나. 알려주셔서 감사합니다. 실은 그러니까……."

이보배는 이한생의 기억이 돌아온 사정을 간략히 전달했다.

"화르세인지일 땐 화르세인지가 앞에 오고 괄호가 붙어서 막내 오빠 이름이 적혀 있었거든요. 그런데 기억이 돌아오니까 반대가 되어서 혹시 요한 씨 스킬에도 그런 게 반영되었나 궁금해서 여쭤봤어요."

—시스템이 그런 것도 반영하고 있었군요, 신기하네요. 그리고 정말 축하드려요.

"감사합니다. 바쁘신데 엉뚱한 질문 드려서 죄송해요. 죄송하지만 하나만 더 여쭤볼게요."

늦은 시간에 일하는데 전화해서 질문만 하고 있다.

이보배가 생각해도 참 진상이었다. 최요한은 이런 진상 시민에게도 끝까지 친절했다.

—물론이죠.

"마노 선배 옆에 계신가요?"

—네, 근무 중이에요. 약간 규모가 큰 일이라 다른 사람들도 같이 있어요.

"그럼 혹시 마노 선배 기분이 어때 보이세요?"

—요즘 아라크네와 반야 길드가 잠잠해서 기분 좋으셨는데.

—이 새끼들은 왜 남의 나라 와서 지랄이야! 니네 나라 가!

최요한이 대답할 필요 없었다. 바로 옆에 번개가 떨어진 것처럼 우렁찬 목소리가 전해졌다.

—최근 해외에서 일 하나 크게 터질 예정인데 그게 국내까지 여파가 와서 기분이 저조하세요.

"헉, 바쁘신 거 아닌가요? 통화 괜찮으세요?"

—네, 괜찮습니다. 지금 일은 끝나는 분위기거든요. 혹 과장님께 부탁드릴 일 있으면 살짝 전해 드릴까요?

눈치 빠른 최요한은 이보배의 의도를 바로 알아챘다.

이보배는 최요한의 상냥한 마음씨에 홀려 솔직하게 말할 뻔했다가 입을 다물었다.

인격이 바뀌면서 시스템 각성이 반영되지 않는다고 솔직히 말한다 치자. 듣도 보도 못한 일이니 박마노는 안전과 정보 수집을 위해서라도 검사하자고 할 것이다. 그러면 결국 이한생의 직업과 스킬이 들통난다.

박마노가 이씨 남매의 편의를 봐주긴 하지만 힐러까지 모른 척해주진 않을 터다.

숨겨줄 테니 관리국에 취직하라고 하거나 일을 도우라고 할 가능성이 높았다.

이보배는 그런 결과를 바라지 않았다.

“아니에요, 제가 직접 말할게요. 그냥 막내 오빠 각성자 등록을 좀 더 늦춰야 할 것 같아 미리 알려 드리려고 그랬어요.”

–저런, 과장님이 싫어하시겠네요. 그런데 이한생 씨 사정이 사정이니 이해해 주실 거예요.

“네, 막내 오빠가 많이 혼란스러워하고, 저희가 가족인 것도 믿지 않더라고요. 그런데 갑자기 등록하라고 하면 많이 놀랄 것 같아서 안정될 때까지 기다리려고요.”

슬슬 통화를 끝낼 때가 되었다.

–보배 씨.

“네.”

갑자기 이보배를 부른 최요한이 친절하게 말했다.

–말하기 어려운 게 있다면 감추셔도 괜찮아요. 대신 혼자 해결할 수 없거나 어려운 일이 있으면 꼭 알려주세요. 돕고 싶은데 감추시면 제가 슬퍼요.

진심 어린 말에 이보배의 눈에 눈물이 핑 돌았다.

“정말 감사합니다.”

이보배는 통화 종료 버튼을 누르고 눈가를 훔쳤다. 선량한 마음씨로 도와주고 싶어 하는 사람에게 자꾸 비밀을 늘리는 게 미안했다. 최요한이 없으니 핸드폰이라도 갖다 놓고 큰절을 올리고 싶을 지경이었다.

‘그럼 다음은.’

이보배는 아라크네의 거미줄에 접속했다. 혹시 모르니 이한생과 비슷한 케이스가 있는지 정보를 요청하기로 했다.

이보배는 내키지 않았지만 이해기가 주장했다.

회귀자 왈, 아라크네는 NPC처럼 대하면 된단다. 본인이 NPC 같은 정보상을 자처하고 있으니 문제없다나.

'말이 쉽지. 우리 집 비밀 캐려고 드릉드릉하는 거미에게 대놓고 정보 알려주는 꼴이잖아.'

그렇지만 아라크네 말고 달리 정보를 얻을 만한 곳이 없는 것도 사실이다.

이보배는 텅 빈 게시판에 새 글을 썼다.

[인격이 바뀌면서 각성 상태가 바뀌거나 문제가 발생한 케이스를 알고 싶습니다. 관련 정보 모두 삽니다.]

이보배는 잠시 고민하다가 적지 않아도 되는 추신을 달았다.

[모든 비용은 이해기가 부담합니다.]

물은 쏟은 사람이 닦고 똥은 싼 놈이 치운다.

이해기가 의뢰하자고 했으니 돈도 이해기가 내는 게 옳다.

[고객님의 소중한 의뢰가 접수되었습니다. 특별한 고객님만을 위한 특별한 서비스, 아라크네의 거미줄을 이용해 주셔서 감사합니다.]

이보배가 글을 등록하자 의뢰가 접수되었음을 알리는 안내문이 떴다. 그간 이보배가 특별했던 것이지 본래 아라크네에게 의뢰를 넣을 땐 이렇게 하는 게 정석이다.

'요즘 바쁜 것 같지.'

아라크네는 이보배에게 사업 방향을 의논한 후 연락이 뜸했다.

제 코가 석 자인 이보배가 회귀자도 신뢰하는 거미 걱정을 하는 건 아니다. 그저 약간 섭섭했다.

그간 아라크네는 세심한 케어를 빙자해 사남매, 특히 만만한 이보배 주위를 어슬렁거렸다.

이보배는 그 관심이 부담스러웠다. 한데 알게 모르게 정이 들었는지 보이지 않으니까 섭섭했다. 염치없는 거미 새끼라도 늘 집구석에 있던 거미줄이 갑자기 사라지면 허전한 법.

'그치만. 늘 덤 주던 가게 사장님이 갑자기 덤 끊으면 내가 잘못한 것 같잖아!'

게다가 아라크네는 예쁘다. TV 채널을 돌려도 아라크네보다 예쁜 사람, 김율보다 잘생긴 사람은 구경하기 힘들다. 워낙 존재감이 강한 사람이라 제대로 인식하고 나니

가끔 생각났다.

과연 아라크네는 이번에도 남매의 일에 끼어들까, 아니면 바쁘니 본인 사업에 집중할까.

이보배는 거미 생각을 그만두고 한현우가 보낸 문자를 확인했다.

'마지막이 현우.'

이해기가 때려서 기절한 거지만 사계절이 초대한 균열에서 벌어진 일이니 이후 상황을 알리는 게 예의였다.

이보배는 문자를 보내려다 시간이 꽤 지났음을 알고 고심했다. 최요한에게 연락할 때도 통화하기 늦은 시간이었는데 거기서 한 시간은 더 지나 야심한 시각이 되어버렸다.

존경하는 한 선생님껜 죽어도 연락할 수 없는 시간이지만 동갑 친구 현우에겐 문자 정도는 보내도 괜찮을 시간이다. 통화는 약간 무례하다.

'아냐. 친구 좋다는 게 뭐야. 그리고 현우는 이 시간에 안 잘 거야. 만약에 자면 내 손가락 장을 지진다.'

이보배는 더 망설이지 않고 통화 버튼을 눌렀다. 한현우는 첫 번째 신호음이 끝나기 전에 대답했다.

–여보세요.

"나야, 통화 괜찮아?"

–당연하지. 한생이 형은 어때? 퇴원했다는 얘긴 들었어.

이보배가 한현우와 친구 먹었으니 이보배의 오빠는 곧 형이 되는 법. 한현우가 이한생의 안부를 물었다.

"몸은 멀쩡해. 너희 균열에서 사고 쳐서 미안해. 많이 놀랐지?"

–다친 사람 없으니까 괜찮아. 너야말로 많이 놀랐을 것 같은데.

"나야 뭐."

이보배는 한숨을 쉬었다.

"이골이 났지. 그보다 우리 순금 제작하기로 한 건 날짜를 좀 미뤄야 할 것 같아."

–몸이 멀쩡하다면……. 정신 쪽에 문제가 생겼어?

이보배는 한현우에게도 솔직하게 말했다. 이번 일로 한현우와 다른 길드 마스터에게 폐를 끼쳤으니 어느 정도 사실을 밝히는 게 도리였다.

"너랑 언니 오빠들만 알고 있고 다른 사람에겐 비밀로 해줘. 실은 막내 오빠 기억이 돌아왔어."

–정말?

"그래서 그런지 많이 혼란스러워해. 자다 깼더니 거의 10년 지난 것도 기막힌데 세상은 뒤집어지고 엄마랑 아빠도 돌아가셨잖아. 나랑 오빠들도 낯설어하고. 약간 시간이 필요해."

–그렇다면 어쩔 수 없지. 기다릴게.

동갑 꼰대는 이보배의 사정을 듣고 납득했다. 이보배는 일분일초를 효율적으로 사는 한현우를 배려했다.

"순금은 먼저 제작해도 괜찮아. 굳이 나랑 같이 제작할 필요 없잖아."

—아냐, 기다릴게. 너랑 같이 만들고 싶어.

'히든 피스 달성자가 나라고 신경 써주네. 마음 안 써줘도 되는데.'

이보배는 고마운 마음에 애써 밝은 목소리로 말했다.

"고마워, 기대된다. 늦었는데 전화해서 미안해. 이만 끊을게."

—저, 보배야.

"응."

—나는 네가 어떤 심정일지 모르겠고 짐작도 안 가지만, 그래도 축하해 주고 싶다. 축하한다.

"……고마워."

세계에서 이름난 헌터의 통찰력인지 한현우가 이보배의 복잡한 속내를 꿰뚫었다.

이보배는 쓴웃음을 짓고 통화를 마쳤다. 큰오빠가 돌아오고 막내 오빠가 깨어나면 마냥 행복할 것 같았던 시기가 있었다.

이젠 정말로 큰오빠가 돌아오고 막내 오빠가 깨어났다. 그런데 왜 마냥 행복하고 기쁘지 않은 건지.

대학 가면 모든 고생이 끝날 것 같았지만 그 뒤엔 취직이 기다린다. 취업하고 나면 모든 고생이 끝날 것 같았지만 버티는 것도 힘들거니와 연애와 결혼이라는 새로운 고비가 기다린다.

결혼하면 끝이냐? 영화나 소설에선 보통 결혼하면 끝이지만 현실은 그 뒤에 새로운 산맥이 기다리고 있다. 출산이다.

아이가 생기면 끝이냐? 육아야말로 진정한 고난의 시작이란 말이 있다. 그렇게 아이를 키우면 다시 아이를 대학 보내는 게 인생 목표가 된다.

아이가 대학에 입학하면 아이 취직이 기다리고, 그다음에 결혼시키기가, 그다음에 손주 봐주기. 그다음엔, 그다음엔. 말 그대로 끝이 없다.

조금 다르긴 해도 이보배의 삶도 마찬가지다.

큰오빠가 돌아오고 막내 오빠가 깨어난다고 그녀의 인생이 끝나는 게 아니다.

인생에 정상이나 종점은 없다. 후회하지 않고 살기 불가능하니 가능한 죽을 때 후회할 일이 적게끔 노력할 뿐이다.

이보배는 화르세인지에게 최선을 다했다고 자신한다. 그래서인지 작별 인사를 하지 못한 것 빼곤 아쉬운 점이 없었다.

그러니 이번엔 이한생에게 최선을 다하자. 앞으로 어떻게 될지 모르니 더욱 하루하루를 소중히 여기자.

'내일은 일어나자마자 막내 오빠에게 수면제 쓴 거 사과해야지.'

수면 가루를 마신 것도 아닌데 잠이 쏟아졌다. 어제 고작 두 시간만 잤으니 당연한 일이었다. 이보배는 충실한 내일을 기약하고 잠들었다.

"공자님."

"귀하신 분."

"신께 사랑받는 분."

"도련님."

"작은 주인님."

사람들이 그를 부르는 호칭은 제각각이었다. 그는 자신이 누구인지 모른 채 정처 없이 떠돌았다. 눈 깜빡하면 공간이 바뀌고 시간도 바뀌었다.

그는 그게 이상하단 의혹을 품지 못했다. 꿈이었기 때문이다. 꿈에선 이성과 의혹이 사라지고 감성과 무분별한 수용만 존재한다.

그는 꿈속의 모든 걸 일말의 의심 없이 받아들였다. 모두가 그를 사랑했다. 모두가 그를 칭송했다. 모두가 그의 뜻대로 움직이고 모두가 그를 위해 움직였다. 그럼에도 그는 행복하지 않았다.

어째서 행복하지 않은 것일까. 달콤한 꿈속에서 처음으로 의심을 품었을 때 곧 그 이유가 밝혀졌다.

"망나니."

"가문의 망신."

"아직도 신성력을 쓰지 못한다고? 왜 살아 있는 거야?"

"가문의 수치다."

"저런 망나니를 주인으로 모실 수 없습니다."

"신께 버림받은 것 아닌가?"

신성력. 오직 그것이 사람들이 그를 사랑한 이유였다. 그가 신성력을 쓰지 못하니 사랑은 경멸과 증오로 바뀌었다.

심지어.

"화르세인지!"

엄하고 중후한 목소리의 주인마저 그를 경멸했다.

"헉!"

벼락이 떨어진 듯 우렁찬 소리에 화르세인지는, 이한생은 꿈에서 깨어났다.

이상한 꿈이었다. 이상한 현실보다 더 이상했다. 거대한 성이 있고, 그는 그 성의 주인이었다. 무엇이든 마음대로 할 수 있고 모두가 그의 명령에 따랐다.

하지만 조금씩 관계가 역전되었다. 그는 죄인이었다. 거대한 감옥이 있고, 그는 그 감옥에 갇힌 죄수가 되었다.

무엇을 하든 경멸과 혀 차는 소리가 뒤따랐고 모두가 그의 명령에 눈살을 찌푸렸다. 악몽이 아닌데도 악몽을 꾸다 깬 것처럼 심장이 거칠게 뛰었다.

이한생은 꿈속에서 들은 목소리와 이름을 되뇌었다.

"화르세인지. 화르세인지 드 체키빙."

이름에 반응하기라도 한 듯 그의 눈앞에 반투명한 시스템창이 생성되었다. 이한생은 본인의 이름 옆에 붙은 괄호와 괄호 속 문제의 이름을 보고 욕했다.

"이름 존나 구려."

그리고 이름보다 더 구린 설정의 현실도 이어질 모양인가 보다.

이한생은 낯선 방을 둘러보다 볼을 꼬집었다. 아팠고 꿈이 아니었다. 더럽게 구린 현실이었다.

이한생은 일어나고 한마디도 하지 않았다. 한국인은 밥심임을 증명하려는 건지 식탁엔 앉아 있었지만 그는 식탁에 시선을 고정하고 손과 입만 움직였다.

이해기가 만든 반찬은 건드리지 않고 쌀밥과 이보배가 끓인 된장찌개만 퍼먹었다.

이보배가 몇 번 말을 걸었지만 소용없었다. 죽을상을 하고 밥과 찌개만 퍼먹는 모습을 보고 있자니 밥 먹을 땐 개도 안 건드린다는 말이 떠올랐다.

'그래, 밥은 편하게 먹어야지.'

이보배는 대화를 포기하고 정보만 전달했다.

"나 공방 다녀온 다음에 천천히 설명해 줄게. 한동안 공방 운영이 부정기적이라고 공지해야 해서."

"공장?"

이한생은 공방을 공장으로 들었다.

남매는 닮는다더니, 입에 음식물이 있어서 이한생의 발음이 부정확한 나머지 이보배는 공장을 공방으로 헛들었다.

"놀라지 마! 내가 이 집 가장이야!"

이보배는 일부러 밝게 웃었다. 건강한 청년도 제 몸 하나 건사하기 어려운 세상에서 이보배는 이한생의 목숨줄을 붙여뒀다. 그것이 그녀의 자랑이었다.

"흣."

"알아 모시겠습니다, 이 사장님."

그 마음을 아는 두 오빠가 굽실거렸다. 하지만 이한생은 얼굴을 일그러뜨렸다. 이보배는 말을 바꿨다.

"놀라도 되는데, 하하하."

"설정 구리다니까. 그 돼지가 퍽이나 일하겠네. 그리고 저 새끼들은 뭐 하고 돼지 꼴통이 가장이야."

이한생이 적대적인 눈초리로 굽실거리는 이귀한과 이해기를 노려보았다. 특히 이귀한을 볼 때 적개심이 강했다.

"매일 돼지 새끼 예쁘다고 노래 부르더니 입만 산 거였지."

"홋."

"무슨 소릴 하는 거야. 큰오빠가 실종되기 전까지 얼마나 고생했는데!"

"시발, 설정 구리다니까! 그런 설정이면 저 새낀 뭐 했는데? 매일 뺀질거리면서 지가 제일 잘났다더니 막내 공장 보냈냐?"

"공장이 아니라 공방! 나 각성해서 연금술사야. 돈 잘 벌어. 막내 오빠 병원비 삼 할 내가 댔어."

이보배는 진짜 공장에 다녔어도 자랑스러웠을 것이다. 요즘은 공장 취직도 쉬운 일이 아니었다.

"보배야, 진정하렴. 한생이 말도 맞아. 난 항상 네게 미안했다. 오빠가 능력이 부족해서 널 고생시키는구나. 반드시 호강시켜 주겠다고 다짐했는데."

이해기가 회귀하기 전을 떠올리고 솔직하게 말하는데 이한생이 더 격렬하게 반응했다.

"저 봐, 저 봐! 저 입만 산 거! 설정 개구린데 저거 하나만 딱 맞췄네! 세 살이나 어린 여동생 공장 보내서 돈 벌어오게 해놓고 지 잘났다고 뺀질거리는 게 딱 이해기 새끼네. 사연 팔이 하려는 것 봐. 세상에 병명 없는 무덤 없다더니 양심 묻고 왔냐?"

'변명인데.'

이번엔 이보배가 잘못 들은 게 아니다. 평소 책을 멀리한 이한생은 가끔 단어를 오용했다.

'그러고 보면 공자님은 은근히 문자 잘 썼지. 두뇌는 똑같은데 무슨 차이지?'

"각성인가? 전부 했다며! 근데 왜 꼴통이 공장에서 족발을 쓰냐고! 설마 이런 설정으로 내가 돈을 포기하게 하려는 거면 사람 잘못 봤다. 내가 미쳤냐, 그 돈이 얼만데."

'얼만지도 모르면서.'

이한생은 부모님 재산 규모를 몰랐다.

정확히 알고 있는 사람은 이귀한과 이해기였다.

이귀한은 장남에 맏이라 부모님이 불러놓고 가르쳐 줬고 이해기는 욕심이 많아서 본인이 알아봤다.

이보배와 이한생은 알아서 챙겨주겠거니 하고 크게 신경 쓰지 않았다.

이보배야 당연히 제일 많이 물려받을 거란 자신감이 있었고 이한생은 본인이 제일 적게 받을 거란 불안에 시달리긴 했지만.

"이해기 어디 있어! 이해기 불러와! 빨리!"

이 모든 일이 본인 몫의 재산을 탐내는 이해기의 연극이라 생각한 이한생이 작은형을 찾았다.

이보배가 이한생을 진정시키기 위해 나섰다.

"워워, 진정해 봐. 구린 설정이 아니라 진짜야. 연기가 아니야. 내가 계속 가장인 건 내 스킬 때문에 그래. 그 스킬이 좋아서 계속 써먹어야 하는데 내가 가장이어야 하거든. 작은오빠도 알음알음 몰래 일해서 돈 벌어와. 이 집도 작은오빠가 돈 보태줘서 산 거야. 10억이나 보탰다니까."

"누나는 이거 해서 얼마 받기로 했어요? 1억?"

이한생의 안타깝단 시선이 이보배에게 향했다.

이보배는 화내지 않고 계속 말했다.

"어제 설명 다 못 해줬지. 스킬은 각성자가 쓸 수 있는 신기한 힘이야. 그냥 게임 스킬 생각하면 편해. 내가 가진 스킬은 〈가장의 위엄〉이란 스킬인데 날 가장으로 인식한 상대를 무릎 꿇릴 수 있어. 이거 정말 유용해. 인질로 잡혔을 때도 이거 쓰고 벗어났거든."

"존나 패는 것도 아니고 꿇려서 뭐 할 건데요. 절 받고 세뱃돈 줄 일 있나? 개허접한 스킬 유지하겠다고 돼지 꼴통이 일한다고요? 장난해요? 애초에 내가 이 지랄하는데 누나가 계속 받아주고 있는 것도 캐붕이거든요. 돼지 콜라 걸렸어요?"

'콜레라겠지.'

이보배는 화내지 않았다. 괜히 같이 언성 높였다가 어제처럼 수면 가루를 쓰고 싶지 않았다.

"내 직업이 생산계인 연금술사라 싸울 수 없거든. 틈을 만들어 도망가거나 할 때 얼마나 좋은데. 상대방 허를 찌르는 유용한 기술이야. 이렇게."

이보배는 스킬의 위력을 보여줄 겸, 이한생에게 억지로 현실을 일깨워 줄 겸 〈가장의 위엄〉을 사용했다.

"돼지가 지는 이렇게 착하대요?"

"어라?"

이한생은 무릎 꿇는 대신 멀뚱멀뚱 이보배를 응시했다.

이보배는 다시 〈가장의 위엄〉을 사용했다. 이한생은 여전히 가만히 있었다.

"어, 이상하다. 이게 왜 안 되지? 꿇어!"

"오, 이건 좀 돼지 같네. 돼지가 이거 보면서 연기 바꾸는 거죠? 그렇죠? 뻰질이랑 돼지가 이거 보고 있는 거 맞죠?"

이보배는 믿었던 SS급 스킬의 배신에 당황했다.

"왜 안 먹히지?"

"아무래도 한생이가 널 배우로 생각해서 그런 것 같다."

경험 많은 회귀자가 예리하게 현 상황을 분석했다.

〈가장의 위엄〉은 상대가 이보배를 가장으로 인식할 때 통한다. 현재 이한생은 이보배를 모르는 사람으로 생각하고 있다.

그러니 이보배가 가장이라고 백날 우겨봐야 스킬이 통하지 않는 것이다. 사기꾼이 동생을 연기하면서 가장이라고 하는데 누가 믿겠는가.

설사 동생이 가장이 되었다는 말을 믿어도 사기꾼을 동생이라고 생각하지 않으니 스킬이 통하지 않을 것이다.

'이게 이런 약점이 있었네.'

SS급 스킬이지만 만능이 아니라 맹점이 있었다. 안전할 때 알게 되어 천만다행이었다.

이보배는 앞으로 위급 상황에서 〈가장의 위엄〉을 쓰기 전 소녀 가장 어필을 열심히 하기로 결심했다.

"만약 그게 아니라 스킬 자체가 통하지 않는 거라면 문제가 심각한데."

회귀자는 심각한 얼굴로 중얼거렸다. 그가 즐겨 보던 판타지 소설에선 가끔 혼자만 시스템 스킬이 통하지 않는 '나 혼자' 식의 소재가 등장했다.

만약 이한생이 '나 혼자 스킬 안 통함' 상태라면 곤란했다.

"〈사랑의 매〉로 시험해 보고 싶지만 지금 그랬다간 난리날 테니 뒤로 미뤄야겠다."

이한생이 이 모든 일을 유산을 노린 이해기의 사기극이라고 믿고 있는 동안 〈사랑의 매〉는 쓰기 곤란하다. 고문한다고 믿을 게 뻔했다.

대신 이해기는 〈감정〉 스크롤을 꺼냈다. 스크롤을 사용하자 이한생에 대한 정보가 단편적으로 드러났다.

"스킬은 먹히는구나. 그나마 다행이야."

"그럼 나 얼른 다녀올게."

"훗."

이보배가 자리에서 일어나자 이귀한이 느끼한 미소를 지었다. 이한생은 같이 일어나려다 이해기에게 붙잡혔다.

"지금 빤질이랑 돼지 보러 가는 거죠? 나도 데려가요!"

"한생아, 진정하고 우리 말을 믿어다오. 내가 그 빤질이고 쟤가 우리 보배야."

"어디서 구라를 치세요. 믿어주고 싶어도 큰형이랑 나이가 안 맞잖아! 아저씨가 더 삭았잖아요."

"그건 형이 차원 이동해서 그렇다니까."

"아저씨 같으면 그걸 믿겠냐고요!"

이해기가 이한생을 붙들고 계속 설득했다.

이귀한은 발버둥 치는 동생을 진정시키고자 머리를 쓰다듬었다. 정확힌 툭툭 쳤다.

"훗, 훗, 훗."

동생 머리를 목탁처럼 두드리며 대자대비한 미소 지은

걸 보고 있자니 이보배의 복장이 터지고 혈압이 올랐다.

이보배는 이해기에게 손짓했다.

“이 집사, 나 공지 붙이고 오는 동안 큰오빠 고쳐놔. 가장 명령이야.”

“알겠습니다, 이 사장님.”

이보배는 목덜미를 주무르며 집을 나섰다. 공방까지 고작 걸어서 5분인 짧은 거리인데 오늘따라 길게 느껴졌다.

‘공자님이 없어서 그런가.’

화르세인지와 함께 출근하던 것에 익숙해져서 그런지 없으니 허전했다. 워낙 시끄러웠던 양반이라 사라진 빈자리가 컸다.

‘막내 오빠가 적응하고 나면 알바 권해볼까.’

이한생이라면 가오 상한다고 거절할지도 모른다. 화르세인지는 바퀴벌레 잡아주는 걸로 꼬셨는데 이한생은 뭘로 꼬셔야 할까.

곰곰이 생각하던 이보배는 작게 중얼거렸다.

“바퀴벌레 또 안 들어오나.”

이보배는 공지를 붙이고 터덜터덜 걸었다. 대문을 지나 현관 도어 록 비밀번호를 누르려는데 그보다 먼저 현관문이 열렸다.

"막내 왔어?"

말투는 가벼우나 안에 담긴 애정은 묵직하다.

이보배는 순간 귀를 의심했다가 천천히 고개를 들어 올려 이보배보다 머리 하나 높은 곳에 있는 이귀한과 눈이 마주쳤다.

너무 가볍지 않게 호감 가는 미소, 따뜻한 눈빛, 곧게 편 허리와 듬직한 어깨. 갑자기 짊어진 삶의 무게에 짓눌리면서도 절대 티 내지 않으려는 굳은 심지와 웃음을 잃지 않는 쾌활한 성격. 그럼에도 숨길 수 없었던 그늘까지.

"얼른 들어와."

"큰오빠!"

이보배는 신발도 벗지 않고 뛰어들어 이귀한을 덥석 안았다. 이귀한은 웃으면서 안긴 이보배의 등을 토닥였다.

'큰오빠다!'

이보배가 꿈에 그리던 큰오빠 이귀한이었다. 부모님 두 분을 합친 것보다 듬직하고 동생들을 위해 희생하던 큰오빠였다.

뒤통수에 후광을 달고 다니던 때보다 지금 이 모습이 더 눈부셨다.

"이렇게 할 수 있으면서 안 했구나!"

"모든 영광을 날 프로듀스해 준 둘째에게 돌립니다."

방문을 열고 나온 이해기가 본인의 연기 지도를 자찬하며 엄지손가락을 올렸다.

이보배는 그런 작은오빠를 흘겨보고는 이귀한의 옆구리를 꼬집었다.

"에라이."

"아야."

하나도 아프지 않을 테지만 이귀한이 예의상 아픈 척했다. 이보배는 거실에서 사라진 이한생을 찾았다.

"막내 오빤 어디 갔어? 큰오빠가 이상해졌다고 도망갔어?"

이한생 입장에서 갑자기 인자해진 이귀한은 공포 영화처럼 무서울 것이다. 이해기가 본인 방을 가리켰다.

"형만큼은 아니지만 무서운 걸 보고 있단다."

"어떤 거?"

"균열의 날 기록."

"너무 자극이 세지 않을까?"

균열의 날을 기록한 영상 자료는 대부분 미성년자 관람금지다. 정신 연령 18인 이한생이 보기엔 부적절했다.

참상을 고스란히 담은 영상은 전 국민을 넘어 지구촌 트라우마를 유발할 수 있기 때문에 업로드가 금지되었으나 하지 말라는 건 꼭 하는 사람이 있는 법.

조금만 검색하면 모자이크 없는 당시의 기록을 찾을 수

있었다.

"심한 건 아니고 당시 뉴스나 그런 거 모음집이란다. 우리 말을 믿지 않으니 증거라도 보여줘야지."

맞는 말이긴 하다. 이보배는 조심스럽게 이해기의 방으로 다가갔다. 혼이 쏙 빠진 이한생이 중얼거리며 컴퓨터를 들여다보고 있었다.

"이럴 리가 없어, 전부 거짓말이야."

하지만 컴퓨터는 거짓말을 하지 않았다. 이한생은 지나간 시간과 그동안 벌어진 일들을 믿지 못하고 끝내 자해했다.

"이건 꿈이다, 이건 꿈이다, 이건 꿈일 거야."

그는 눈을 질끈 감고 본인 머리를 때렸다. 퍽퍽 소리가 나는 것이 꽤 아플 텐데 한 번도 주저하지 않았다.

이귀한이 방으로 들어가 그런 이한생의 주먹을 감싸고 달랬다.

"셋째야, 많이 힘들지만 넌 이겨낼 수 있어. 넌 강해. 형은 안다. 그 무서운 괴물한테서 막내도 지켰잖아."

"저리 꺼져! 큰형은 안 이래!"

이한생은 믿음직스러운 큰형을 부정했다. 다음으로 이해기가 나섰다.

"한생아, 많이 놀랐지. 알아, 우리들은 다 이해해."

"저리 꺼지라고요! 빤질이는 죽었다 깨나도 안 이런다고!"

이한생의 말대로다. 이해기는 죽었다 깨나도 이러는 게 불가능했다. 하지만 부모님이 돌아가시고 형을 잃고 이어 동생들까지 차례로 잃으니 가능해졌다.

마지막으로 이보배가 나섰다. 그녀는 기절하기 일보 직전인 이한생을 붙잡고 조곤조곤 말했다.

"9년이니까 거의 10년이야. 정말 많은 일이 있었어. 막내 오빠를 위해서 처음부터 제대로 설명해 줄게."

영상은 너무 자극적이기 때문에 이보배는 책을 꺼냈다.

화르세인지의 상식 공부를 위해 구매했던 교과서와 검정고시용 수험서가 먼지 구덩이에서 벗어났다.

설명은 길었다. 길 수밖에 없었다. 이한생의 이해를 돕기 위해 교과서를 펼쳐놓고 같이 공부하며 설명했으니까.

"그러니까 누나가, 진짜 보배고."

"응."

"이 아저씨가 진짜 작은형이고."

"왜 나만 아저씬지 모르겠구나."

마흔아홉 아재가 양심 없는 반응을 보였다.

"큰형은 큰형 맞는데, 다른 세계는 여기랑 시간이 다르게 흘러서 작은형보다 나이 덜 먹었다고?"

"사실대로 말하자면 복잡하니 일단 그렇게 이해하면 돼."

이귀한(22세)을 연기 중인 이귀한(연령 미상)이 고개를 끄덕였다. 지구에 벌어진 비극적인 현대사와 이씨 집안에 벌어진 비극적인 가정사의 일부를 접한 이한생은 차근차근 머릿속을 정리했다.

"엄마랑 아빠, 그렇게 되시고."

이한생이 부모님을 언급했다.

이보배의 눈시울이 촉촉해졌다. 이한생은 이 모든 게 사기극이라 생각하면서도 부모님의 죽음은 의심하지 않았다. 직접 보았기 때문이다. 부정하고 싶을 텐데 그러지 못할 만큼 눈에 박히고 머리에 박히고 가슴에 박혀 버렸기 때문이다.

심지어 이한생에겐 그게 먼 과거의 일이 아니다. 바로 어제, 엊그제 벌어진 일이다. 이보배는 10년, 이해기는 30년이 지났음에도 마음 아픈데 이한생에겐 엊그제였다.

"큰형이 각성해서 작은형이랑 보배 살리고 나도 살리고."

"응. 큰오빠가 얼마나 고생했는지 몰라. 각성했으니까 남들보다 편하게 살 수 있는데 나 때문에."

"그게 왜 너 때문이야. 그런 말 하지 마라. 나는."

이귀한이 아련하게 기억나지 않는 과거를 곱씹었다.

"너희를 짐 덩이라 생각하고 왜 나한테 이런 짐이 지워졌는지 한탄하긴 했을 거야. 그게 인간의 재밌는 점이니까.

그래도 너희가 좋았어. 너희를 지킬 힘이 있어서 행복했어. 너희가 보고 싶어서, 걱정되어서 버텼다. 너희가 있어서 돌아온 거야. 너희가 있어서, 나는 나를 잃지 않았어."

이귀한이 부드럽게 이보배를 타이르더니 동생들의 머리를 한 번씩 쓰다듬었다. 이보배의 눈에 눈물이 핑 돌았다. 이해기도 목이 메는지 헛기침했다.

"큰오빠 실종된 뒤엔 이대로 끝인가 했는데, 다행히 내가 각성했어. 덕분에 막내 오빠 숨도 붙여둘 수 있었고. 그러니까 막내 오빠 몸은 내가 일정 지분 갖고 있거든? 다치면 혼날 줄 알아. 특히 이빨 간수 잘 해. 내가 얼마나 신경 썼는데."

"내가 무능해서 보배가 정말 고생했지. 한생이 네 한 달 병원비가 얼마였는지 아니? 의료 보험이 안 되어서 기본 삼천이었단다. 사계절에서 의료비 지원해 주지 않았으면 위험했을 거야."

"작은오빠가 무능하다니. 작은오빠 없었으면 내가 못 버텼을 거야. 작은오빠가 집안일 다 하고 돈 보태줘서 저금이라도 조금씩 하고 그랬잖아."

"둘째랑 막내 장해. 정말 장하다. 셋째도 힘들었을 텐데 버텨줘서 얼마나 대견한지 몰라."

이귀한의 따뜻한 손길이 재차 동생들의 머리 위를 스치고 지나갔다. 사이가 나쁜 편은 아니었으나 개인주의와 무한 이기주의로 점철되었던 남매가 서로를 위로하고 치켜세우는 모습이 낯설었다.

이한생은 거기 끼지 못하고 설명을 재촉했다.

"그래서 그다음엔?"

"그다음엔 큰오빠 돌아올 때까지 별일 없었어. 난 기계처럼 회사, 집, 병원 순회하고 작은오빠는 짐꾼으로 고생하고."

"짐꾼은 뭔데."

"짐꾼도 몰라?"

이한생은 맹세코 인력거꾼, 지게꾼은 알아도 짐꾼은 처음 들었다. 이보배는 작게 혀를 찼다.

"이래서 판타지 소설 안 읽은 사람한텐 설명이 어려워."

언제부터 판타지 소설이 현대인의 기본 소양이 되었는가.

기가 수십, 수백 번 막혀 주화입마 일보 직전인 이한생에게 이보배는 짐꾼 개념을 간략히 설명했다. 이한생은 짐꾼이 뭔지 이해하자마자 이해기를 노려봤다.

"뒈지려고 작정했어? 각성도 안 했다면서 균열인가 거기를 왜 기어들어 가?"

"각성 확률이 높아진다는 소문이 있다고 말했잖아."

"그래서 잘난 각성은 했고? 아, 했댔지."

"여기부터 다시 할 얘기 많아지니까 원흉인 내가 말해주마."

이귀한의 귀환, 이한생의 각성. 이 모든 일은 이해기의 회귀에서 비롯되었다.

이해기는 회귀를 결심했던 때를 떠올리고 정신이 아득해졌다. 고작 1년 전의 일일 뿐인데 그 1년이 너무 행복하고 평화로웠어서일까. 떠올리니 배는 괴로웠다.

"한생아, 이해되지 않아도 일단 들어라. 나는 21년 뒤의 미래에서 회귀했다."

회귀자의 충격 고백을 들은 이한생이 알아들었다는 듯 고개를 끄덕였다.

"이게 각성 하이란 거지?"

"응, 막내 오빠 학습 능력 좋네. 역시 사람이 절박해지면 지능이 올라가는구나. 작은오빠는 무시하고 계속 내 말을 들어봐."

이보배는 회귀자를 밀쳤다.

'짐꾼이 뭔지도 모르는 사람에게 회귀 얘길 꺼내? 얘기해 줘도 마지막에 해야지.'

그녀는 이귀한과 이해기를 가리켰다.

"일단 큰오빠랑 작은오빠는 공간 배경이랑 시간 배경이 왔다 갔다 해서 정신없어. 안 움직이고 가만히 있던 내 얘기를 기본으로 생각해."

이보배는 그리운 큰오빠 상태인 이귀한을 가리켰다.

"그렇게 살다가 1년 전에 실종되었던 큰오빠가 돌아왔

어. 그런데 다른 세계에서 고생하는 바람에 상태가 안 좋아. 각성해서 힘은 센데 조절을 못 하는 거야. 그러니까 우리가 말려줘야 해."

이귀한이 어딘가 이상한 건 이한생도 지켜보면서 알았기 때문에 바로 고개를 끄덕였다.

이보배는 만족하고 이해기를 가리켰다.

"작은오빠도 1년 전에 각성했어. 그런데 큰오빠가 상태가 안 좋으니까 옆에서 돌봐주느라 각성자 일은 유예 중. 여기까진 알겠지?"

"그래서 네가 아직도 가장이라고?"

"응."

"아까 갔다 온 공장이 병원비 보태줬다는 직장이고?"

"공장이 아니고 공방. 연금술사 공방. 병원비 보태준 곳에서 퇴사하고 내 가게 차렸어."

"이 사장님이란다."

"네가 정말 자랑스럽다."

이귀한이 다시 손을 뻗었다.

이보배와 이해기는 얌전히 쓰다듬받았지만 이한생은 슬쩍 피했다.

"지방 방송 그만하고 설명이나 계속해 봐."

"비슷한 시기에 막내 오빠가 깨어났어. 막내 오빠 각성했다는 얘기는 어제 했지? 각성하면서 식물인간 상태가 나왔는데 문제는 기억이 없다는 거야. 기억만 없으면 괜찮은데 상식도 없고 개념도 없었거든. 각성했는데 힘센 무개념이 집에 둘이나 있으니까 작은오빠가 둘을 돌봤던 거야. 나는 병원비 나갈 일 없으니까 직장을 그만두고 개인 공방을 연 거고."

이한생은 멍한 얼굴로 고개를 끄덕였다. 맨날 잘난 척하고 뺀질거리던 이해기 새끼라면 아예 도망쳐 혼자 잘 먹고 잘살면 잘살았지 동생 가장 시켜 얹혀살 인간은 아니었다.

왜 막내에게 가장을 시켰나 했더니 나름 그럴 만한 이유가 있었다.

'저 새낀 전투계라 괴물이랑 싸워야 하고 돼지는 생산계라 뭐 만들기만 하면 된다고 했지. 괜히 싸우다 다치거나 죽느니 집에서 나랑 형 돌보고 돼지가 버는 게 낫긴 하네.'

생각하면 할수록 본인이 알고 있는 가족과 달랐다.

이한생은 깊게 한숨 쉬었다.

그가 아는 이보배라면 가족들을 위해 일하지 않았을 것이다.

그가 아는 이해기라면 저 혼자 살겠다고 도망갔을 것이다.

그가 아는 이귀한이라면 동생들이 울 때 달래주긴커녕 같이 울었을 것이다.

'애초에 식물인간 된 새끼를 왜 살려두는데? 다들 미

쳤나?'

이한생이 아는 형과 동생이라면 식물인간이 된 그를 포기해야 했다.

그게 원래 이씨 남매였다. 막내에 유일한 여자애라 예쁨받는 이보배면 모를까, 늘 찬밥 신세였던 이한생의 명줄을 붙여두다니. 그야말로 꿈같은 얘기였다.

이한생은 찡그린 얼굴을 펴지 않고 턱을 까딱였다.

"계속해."

"그렇게 1년 살다가 얼마 전에 작은 사고가 있었어. 막내 오빠가 머리를 부딪쳐서 기절한 거야. 깨어났고, 기억이 돌아왔고, 지금 여기."

이한생이 모르는 9년을 지나 겨우 현재 시점이 되었다.

"하아아아."

이한생은 땅이 꺼지라 한숨 쉬었다. 영화나 소설 줄거리 같은 일들이 현실이 되었다는 것을 받아들일 수 없었다. 단기간에 너무 많은 정보를 주입해서인지 머리가 지끈거렸다.

'판타지 소설 좀 읽을걸.'

이해기 새끼가 추천하는 책들을 왜 보지 않았는지 후회되었다.

그땐 현명한 선택이었는데 이제 와서 후회하게 될 줄 누가 알았겠는가. 세상이 이 지경 이 꼴 날 것을 누가 알았을까.

이한생 본인도 모르고 형과 동생도 모르고 부모님도 몰랐으며 심지어 각성시켜 준다는 시스템도 몰랐을 것이다.

"혼자 있게 해줘."

이한생은 복잡한 머리를 식힐 겸, 생각을 정리할 겸 혼자 있고 싶었다. 손을 휘저어 형과 동생을 내쫓는데 이보배가 나가는 대신 애매한 표정을 짓고 버텼다.

'아, 여기 뺀질이 방이랬지.'

"여긴 작은 새끼 방이랬나? 내 방은 2층 맞지?"

"설명이 길었는데 아직 남았다."

"형 말대로 아직 설명할 게 남았어."

"다 끝난 거 아니었어? 더 남았다고?"

"전부 설명해 주겠다고 했잖아. 피곤하면 나중에 할까?"

이한생은 평소 각종 매체의 등장인물들에게 미리 설명해 주지 않아 나중에 위기나 갈등이 찾아오는 스토리를 혐오했다.

들을 거면 한번에 듣자는 생각에 고개를 저었다.

"말해봐."

"여기까지가 외부인이 알고 있는 사정이고. 실은 우리 가족만 아는 비밀이 있어."

부모님은 괴물에게 살해당해, 큰형은 실종되었다가 돌아와, 각성자 몇 없다는데 사남매 모두 각성해. 충분히 이상한 가족인데 거기에 비밀도 있단 얘기에 이한생이 기가 막혀 웃었다.

무협지였으면 기가 하도 막힌 나머지 전신 혈도가 막혀 도로 식물인간이 되었을 것이다.

"비밀 뭔데. 뭐, 우리 가족이 정의의 용사라 막 변신해서 괴물이랑 싸우고 그러냐?"

이한생은 비웃었으나 이보배가 진지하게 답했다.

"세계를 구하고 있긴 하거든."

"네가?"

이한생이 비웃든 말든 이보배는 진지했다. 이보배는 다시 한번 이해기를 가리켰다.

"모든 일은 이 인간이 22, 아니지. 21년 뒤의 미래에서 회귀한 걸로 시작해. 작은오빠가 회귀하면서 큰오빠가 이 세계의 위치를 알게 되어 귀환할 수 있었고, 그런 큰오빠를 상대하기 위해 시스템이 막내 오빠를 각성시켰어."

이한생은 농담이길 바라고 큰놈과 작은놈을 보았다. 큰놈은 대견하다는 듯 작은놈의 어깨를 두드렸다.

"장하다, 둘째야. 네가 아니었다면 난 아직도 다른 세계를 떠돌고 있었을 거야. 모조리 부수고 죽이고 타락시켜서 얼마 남지 않은 인간성까지 잃었겠지."

"내가 못나서 회귀한 거잖아. 보배 지키겠다던 약속도 못 지켰고. 난 칭찬받을 자격이 없어."

"그대로 살 수 있는데도 지키지 못한 동생을 지키기 위해 돌아왔잖아. 그리고 네가 잘났으니 시스템은 네게 기회를 준 거야. 형은 네가 자랑스럽다."

"형!"

사이좋은 형들을 보니 이한생은 비위 상했다. 헛구역질 나오는 걸 꾹 참고 가능한 이성적으로 판단해 이보배에게 물었다.

"너도 각성 하이냐?"

바로 믿으리라 바라지 않았으나 설마 각성 하이 소릴 들을 줄 몰랐던 이보배는 발끈하여 외쳤다.

"아니거든!"

이보배는 시끄럽게 떽떽거렸다.

이건 이한생이 기억하는 동생과 일치했다. 이한생은 귀를 막고 오만상을 찌푸렸다.

'꿈도 존나 이상한 거 꿔서 기분 더러운데 현실은 더 이상하냐.'

제발 꿈이었으면.

이한생은 간절히 하느님과 부처님을 찾았다. 그런 이한생에게 어째서 나는 찾지 않느냐는 듯 시스템이 새 창을 띄웠다.

'지랄.'

이한생이 바란 답이 아니었다. 이한생은 알림을 무시하고 재차 하느님과 부처님께 기도했다.

이해기는 어제 말했던 대로 낙지볶음을 만들었다. 낙지볶음에서 그치지 않고 낙지 탕탕이, 해물 낙지전, 낙지 연포탕, 낙지 김치 죽 등등 낙지로 식탁을 채웠다.

이한생은 탐탁지 않은 얼굴로 낙지 왕국을 노려봤다. 본래 이씨 집안 밥상은 이보배 위주로 돌아갔다. 게으른 돼지는 육지 동물인 돼지답게 육고기를 좋아하지 바다 고기는 별로 좋아하지 않았다.

이한생을 위한 메뉴에 심지어 주방장은 이해기란다. 이한생은 아직도 이 현실을 믿을 수 없었다. 이귀한이 밥상 머리에서 똥 씹은 표정인 동생을 위해 앞접시에 낙지볶음을 덜어서 건넸다.

"입맛 없어도 조금 먹어봐."

이귀한이 이보배가 아닌 이한생에게 음식을 덜어주는 것도 비현실적이었다. 이한생의 전신에 닭살이 올라왔다.

"시발, 꿈도 개떡 같은 거 꾸더니 현실이 더 악몽이야."

"악몽 꿨어?"

이한생에게 수면 가루 뿌린 죄가 있는 이보배가 멋쩍어하며 물었다.

이한생은 낙지를 노려보다가 입에 넣고 씹었다. 양념 맛이 기가 막혔다. 세상이 뒤집혀도 낙지는 멸종하지 않았다는 것도 놀라운데 이해기 새끼가 요리를 배웠다니. 귀신이 곡할 노릇이었다.

'요리사 하다가 회귀한 거 아니야?'

웃기지도 않는 회귀 썰을 믿어줄 거면 차라리 이편이 나았다.

"수면 가루 써서 미안해. 이게 또 몰랐으면 안 썼는데 배우니까 쓰고 싶어져서."

"되었다. 돼지가 보신하게 족발 놀리는 재주를 배웠으니 못 쓰다 당하는 것보단 낫느니."

눈치 보며 사과하던 이보배의 눈이 커졌다.

"공자님?"

"문자도 모르는 게 밥상에서 공자님은 왜 찾아."

이한생은 본인이 말한 말투가 이상했다는 걸 알아채지 못했는지 태연했다. 화르세인지도 양아치 말투나 기억을 떠올릴 때 저랬다.

'역시 양아치 안에 망나니 있어.'

이보배는 제대로 작별 인사도 하지 못하고 떠나보낸 망나니의 단편을 본 게 기뻐 웃었다. 양아치가 본능적으로 지적했다.

"웃지 마라. 콧구멍 평수 넓어져서 돼지 같다."

"우리 막내 예쁜데 왜 그래. 예쁜 꽃돼지잖아."

이에 이귀한이 이보배를 감싸고.

“우리 보배가 나를 닮아 인물이 좋지.”

이해기가 동생을 감싸는 척 본인을 치켜세웠다.

거의 10년이 지났어도 변함없는 이씨 집안의 식탁에 이한생이 기가 막혀 투덜거렸다.

“형들은 진짜. 아직도 보배만 예뻐하기냐?”

투덜거리는 이한생의 눈가에 눈물이 맺혔다. 진심으로 분하고 억울해서가 아니다. 하나라도 변하지 않고 그대로인 것이 있어 기쁘고 반가워서 나온 눈물이었다.

늦은 점심을 먹은 이한생은 잠시 혼자 있고 싶다고 말하고 방에 들어왔다.

이한생은 방을 천천히 둘러보았다. 방은 작고 가구도 몇 없었다. 책상, 옷장, 그리고 방 크기와 맞지 않는 침대가 전부였다.

그의 방이라고 하지만 눈에 익은 물건이 하나도 없었다. 옷장을 열어보니 낯선 옷이 가득했다. 이한생 눈에 차긴 했으나 완벽하진 않았다.

“이 새끼는 누가 공자님 아니랄까 봐 정장만 처입었나.”

이한생은 스포츠 메이커를 좋아하는데 화르세인지는

정장과 세미 정장만 입었다.

편한 옷이 있긴 있는데 모두 인벤토리에 수납되어 있어 이한생은 꺼낼 수 없었다. 먼지 쌓인 책상엔 공책이 몇 권 있었다. 건드린 흔적이 있어 펼쳐보니 성신의 교리가 적혀 있었다.

“이게 성신의 교리인 걸 내가 어떻게 알지?”

이한생은 그 사실이 섬뜩해서 공책을 책상에 던지려다가.

“아무리 그래도 교리 적힌 공책인데 던지는 건 좀 그래.”

지레 겁먹고 얌전히 책상에 올려두었다.

이한생은 좁은 방을 빙빙 돌다 발을 몇 번 구르고는 침대에 누웠다. 침대 쿠션이 예술이라 이거 하나는 마음에 들었다.

손에 잡히는 햄스터 인형을 들자 그 옆에 있는 곰 인형이 눈에 들어왔다.

겉감이 보들보들하고 솜도 푹신한 햄스터 인형과 다르게 곰 인형은 참 구질구질했다. 원래도 싸구려 인형이었던 것이 세월이 지나면서 더 구려졌다.

털은 뻣뻣하면서 거칠고 솜은 뭉쳐 단단했다. 코와 눈은 빛이 바랬고 입을 그린 부분은 닳아 없었다.

이한생은 떨리는 손으로 곰 인형을 잡아 품에 안았다. 겉모습은 구질구질하지만 좋은 냄새가 났다.

“시발. 짐 챙길 시간 없었다면서 이딴 거나 챙기고 지랄인데. 꼴통 새끼가."

말은 거칠었으나 이한생은 곰 인형을 던지지 않고 품에 안았다.

그제야 약간 안심이 되어 내내 무시하고 있던 알림을 다시 볼 용기가 생겼다.

[화르세인지 드 체키빙으로 전환하시오]

–확인 버튼을 누르거나 강하게 원하면 바로 전환됩니다.

"화르세인지 드 체키빙으로 전환하시오, 라."

제발 눌러달라는 듯, 실수로라도 누르길 바라는 것처럼 크고 반짝이고 눈부시고 무시할 수 없는 확인 버튼이 퀘스트창 아래에서 존재감을 과시했다.

"내가 미쳤냐, 누르게."

이한생의 말에 항의하듯 버튼이 번쩍였다.

이한생은 이보배에게 배운 대로 퀘스트창을 없앴다. 버튼은 끈질기게 버티다가 이한생이 없앤다는 생각을 열 번 넘게 하고 나서야 사라졌다.

이한생은 어렴풋이 떠오르는 꿈속의 기억과 이상한 현실을 비교했다.

화르세인지 드 체키빙은 성신의 사랑을 받았다. 그에 반해 이 세계의 신은 이한생을 원하지 않는 모양이다. 그러니 저리 요란스럽게 화르세인지 드 체키빙이 되라며 퀘스트를 내리는 거겠지.

"시발. 내 몸을 왜 그 새끼가 써. 지랄."

화르세인지가 생판 남은 아니다.

뺀질이 이해기 왈, 화르세인지 드 체키빙은 이한생의 전생일 가능성이 높단다. 이보배도 동의했다.

이귀한은 한술 더 떠 둘의 영혼이 같단다. 큰형이 언제부터 귀신을 볼 수 있는지 차치하고, 이한생의 생각은 '뭐 어쩌라고?'였다.

화르세인지가 그의 전생이든 영혼이 같든 간에 둘은 다른 사람이다. 이름부터 다르다. 이한생은 멋있는 이한생이고 화르세인지는 이름부터 개구렸다.

"그 새끼가 내 전생이 맞긴 한 거 같아도 이건 아니지."

이상한 꿈과 묘하게 친숙한 화르세인지의 존재가 전생이라는 개똥 같은 말이 맞다고 주장하는 것 같았다.

이한생도 무의식중에 전생이 맞긴 맞는 것 같다고 생각했으나 그건 그거고 이건 이거다.

전생이라면 화르세인지 드 체키빙은 죽었다는 이야기다. 환생해서 이한생이 되었으니 화르세인지는 그렇게 끝이다. 복잡한 게 싫은 이한생은 단순하게 정리했다.

"열여덟 살 때 창고에서 얼어 뒤졌나 보지."

꿈은 깨고 나면 금방 잊혀지지만 이름을 부르던 중후한

목소리는 뇌리에 남았다.

이한생이 사고 치고 반항할 때마다 엄하게 꾸짖으며 이름을 부르던 부모님이 떠올랐다.

"이한생, 이 녀석!"

다시는 부모님의 목소리를 듣지 못한다. 볼 수도 없다. 이한생은 곰 인형에 얼굴을 묻고 소리 죽여 울었다.

믿음직스럽고 멋진 이귀한을 연기 중인 이귀한이 눈을 떴다. 평소엔 심연 같은 눈동자가 연기 중이라 그런지 언뜻 총명하게 빛났다.

"한생이 운다."

"난 안 들리는데."

"숨죽여 우는구나. 들키기 싫은 것 같으니 이만 물러나자."

문 앞에 달라붙어 있던 삼남매는 까치발 들고 1층 거실로 이동했다.

전원 각성자인 이씨 집안에선 혼잣말도 혼잣말이 아니게 되는 법. 각성자는 신체 능력이 다르다고 설명해 줬는데 까먹은 이한생 잘못이니 남매는 결백했다.

"한생이가 혼자 놀아 버릇하더니 혼잣말을 잘 하는구나."

덕분에 얻은 정보가 많아서 그런지 이해기는 꽤 뿌듯해 보였다.

"화르세인지로 전환하라니. 시스템은 그런 게 가능한 걸까?"

"가능하니까 퀘스트로 줬을 거다. 시스템에게 불가능하더라도 신성력처럼 다른 신이나 다른 차원 시스템의 힘을 빌릴 수도 있지 않겠니."

이해기는 시스템이 움직일 거라 예상했기에 크게 놀라지 않았다. 신성력은 타 차원의 수입품이고 수입해 오려면 대가가 필요하다. 시스템은 대가를 지불하고 신성력을 수입해 왔다.

"신성력이 평범하게 수입해 올 수 있는 힘이었다면 이미 수입했겠지. 차원 상점엔 신성력이나 비슷한 힘이 없었어. 그래서 마기에 오염되면 현우가 만든 정화수에 의존해야 했고. 본래 거래 불가능한 힘을 타 차원의 신과 거래한 것이니 대가가 만만치 않았을 게다."

"전 재산 올인하고 대출까지 끌어 쓴 거?"

"그런 느낌이지."

돈에 빗대니 시스템이 약간 불쌍해졌다.

하지만 이보배가 누군가. 가족의 안전 앞에선 피도 눈물도 없는 냉혈한 아닌가.

이보배는 동정심을 버리고 팔짱 꼈다.

"성신이 치사하네. 그냥 막내 오빠도 신성력 쓸 수 있게 해주면 덧나나?"

"그건 내 추측이 틀렸을 수 있다."

"아냐, 작은오빠 말이 맞는 것 같아. 화르세인지만 신성력을 쓸 수 있으니까 시스템이 고집하는 거겠지. 막내 오빠도 화르세인지가 자기 전생 같다고 생각하는 눈치잖아. 아마 화르세인지도 뭔가 느꼈을 거야."

화르세인지는 이씨 남매를 위해 시스템이 주겠다는 〈소원 교환권〉도 포기했다. 말이 〈소원 교환권〉을 포기한 것이지 사실은 본래 태어난 세계, 가족, 재산, 지위까지 모두 포기한 것이나 마찬가지였다.

쉽지 않은 결정이었을 텐데 화르세인지는 전부 포기하고 이씨 남매를 택했다.

어쩌면 무의식중에 이한생이 본인이 환생한 것임을 깨달아 그런 결정을 내린 것이었을지도 모른다.

"한생이야 당연히 전환하지 않을 테지만 시스템이 가만히 있지 않을 텐데. 걱정되는구나."

이해기가 심란해져 중얼거리자 이귀한이 그의 어깨를 토닥였다.

"아직 벌어지지 않은 일로 걱정하지 마라. 그리고 형이 있잖아. 동생을 지키는 건 형의 의무이자 권리야. 형이 지켜줄게."

세계 최강 헌터로서 평생 남을 지키기만 했지(심지어 가족은 지키지 못했다) 보호받은 적 없던 이해기가 감격했다.

"형!"

이해기가 감격한 나머지 입을 가렸다가 눈시울을 글썽였다. 편애받는 이보배는 감동이 덜해 투덜거렸다.

"큰오빠 진짜 멀쩡한 척할 수 있으면서 안 했던 거네. 너무하지 않아?"

"기억나는 게 거의 없어서 처음부터 연기하는 건 불가능했지. 돌아와서 다른 사람 구경하고 둘째가 연기 지도해준 덕분에 가능한 거야."

"그럼 앞으로도 이렇게 할 거야?"

이보배는 살짝 기대했다.

"참기 싫어용. 지금은 기왕 연기 시작한 김에 특별 서비스."

이보배는 대놓고 실망하고 이귀한은 시스템창을 띄웠다.

심연 그 자체인 눈동자에 반투명한 푸른 창이 비쳤다.

"내 동생 건드리면 참지 않을 건데."

이귀한은 시스템에게 경고했다. 동생을 위한 마음 씀씀이가 갸륵했지만 이해기는 고개 저었다.

"형은 부수는 것밖에 할 줄 모르잖아. 괜히 시스템 자극하지 말고 참아."

이귀한은 시스템을 협박할 수 있지만 정작 행동에 옮길 순 없다. 동생들에게 여파가 미치기 때문이다.

시스템에게 본때를 보여주려면 지구 절반은 파괴해야 할 텐데 그렇게 하면 동생들이 살 터전도 없어진다.

"부수는 것밖에 못 하긴. 연기를 이렇게 잘하는데."

이보배가 큰오빠를 두둔하자 이귀한이 음산하게 웃었다.

"믿음직스러운 형인 척 셋째 속이다가 앞에서 뿌셔뿌셔 하면 셋째 동심이 와장창 뿌셔뿌셔 되겠지?"

대마왕은 언제나 동생들의 사랑을 시험하고 싶다. 이보배는 쯧쯧 혀를 찼다.

"그럼 처음부터 지금처럼 연기했어야지. 막내 오빠도 큰오빠 이상한 거 다 아는데."

"아~ 뿌셔뿌셔 하고 싶다~ 이제 힘써도 셋째 안 아픈데~"

이귀한은 동생들이 없어 슬프지만 유쾌 상쾌 통쾌했던 파괴신의 나날을 그리워했다.

"큰오빠 힘쓸 일 없으면 좋은 거지."

'이런 말 하면 꼭 복선 되어서 힘쓸 일 생기던데.'

이보배는 괜히 찜찜해서 입술을 내밀었다.

이보배의 기우였는지 일주일 동안 평화로웠다.

소설에서 등장인물이 무력화된 상황에서 반드시 터져주는 균열도 생성되지 않았고 이씨 사남매를 노리는 비밀 조직의 습격도 없었다.

'비밀 조직은 좀 오번가. 어쨌든 평화로우니까 좋다.'

지금도 지구 어딘가에선 헌터 독재자가 국민을 수탈하고 균열에서 빠져나온 몬스터가 사람을 죽인다.

하지만 그건 균열의 날 이전에도 그랬다. 지구 어딘가에선 전쟁과 내전이 벌어지고 난민이 발생하며 독재자가 국민을 수탈했다. 그러니 균열의 날 이후라고 굳이 신경 쓸 필요 없다. 이보배 가족과 주변은 평화로웠다. 이보배는 만족했다.

그러나 모두가 만족하진 않았다.

사건 1.

"셋째야, 심심하면 같이 산책 갈래?"

"큰형이랑?"

이귀한의 제의에 이한생이 놀라면서도 순순히 몸을 일으켰다. 본래 이한생은 겉으론 툴툴거리면서도 이귀한을 잘 따랐다.

이귀한은 그런 동생이 귀엽다는 듯 웃었다.

"저번에 공원 쪽 돌았으니까 오늘은 시장 쪽으로 갈까?

동네 지리 익힐 겸 다 돌아도 좋겠다."

이귀한과 공원을 산책한 사람은 이한생이 아니다. 화르세인지 드 체키빙이다.

"큰형이랑 산책하는 거 이번이 처음인데."

이한생이 그 점을 지적해도 이귀한은 바뀌지 않았다.

"몸이 기억하고 있으니까 금방 익힐 거야."

그 말에 부아가 치밀어 이한생은 무작정 걸었다. 뒤따라오는 이귀한을 무시하고 발길 닿는 대로 걷다가 어쩐지 기분이 이상해 멈췄다. 낯설고 동시에 낯익은 사람들이 그에게 알은체했다.

"한생 씨 왔어요? 놀러 간다더니 재밌었고?"

"오늘은 할 일 없는데 같이 청소라도 할래요?"

"안녕하세요."

"귀한 씨도 왔네! 어째 오늘은 신수가 훤해?"

"하하, 늘 신세 지고 있습니다."

"귀한 씨가 오늘은 인사도 잘 하네! 가족 여행이 재밌었나 봐요."

이한생의 기억엔 없는 사람이니 모두 화르세인지의 지인이었다.

시스템교 사람들은 이한생이 어리둥절해하든 말든 신경 쓰지 않았다. 그러면서 이귀한이 인사하자 깜짝 놀랐다.

"아시다시피 우리 셋째 기억이 왔다리 갔다리 해서요.

이상한 말 해도 너그럽게 봐주세요."

"귀한 씨는 이제 괜찮아진 거야?"

"저는 괜찮은 저를 연기하는 중이라서 질리면 안 괜찮아질 예정이에요."

민 회장은 이상하고 안쓰러웠던 형제가 다른 방식으로 이상하고 안쓰러워졌음을 알았다. 결국 이상하고 안쓰러운 건 똑같았다.

이한생은 자신을 보는 민 회장의 눈빛이 싫었다. 처음 본 사람인데 자연스럽게 '민 회장'이라고 떠올린 것도 싫었다. 하지만 제일 싫은 건.

"셋째야, 같이 가야지."

동생도 아닌 화르세인지와 같이 산책하고 봉사 활동한 큰형이었다.

사건 2.

"시발. 이거 뭐야?"

이한생이 아침 식사 메뉴인 와플을 보고 질색했다.

"아침부터 속 니글거리게 이딴 걸 줘? 미쳤냐?"

"예전엔 잘 먹었잖니."

"내가 언제!"

"저번에도 아침에 와플이 좋……. 미안하다, 착각했구나."

화르세인지는 판타지 세계 출신답게 아침에 빵을 줘도 좋아했다. 이해기가 사과하고 급히 프라이팬에 베이컨, 햄을 올렸다. 단짠 조합으로 니글거리는 속을 달래라는 것이다.

"누구랑 착각한 건데?"

"다음부턴 아침엔 한식 위주로 줄게. 저녁은 차돌 된장찌개 끓여줄까?"

"먹는 걸로 말 돌리지 말고 말해! 내가 돼진 줄 알아! 화르세인지 그 새끼랑 헷갈린 거지!"

분노한 이한생이 이해기를 노려보았다.

"어떻게 그 새끼랑 나를 헷갈릴 수 있어! 그러고도 형이 내 형이야?"

이한생이 식탁을 두들기고 거세게 항의했다. 이해기는 대수롭지 않은 실수였다는 듯 태연했다.

"형이 헷갈릴 수도 있지 말이 심하구나."

"그 새끼는 내가 아니잖아! 헷갈린다는 게 말이 돼?"

"너야말로 아침밥 차려준 형에게 말이 심하구나."

이한생은 이해기가 남과 자신을 헷갈려서 화가 났고 이해기는 하극상하는 동생에게 화가 났다.

"작은형이야말로 적, 적, 적."

문자에 약한 이한생이 문자를 쓰기 위해 뇌를 쥐어짰다.

이보배가 옆에서 얼른 알려줬다.

'적반하장.'

"적반하장이지. 어떻게 나랑 그 새끼를 헷갈려!"

빈정 상한 이해기가 허리에 손을 얹었다.

"몸은 똑같은데 헷갈릴 수 있지."

"혼이 다르잖아!"

"형 말론 혼도 똑같단다. 그리고 혼이 다르면 어떠냐. 우리는 물질계를 벗어날 수 없는 필멸자니 육신이 동생이면 동생인 거지. 혼이 같다고 가족이면 몸이 같아도 가족으로 인정해 주는 게 공평한 법이다."

이해기가 그럴싸한 개똥철학을 늘어놓는 바람에 이한생은 상처받았다.

일주일 동안 발생한 두 건의 사건 말고도 이한생은 화르세인지의 흔적을 곳곳에서 느꼈다. 고작 1년이었지만 화르세인지는 이씨 남매의 일원으로 당당히 자리 잡았다.

이한생은 그게 싫었다.

두 형과 동생이 화르세인지를 구박하거나 싫어하길 바란 건 아니다. 하지만 화르세인지 드 체키빙은 이한생이 아니라며 차별해 주길 바랐다.

이한생과 차별하고, 비교해 이한생을 더 우위에 두길 원했다. 그렇게 가족들이 자신을 더 소중히 여기고 있음을 증명받고 싶었다.

아들 셋에 딸 하나 있는 집안의 셋째.

심지어 그 딸은 딸을 얻고 싶어 불공까지 드리며 얻은 귀한 막내딸이다.

장남은 장남에 넉살이 좋아서, 둘째는 공부를 잘하고 약아서, 막내는 고대하던 딸에 막내라 귀여워서.

셋째 아들에 성격도 더러운 이한생은 설 곳이 없었다.

부모님은 자식들을 사랑했으나 이한생은 내심 알고 있었다. 그는 부모님의 네 손가락 중에서 가장 덜 아픈 손가락이었다.

이한생은 부모님의 관심과 애정을 얻고 싶어서 반항했다. 이제 부모님이 없으니 남은 가족에게 관심과 애정을 갈구할 차례다.

하지만 이보배가 있는 한 이한생은 죽었다 깨나도 남매 중 첫 번째가 될 수 없을 것이다.

이한생은 그걸 알았다. 심지어 이한생 자신도 본인의 목숨보다 동생의 목숨을 우선하지 않았는가.

'벗어나야 해.'

가족들과 있으면 이전의 삶을 반복할 뿐이다. 이한생은 독립을 결심했다.

이것이 사건 3이다.

"나 독립할래."

"막내 오빠 돈 전부 인벤토리에 있어서 못 꺼내잖아. 돈도 없으면서 무슨 독립?"

돈을 물 쓰듯 탕진하리란 선입견과 다르게 화르세인지드 체키빙 공자는 모은 돈이 꽤 많았다.

다른 세계에서 와 이세계인 치트로 금전 감각이 생긴 건 아니다. 억 소리 나는 시계에 꽂혔는데 불충한 돼지가 사 줄 수 없다고 딱 잘라 말했기 때문이다.

앉으나 서나 시계 생각을 떨칠 수 없었던 화르세인지는 결국 돈을 모으기 시작했다.

시스템의 편애에 힘입어 1년 동안 모은 금액이 상당했다. 독립 자금으로 쓰기에 충분할 정도였다.

그러나 모은 방식이 문제였다.

"그 세계에도 은행 있던데 이 새끼는 왜 은행이 아니라 인벤토리에 돈을 모았지?"

"그 세계에 은행 있는 걸 막내 오빠가 어떻게 알아?"

"아씨. 몰라. 어쨌든 나갈 거야. 산 입에 거미줄 치겠냐."

세상 물정 모르는 도련님 중에서도 상당히 철없는 도련님만 할 수 있는 발언이었다.

이보배는 이씨 집안 가장으로서 엄숙하게 말했다.

"안 돼."

이한생은 그날 밤 담을 넘었다.

망나니의 화려한 담치기 신공에 당한 적 있는 이씨 삼남매는 담벼락 너머에서 넘어오는 이한생을 체포했다. 집에 각성자가 셋이니 비각성자 같은 각성자 체포는 식은 죽 먹기였다.

"난 너희랑 살기 싫다고! 날 보내줘! 혼자 살 거야!"

"셋째야, 형은 너희가 보고 싶어서 고생하다가 왔는데 조금만 더 같이 살자."

"한생아, 형이 더 잘할게. 형에게 기회를 다오!"

"이런 미친 새끼들. 소름 끼치니까 꺼지라고! 각자생도 모르냐!"

"각자도생이겠지. 정 그렇게 독립하고 싶으면 이것부터 갚고 가."

발악하는 이한생에게 이보배는 8년간의 병원비 수납 영수증을 들이밀었다.

"일, 십, 백, 천, 만……. 미친."

예상했던 것보다 큰 액수에 놀란 이한생이 욕했다.

"큰오빠랑 작은오빠가 10년만 논다고 했으니까…… 막내 오빠도 10년만 같이 살자. 10년 다 지킬 필요는 없고 그 전에 다 갚으면 가장 권한으로 독립 허락해 줄게. 병원비는 1년마다 10분의 1씩 깎아주고. 세상에 이렇게 착한 빚쟁이 봤어?"

"미친, 노예 10년이냐?"

이한생의 자존심이 있지 돼지 꼴통에게 이렇게 큰 빚을 지고 입 닦을 수 없었다.

"누가 병원비 내랬냐?"

"그러는 막내 오빠는, 누가 구하래?"

"그래, 구했으니까 됐네. 돼지 목숨값이니까 내가 갚을 필요 없잖아."

"그러니까 이자 없이 10년 먹여 살려준다잖아."

이보배는 이한생에게 천천히 현실을 일러줬다.

균열의 날 이후 세상은 더 살기 팍팍해졌다. 최저 시급은 동결되었고 그 최저 시급도 지키지 않는 일터가 흔했다. 공장과 막일 판도 뇌물을 찔러주고 들어가야 하는 수준이라 무경력 9년의 이한생이 일할 곳은 없었다.

"막내 오빠는 지금 각성했는데 비각성자인 이상한 상태잖아. 재수 없게 들켰다간 인체 실험 당할 수도 있어. 그게 아니라도 잡혀서 장기 털리거나 피 뽑히거나 농장 같은 데 팔려서 노예 생활하거나."

치안이 안정된 대한민국에선 도시 괴담 수준이지만 해외에선 현실인 이야기를 늘어놓자 이한생의 얼굴이 하얗게 질렸다. 겁 많은 건 여전했다.

"젠장, 알겠어. 적응할 때까지 독립 안 하면 될 거 아냐."

결국 이한생은 이상한 세계에 적응할 때까지 독립을 보류했다.

이보배는 씨익 웃고 이한생에게 종이봉투를 건넸다.

"이건 뭐냐. 각서 쓰라고?"

"아니, 이번 달 용돈."

"요옹도온?"

"응."

"네가 나한테 용돈을 준다고?"

"막내 오빠 깨어나고 계속 줬는데?"

"화르세인지 그 새끼는 자존심도 없이 이걸 받디?"

"당당하게."

"집어치워! 꼴통이 가장이라고? 그럴 수 없지, 인정 못 해!"

이보배가 준 용돈은 이한생의 자존심을 정중하게 짓밟았다. 하지만 짜증 내는 이한생도 알았다. 그는 현재 알거지이며 자본주의 사회에선 돈이 필수라는 사실을.

집에서 의식주를 해결해 주고 사달라는 물건도 어느 정도 사주겠지만 그게 전부가 아니다.

이 자본주의 사회에선 자유롭게 쓸 수 있는 용돈이 인간의 자유의지와 존엄성을 수호했다.

"독립 안 하는 대신 일은 할 거야. 그 정도는 가능하지?"

"막내 오빤 돈 버는 재주 없잖아."

이한생은 부모 재산 믿고 노는 양아치였다.

반항하는 검은 양이었으되 부모님 재산 앞에선 한없이 순한 어린양이었다.

그런 그가 할 수 있는 아르바이트 자리가 흔할 리 있나.

이보배는 기회다 싶어 슬쩍 일자리를 제안했다. 바퀴벌레 날아 들어오길 기다리느니 이게 좋았다.

"내 공방에서 일할래? 공자님도 했으니까 막내 오빠한텐 더 쉬울 거야."

이한생은 튀어나오려는 욕을 억눌렀다. 돼지 밑에서 일하는 건 자존심 상하지만 돼지에게 용돈 받으며 사는 것보단 일해서 정당하게 돈을 버는 게 나았다.

"사장이라고 갑질하면 때려치울 거다."

"오는 손님이나 쫓아내지 마."

남매는 극적 타협을 이뤄내고 악수했다.

이귀한과 이해기는 동생들이 귀여워 웃으며 바라보았다.

출근 첫날.

이한생은 관리 잘 된 가죽 구두를 노려보다가 뒤축을 구겨 신었다. 이보배가 화들짝 놀랐다.

"헉, 공자님이 제일 아끼던 거."

"꺼지라 그래. 월급 받으면 운동화부터 살 거야. 옷장도 갈아엎고."

"옷은 공자님이 더 잘 입었는데 그냥 있는 거 그대로 입지?"

"그 새끼가 원래 살던 동네에서 어떻게 입고 다녔는지도 모르면서 잘 입기는."

"어떻게 입고 다녔는데?"

"머리는 새하얘 가지고 노인 같고 얼굴은 기생오라비처럼 생겼지. 몸은 비리비리한 게 옷은 프릴이니 레이스니 리본이니 잔뜩 달린 거 입고 다녔어. 보석도 주렁주렁."

"눈은 무슨 색이었는데?"

"회색 섞인 파란색."

'은발벽안 미소년이었네.'

"막내 오빠 되게 잘 안다. 직접 본 것 같아."

이한생이 대답하지 않고 어물거렸다.

이귀한과 이해기가 대문 앞까지 나와 동생들을 배웅했다.

"셋째랑 막내 잘 다녀오고. 무슨 일 있으면 형이 바로 갈 테니까 몸조심하자."

"첫 출근이니까 저녁은 한생이 먹고 싶다는 걸로 할게. 먹고 싶은 거 있니?"

"고작 알바에 출근은 개뿔이 출근이야."

"외식도 괜찮아."

"부대찌개면 됐어."

화르세인지가 첫 출근 했던 날에도 저녁 메뉴가 부대찌개였다. 우연인지 무의식중에 기억하고 있는지 모르겠기에 이해기는 그저 웃었다.

이한생은 작은형의 낯선 미소에 전신을 부르르 떨었다. 소름 끼쳤다.

"쪽팔리니까 나오지 마!"

이한생은 입을 삐죽이며 짜증 냈지만 형들의 관심이 싫지 않은 눈치였다.

"오늘은 나도 같이 카운터 볼 거니까 걱정하지 마. 다녀올게!"

이한생은 보배 공방에 금방 적응했다. 화르세인지보다 적응이 빨랐다.

외려 손님들이 적응하지 못해 당황했다. 나는 새도 떨어뜨리는 권세가 체키빙 공작가의 유일한 후계자 화르세인지 드 체키빙의 고압적인 태도에 익숙해져 있던 손님들은 망나니 대신 양아치가 카운터를 보자 당황했다.

"이한생 님, 그간 무탈하셨는지요? 혜성 길드에서 인사차 방문하였나이다."

"말투 왜 그래요? 사극 보세요?"

"누구세요?"

"여기 알바인데요."

이한생은 어리둥절해하는 손님을 말똥말똥 쳐다봤다.

"말투는 컨셉이에요?"

컨셉은 화르세인지가 먼저 시작했고 손님은 거기에 맞춰 준 거였으나 이한생이 알 게 뭔가. 억울해진 손님이 이보배에게 도움을 요청했다.

이보배는 허허 웃었다.

"혹시 조금 차도가?"

"누굴 환자로 알아!"

"아, 성격은 여전하네요."

손님은 그제야 안심하고 명함과 음료수병을 두고 갔다.

이한생은 손님이 와놓고 물건을 사지 않고 그냥 가자 의아해했다.

"왜 아무것도 안 사고 그냥 가냐?"

"인사 온 거니까."

"돼지한테?"

"응."

"돼지 꼴통한테 인사하러 온다고? 양복 쫙 빼입은 직장인이?"

"훗훗훗, 왜냐하면 나는 B급 연금술사기 때문이지!"

이보배는 알아서 찬양하란 의미로 두 팔을 들어 올렸으나 이한생의 눈빛은 싸늘했다. 싸늘하다 못해 차가웠다.

"지금 그래 봐야 B급이라고 생각했지?"

"잘 아네."

"작은오빠 말이 맞아. 현 각성자 등급 체계는 잘못됐어."

사람들이 하도 S급이랑 A급에 익숙해져서 현실을 모른다.

"쉬시는 동안 가내 평안하셨습니까. 미친한 객이 인사 올리러 왔습니다."

"이건 또 무슨 컨셉이야. 편하게 하세요."

"이제 어서 오너라 안 해줘요?"

화르세인지의 '어서 오너라'에 익숙해진 손님들이 당황하는 것만 빼면 특별한 일 없이 시간이 지났다.

이보배는 이한생을 도와 공방을 정리하고 문을 닫았다.

이보배가 문 닫는 동안 이한생은 이미 저만치 앞서가고 있었다. 이보배는 그런 막내 오빠를 불러세웠다.

"막내 오빠, 거기 말고 여기로 가자."

"왜?"

"우리끼리 닭꼬치 사 먹을까? 오빠들 몰래."

형들 몰래라는 말이 마음에 들었는지 이한생이 불퉁한 얼굴로 방향을 바꿨다.

이보배는 재게 걸어 그와 보폭을 맞췄다.

"공자님이랑도 자주 이렇게 사 먹었거든."

"친했냐?"

"그냥저냥?"

"너는 어떻게."

이한생이 닭고기와 대파를 한입에 넣고 우물거렸다.

"오빠 몸에 다른 새끼가 들어왔는데 친하게 지내냐?"

그 새끼가 이한생보다 착하고 잘났으면 말을 안 한다. 그 새끼는 남들 다 쓰는 신성력 혼자 못 쓰는 무능한 망나니였다.

이보배는 이한생의 질문에 바로 답하지 않고 묵묵히 닭고기를 씹었다.

'질투하네.'

이한생 입장에서야 화나고 짜증 나긴 할 것이다. 아무리 전생이었다 한들 기억도 없고 엄연히 다른 사람이다. 그런데 가족들이 전부 가족인 것처럼 대하고 친하게 지냈으니 짜증 나고 질투 나겠지.

화르세인지를 가족처럼 여겼다고 대놓고 말한 사람은 없다. 하지만 일주일이면 눈치로 알아채기 충분한 기간이다.

균열의 날 이후 이씨 남매의 우애가 깊어졌으니 이한생 딴엔 화르세인지를 본인보다 더 좋아했다고 착각할 수도 있었다. 마주칠 때마다 야리면서 중지 들던 시절과 확연히 달랐으니까.

이보배는 일부러 닭고기를 꼭꼭 씹어서 생각을 정리할 시간을 벌었다.

"내 말 씹냐?"

"기다려 봐."

이보배는 야무지게 씹은 고기를 꿀떡 삼킨 후 꼬치를 쓰레기통에 버렸다. 입가에 묻은 매콤달콤한 양념까지 핥은 후 입을 열었다.

"일단 처음엔 공자님이 오빠의 다른 인격이라고 생각하고 잘해줬어. 이건 납득?"

"납득."

"그다음엔 빙의나 환생이라고 생각했는데 만약에 빙의라면, 오빠 몸에 공자님이 있으니 공자님 몸에 오빠가 있는 거잖아. 그러니까 우리가 공자님에게 잘해주는 것처럼 그쪽 사람들도 오빠에게 잘해줬으면 좋겠다고 생각했어. 이것도 납득?"

"납득 못 하겠는데. 잘해준다고 또 하나의 가족 취급은 개오바지."

"그럼 이건 어때? 공자님이 먼저 잘해줬어."

"그 새끼가?"

이보배는 이한생의 등을 보았다. 옷에 가려지긴 했으나 그의 등에 큰 흉터가 있다. 하나는 아주 오래되었고 하나는 1년 전에 생겼다.

"균열 개미가, 몬스터가 날 죽이려고 했는데 공자님이 구해줬거든. 내가 멍청하게 피하지도 못하고 눈만 감고 있었는데 날 감싸고 대신 다쳤어."

불만을 가득 담은 이한생의 눈이 순간 멍해졌다. 그것도 잠시, 이한생은 오만상을 찌푸렸다.

"생각보다 더 멍청한 새끼였네."

"응, 어딘가의 멍청한 양반이랑 똑같더라구. 뉘 집 망나니인지 우리 집 양아치랑 똑같아서 남 같지 않더라니까. 똑같이 겁 많고 성격 나쁘고 허세 부리고 평소엔 하찮게 대하다 사람 감싸서 대신 다치고."

"그래 봤자 다른 사람이지."

"물론 다른 점도 많지. 그렇지만 공자님은 우리에게 최선을 다해줬어. 공자님이 원해서 그런 게 아니라 어쩔 수 없는 부분도 있었지만."

갑자기 다른 세계에 떨어진 화르세인지 드 체키빙에겐 갈 곳이 없었다. 그가 이씨 집안에 몸을 의탁하게 된 건 어쩔 수 없는 일이었다.

그러나 원인이야 어쨌든 화르세인지는 성신의 뜻을 거스르면서까지 이씨 남매 편을 들었다.

그의 위대한 가문이 있는 세계 대신 이씨 남매를 선택했다.

모두가 그를 우러러보고 망나니라 욕하면서도 차마 대들지 못하는 세계가 있다. 신이 실존하고 하늘엔 달이 세 개나 뜨는 그의 고향이다.

화르세인지는 그런 고향을 포기하고 악마 새끼에 사기

꾼, 돼지가 꾸익꾸익 우는 낯선 땅을 택했다.

같이 탄산음료를 사고 돌아가던 그 날, 화르세인지는 어떤 마음으로 그런 선택을 했을까.

이보배는 평생 알 수 없을 것이다. 그저 짐작하고 또 짐작해서 그날의 선택을 고마워하고 보답할 뿐이다.

"공자님은 우리에게 최선을 다해줬어. 그러니까 우리도 최선을 다한 거야. 공자님이 갑자기 사라져서 슬프지만 그렇다고 아쉽고 후회하진 않아. 아마 공자님도 그럴걸?"

가끔 보고 싶긴 할 것이다. 그립기도 하겠지. 그렇지만 후회하진 않는다.

이보배는 멍하니 있는 막내 오빠에게 손을 내밀었다.

"그러니까 막내 오빠도 쓸데없는 생각 하지 마. 우린 막내 오빠한테도 최선을 다할 거니까."

이한생이 전환 버튼을 누를 리 없겠지만 이보배는 혹시나 싶어 못 박았다. 애정과 관심을 갈구하는 양아치가 괜히 '시스템 신이 내가 싫대!' 징징 울며 전환 버튼을 누르는 건 사양이다.

이한생은 오만상을 찌푸리고 이보배가 내민 손을 잡았다. 막내 오빠의 온기가 전해졌지만 이보배는 잡힌 손을 빼냈다.

'남매 우애가 깊어졌지만 이건 아니지.'

"쓰레기 버리게 달라고."

이보배는 이한생의 다른 손에 들린 꼬치를 달라고 손을 내민 것이다.

"아."

얼떨결에 이보배의 손을 잡은 이한생의 얼굴이 달아올랐다. 이한생은 부끄러움을 견디지 못하고 지레 화냈다.

"누, 누가 돼지 족발 잡고 싶어서 잡은 줄 아냐?"

"아냐, 막내 오빠 마음 이해해. 돼지가 갑자기 앞발을 내밀면 잡고 싶겠지. 암, 알고말고."

이보배는 최선을 다하겠다던 말을 지키기 위해 노력했다. 최선을 다해 이한생을 놀렸다.

"꾸익꾸익, 내 족발 잡을래?"

"저리 꺼져!"

"꾸이이익!"

이한생이 전속력으로 도망쳤지만 각성한 이보배를 뿌리칠 수 없었다. 남매는 닭꼬치가 소화될 만큼 동네를 달렸다.

"어떻게 하면 각성할 수 있어요?"

이보배와 이한생은 멍한 눈으로 초등학생을 내려다보았다.

'얘 어떻게 해?'

'어떻게 하긴, 쫓아내야지.'

'숙제 때문에 왔다잖아.'

장래에 되고 싶은 직업인을 찾아 인터뷰하기. 흔한 숙제다. 이씨 남매 모두 여러 차례 비슷한 과제를 한 기억이 있다.

하지만 그럴 땐 사전에 미리 연락하고 허락받은 뒤 방문하거나 메일로 질문지를 보내 답을 받았다. 이렇게 다짜고짜 방문하진 않았다.

"요즘 애들은 패기 넘치는구나."

이한생이 감탄하자 감탄의 원인인 초등학생이 대꾸했다.

"요즘 같은 세상에 약자는 살 수 없거든요. 약육강식의 세계죠."

초등학생은 누가 물어보지도 않았는데 우쭐거리며 자랑했다.

"제가 우리 반에서 제일 세요."

"응, 세 보여."

초등학생은 태권도 도복을 입고 있었는데 검은 띠였다. 4학년이나 5학년쯤 되어 보였으니 어린 시절부터 태권도를 배운 듯했다.

시킨 적 없는 발차기를 선보이는데 꽤 절도 있고 끊어차기가 능숙했다. 쫑쫑 땋은 양 갈래 머리가 공중에서 파닥였다.

"저 태권도 잘하죠? 헌터 되려고 열심히 배웠어요. 어떻게 하면 각성할 수 있어요?"

"장래희망이 헌터야? 세상이 미쳐 돌아가는구먼."

균열의 날 이후 어린아이들의 장래희망은 언제나 헌터였다.

초등학생은 이한생이 이상한지 고개를 갸웃거렸다.

"왜 이래요?"

"미안해. 기억 상실 환자라 가치관이 10년 전이야. 구식이지."

"헐, 오빠 잘생겼는데 불땅."

"잘생겨? 오빠아?"

이보배는 정색했다. 자라나는 아이는 나라의 미래다. 나라의 미래가 안목이 썩었으니 어른이 고쳐줘야 했다.

"네 나이 때 20대 후반이면 아저씨지. 자, 따라 해봐. 아저씨."

"얘가 어려도 보는 눈이 있네. 어떻게 하면 각성하는지 설명해 줘. 아니면 이 오빠가 설명해 줄까?"

"오빠도 헌터예요?"

"이 아저씨는 비각성자야. 자, 이리 와. 코코아 마실래?"

"아니요. 엄마가 모르는 사람이 주는 건 먹지 말랬어요."

"모르는 사람 가게에 들어가는 거 아니라고는 말씀 안

하시던?"

"모르는 가게 아닌데요. 공사할 때부터 봤는데."

"에휴."

이보배는 초등학생을(이름은 백장미였다) 손님 응대용 의자로 불러 간식과 차를 내주었다.

백장미는 한 번 사양한 걸로 엄마와의 약속을 지켰다고 생각했는지 간식을 먹었다.

"질문이 하나는 아니지? 질문지 있으면 줄래?"

"여기요."

백장미가 목에 건 수첩을 건넸다.

"보자, 첫 번째 질문이 아까 그거구나. 어떻게 하면 각성할 수 있냐니……."

'그걸 알면 내가 이러고 살겠니.'

화르세인지가 있었다면 시스템 신께 간절히 빌라고 답했을 것이다. 아니면 신의 눈에 띌 수 있도록 재능을 갈고 닦으라고 했거나.

그럼 성신이 아끼시던 성자 화르세인지의 환생 이한생은 무어라 대답했느냐 하면.

"운빨이야."

맞는 말이지만 아이의 꿈과 희망, 바람직한 윤리관을 지켜주기에 좋은 답은 아니었다. 이보배는 열심히 머리를 굴렸다.

"기회는 준비된 자에게 온다는 말이 있단다. 각성자들은 각성 직업이 그 사람에게 잠재된 재능과 관련이 깊다고 생각해. 그러니까 원하는 각성 직업을 위해 꾸준히 단련하고 노력하면 각성할 수 있지 않을까?"

백장미는 공책을 꺼내 이보배가 한 말을 받아 옮겼다.

"각성은 재능빨."

'너무 줄였는데.'

요즘 아이들은 세 줄 요약도 길다 한다더니 진짜였다.

이보배는 다음 질문을 읽었다.

"당신은 누구고 언제 어느 직업으로 각성했냐니. 이게 첫 번째 질문인 게 낫겠다. 나중에 고치자. 알겠지?"

"넹."

"일단 나는 이보배고 각성 직업은 연금술사야."

이보배가 각성한 연도를 말해주자 백장미가 헷갈려 했다.

"그럼 1세대예요, 2세대예요?"

"2세대."

"와, 그럼 유명한 헌터도 알아요?"

"아니, 몰라. 언니는 생산계라서 그냥 포션만 만들어 팔았거든."

어린아이에게 거짓말하자니 양심에 찔렸지만 이보배는 거짓말했다. 괜히 박 과장, 빙제, 전투 연금, 질풍방패, 광전사와 안다고 말했다가 사인받아 달라는 부탁을 받으면 곤란했다.

“세대랑 유명한 헌터가 무슨 상관이야?”

“각성 시기가 빠를수록 강하다는 인식이 있거든.”

“진짜야?”

“당연히 아니지. 1세대는 유명한 사람이 많은데 요즘 각성한 헌터 중엔 유명한 사람이 적어서 그래.”

“경력이 짧아서 그런가?”

“1세대 헌터들은 다 처음부터 유명했어요.”

남매의 대화에 백장미가 참견했다.

“우리 선생님이 그러는데요, 1세대 헌터들이 유명하고 그 뒤 헌터 중에 유명한 사람 없는 게 좋은 거래요. 그게 정상이래요.”

“그래? 왜 그런 걸까?”

“왜냐면요, 1세대 때는 균열이 막막 터져서 비각성자 옆에서 헌터들이 싸우니까 유명해진 거래요. 근데 이제는 헌터들이 균열에 들어가서 싸우니까 우리가 헌터들 싸우는 걸 보지 않아서 유명한 헌터가 줄었대요. 그러니까 정상이고 좋은 거래요.”

“와, 선생님이 정말 현명하시다.”

인터넷에서 1세대 이후 인물 없다느니, 강한 놈만 살아남아서 1세대 헌터들이 유명한 거라느니 싸우는 것보다 훨씬 그럴싸한 이론이었다.

이보배가 담임선생님을 칭찬하자 백장미는 기분이 좋아져 선생님 자랑을 늘어놓았다. 중간중간 숙제하는 걸 잊지 않았다.

“평균 수익은 예민한 질문이니까 노코멘트. 그래도 많이 벌긴 해. 인벤토리가 참 유용하거든. 몬스터와 싸울 자신이 없으면 아예 인벤토리를 사용하는 일을 찾아서 해도 되니까.”

“우와.”

돈 잘 번다는 소리에 아이가 눈을 빛냈다. 이보배는 쓴웃음을 지었다.

“대신 각성자에겐 나라에서 정해준 의무가 있어. 너희 균열 대피 훈련 하지?”

“네, 학교 운동장 지하에 대피소 있어요.”

“균열 발생 대피 시 각성자에겐 비각성자를 보호하고 인솔할 의무가 있어. 이걸 어기면 처벌받아.”

이보배도 백장미가 말한 초등학교 운동장 대피소에 몇 번 훈련하러 간 적 있었다. 그것 말고도 의무가 많았지만 이보배는 말을 아꼈다. 초등학교 과제인데 미주알고주알 얘기할 필요는 없었다.

“이 정도면 됐지?”

“네. 헌터 언니, 고맙습니다.”

“아냐, 마침 한가했거든. 바쁠 땐 이렇게 못 해준다.”

백장미는 이보배가 내준 시간에 보답하기 위해 초등학교 저학년 이후 버린 배꼽 인사를 올렸다.

이보배는 멀어지는 백장미에게 손을 흔들었다.

이한생은 테이블을 치우면서 투덜거렸다.

"헌터가 장래희망이라니. 나라 꼴이 어떻게 되려고."

"무슨 소릴 하는 거야. 우리나라는 헌터 강국이야. 세계 최강의 헌터 검성과 최강 길드 반야가 있고, 사계절 길드도 A급 균열 공략에 연이어 성공했지. 거기에 관리국이 치안도 딱 잡아놔서 각성자 범죄도 전 세계 최하위야. 나라의 미래가 아앗! 너무 밝아서 안 보여!"

거기에 10년 뒤엔 회귀한 세최헌과 포션 마스터가 추가될 것이다.

이보배는 진하게 우려낸 국뽕 한 뚝배기를 들이켰다. 너무 자극적이고 중독성이 강해서 자주 마시진 않지만 국뽕은 최고였다.

"거 어디지? 유럽 어디에 헌터 강국 있다지 않았냐? 거기 S급 헌터가 검성보다 강하다던데 거긴 왜 빼?"

"신성 시스템 제국? 거기는 조금……."

헌터 강국이 있다는 것만 알았지 나라 이름은 몰랐던 이한생이 경악했다.

"미친. 그게 나라 이름이라고? 장난해?"

"미친 살인마 독재자가 쿠데타 일으켜서 사람 다 죽이

고 대관식까지 했잖아. 지가 황제래."

이한생이 입을 쩍 벌렸다. 21세기에 이런 일이 벌어졌다는 게 믿기지 않았다.

"각성자는 시스템에게 선택받은 신성한 인간이고 비각성자는 각성자를 수발들기 위해 산다는 헛소리가 거기 법이래. 법으로 아예 국민 등급도 정해뒀다는데. 무력은 강할지 몰라도 좋은 나라는 아니지."

안타깝게도 요상한 사상에 찬동한 각성자들이 신성 시스템 제국으로 망명했다.

신성 시스템 제국은 그렇게 헌터 강국이 되었다.

"그 나라 사람들은 그걸 냅둬?"

"군인이 총만 들었을 때도 혁명하기 어려운데 고위 탱커는 총알도 튕겨. 그걸 어떻게 이겨?"

모든 각성자가 혁명에 참여한다면 끌어내릴 수 있겠지만 이미 각성자가 귀족이 된 국가다. 뜻 있는 각성자가 모여도 쉽지 않을 것이다.

이한생이 이마를 짚었다.

"이 세상은 미쳤어."

이상한 나라의 양아치가 한탄했다. 이보배는 그를 위로했다.

"금방 익숙해질 거야. 한국에서 태어나서 다행이지?"

이보배는 본의 아니게 국뽕 한 뚝배기를 더 마셨다. 중독성이 강하니 이걸로 끝내야 했다.

딸랑딸랑. 공방 문에 걸어둔 종이 울렸다. 이한생은 얼굴을 펴고 문에 대고 인사했다.

"어서 오세요, 보배 공방입니다."

"안녕하세요오."

듣는 사람 기운이 쏙 빠지는 늘어지는 인사와 함께 붉은 치파오가 보배 공방에 들어섰다.

이보배는 붉은 치파오에서 손님 정체를 알아차렸다.

'그래도 인사는 얼굴 보고 해야지.'

이보배는 아라크네에게 인사하기 위해 고개를 들었다가 깜짝 놀랐다.

"얼굴이 왜 그래요?"

아라크네 미모야 남산 위 소나무 철갑을 두른 듯 굳건했다.

문제는 안색이었다. 안색이 어둡다 못해 갱지 같았다. 병원서 본 중환자들보다 낯빛이 어두웠다.

"괘, 괜찮아요?"

"아는 사람이야? 아픈 것 같은데."

"사랑하는 고객님들께 걱정을 끼쳐 드려 정말 죄송합니다아."

아라크네는 비실비실 걸었다. 걷다가 발목이 접질릴까 걱정되는 수준이었다.

아라크네는 간신히 손님용 소파에 앉더니 방긋 웃었다. 시한부 환자가 죽기 전에 짓는 미소 같았다.

"소중한 이보배 고객님께서 난처한 상황에 처하셨는데 제대로 된 정보를 드리지 못한 것 같아 먼 길 날아왔답니다."

'이미 다 알고 왔네.'

아라크네는 이한생에게 벌어진 일을 대충 알고 있었다. 이보배가 적극적으로 숨기려 하지 않았으니 의뢰 내용만 봐도 짐작하기 쉬웠을 것이다.

"누구셔?"

이한생이 갑자기 등장한 병약 미인에 눈을 비볐다. 겁 많아 낯가리는 그에게도 눈이 번쩍 뜨이는 미인이었다.

"정보상이야."

이씨 남매의 질답을 들은 아라크네가 얼굴을 가리고 슬퍼했다. 평소라면 가증스러웠겠지만 지금은 그럭저럭 어울렸다.

"흑흑, 이한생 고객님께서 저를 잊으시다니. 정말 제가 기억나지 않으시나요? 우리의 추억 모두? 비 오는 밤 산에서의 그날도 정녕 잊으셨나요?"

창백한 안색의 미인이 찾아와 물기 어린 눈동자로 올려다보자 이한생이 움찔했다.

이한생의 얼굴이 붉어졌다가 퍼래졌다가 새하얘졌다. 온갖 상상을 다 하는 듯했다.

"죄송합니다, 제가 요 1년 사이 기억이 없어서."

"절 부르시던 이한생 고객님만의 애칭도 잊으신 거군요!"

"제가 일부러 그런 게 아니고."

'웃기니까 냅두자.'

막내 오빠가 실시간으로 흑역사를 쌓고 있다. 이보배는 속으로 쾌재를 질렀다. 이보배는 온갖 상상의 나래를 펼치는 이한생을 무시하고 아라크네에게 말 걸었다.

"어디 다친 것 같진 않고 많이 피곤한 것 같은데 각성제라도 드려요?"

"말씀은 감사하지만 너무 마셔서 토할 것 같답니다."

아라크네가 각성제의 각 자도 듣기 싫은 듯 입을 가리고 아미를 찌푸렸다. 아라크네는 인벤토리에서 무언가를 꺼냈다.

"소중하신 고객님께서 제 도움이 필요하셨음에도 제때 찾아뵙지 못해 죄송합니다. 사죄의 의미로."

달콤하고 기름진 냄새가 풍겼다. 이보배는 포장 상자 겉면에 박힌 화려한 문장(紋章)을 보고 눈썹을 들었다. 유럽 왕국이 쓸 법한 문장에 시스템창이 합쳐져 있어서 웃겼다.

"신성 시스템 제국 가면 꼭 먹어야 한다는 디저트, 에그타르트입니다. 금방 구워 맛있을 때 드셔요."

"거기까지 다녀왔어요?"

중국을 지나 동유럽까지 다녀왔단 말에 이보배는 혀를

내둘렀다. 동북아시아 음지 최고의 정보상 아니랄까 봐 벌려놓은 게 많았다.

“포기할 수 없는 사업이 있었답니다. 조금 성급히 마무리 짓긴 했지만 유종의 미를 거둘 수 있게 되어 다행이어요. 저는 할 만큼 했으니 남은 건 그분들 몫이겠지요.”

아라크네는 정의를 지키다 쓰러진 투사처럼 애잔한 미소를 지었다. 당이 부족해 보였기 때문에 이보배는 에그타르트를 권했다.

“멀리서 사 왔으니 좀 들어요.”

“우읍, 전 괜찮아요. 많이 드세요오.”

‘이 인간이 먹을 걸 거부한다고?’

이보배는 사태의 심각성을 깨달았다. 일단 물을 떠다 주자 물은 마셨다.

“그럼 이보배 고객님. 자세한 이야기를 들려주시겠어요?”

“아라크네 씨 지금 일할 상황이 아니에요. 나중에 얘기해 줄 테니까 오늘은 쉬세요.”

“감히 추측하기론 이한생 고객님의 기억 상실이 호전되면서 각성한 힘에 문제가 발생한 듯하고 이 때문에 제게 의뢰하신 것 같은데.”

“어차피 아라크네 씨에겐 막내 오빠 능력 들켰고 작은오빠도 NPC 취급하랬으니까 나중에 알려 드릴게요. 그냥 오늘은 쉬세요.”

"잠시 화장실 좀 빌리겠습니다."

아라크네는 이보배의 말에 고민하는 것 같더니 비틀거리면서 화장실로 들어갔다. 이보배는 혀를 끌끌 찼다. 흑역사 적립 중인 이한생은 아라크네를 걱정했다.

"포션인가 그런 거 먹여야 하는 거 아냐?"

"포션은 피로 회복제가 아니야."

얼마나 지났을까. 이한생이 화장실에서 쓰러진 거 아니냐며 초조해하는데 화장실 문이 열렸다. 들어갈 땐 아라크네였지만 나온 사람은 아라크네가 아니었다.

화장을 지우고 편한 옷으로 갈아입은 김율이 비척비척 소파로 다가와 풀썩 앉았다.

빈 소파를 두고 이보배가 앉은 소파에 앉는 바람에 이보배는 엉덩이를 들어 옆으로 비켜야 했다.

"빈자리 두고 왜 여기에……."

남다른 기럭지를 가진 김율은 이보배에게 기대더니 아예 무릎을 베고 누웠다.

이보배는 바로 치우려다가 김율의 얼굴을 보고 봐줬다.

"누나, 저 힘들어요."

촉촉하게 젖은 눈망울로 올려다보는데 도무지 이길 재간이 없었다.

'쓸데없이 잘생기고 난리야.'

이보배는 김율의 머리를 치우려고 든 손으로 그의 눈가

만 꾹꾹 지압해 줬다.

"며칠 밤 새웠는데?"

"한 달 보름이요."

"용케 안 죽었구나."

"죽을 것 같아요. 너무 피곤해서 못 자겠어요."

"사람이 쉬면서 일해야지. 피곤하면 뇌세포도 일을 안 해서 멍청해진대. 이런 상태로 일하는 건 아라크네를 믿고 의뢰하는 고객에게 폐 아닐까?"

"그건 괜찮아요. 저 스킬 있거든요."

이보배는 그런 스킬도 있냐 물으려다 그만뒀다.

〈사랑의 매〉나 〈가장의 위엄〉 같은 스킬이 있는데 피로를 무시하거나 특수한 상황에서 집중력을 유지하는 스킬은 당연히 있을 것 같았다.

'발동 중에 통증 무시하는 스킬도 있댔으니까.'

이한생은 아름다운 미녀가 미남이 된 현실이 믿기지 않는지 얼어붙어 있었다.

"뭐야?"

해동된 후 뱉은 한마디가 저거였다. 이보배는 김율의 머리를 쓰다듬으며 건성으로 대답했다. 아라크네는 강아지처럼 이보배의 손에 얼굴을 비볐다.

"뭐긴 뭐야. 보는 내로시."

"아라크네 씨가……."

"여장 취미 정보 팔이. 공자님이 아라크네를 부르던 애칭이야."

이한생의 얼굴이 다시 붉어졌다. 잠깐 본 아라크네와 결혼까지 생각했는지 제 화를 이기지 못했다.

"시발!"

분노한 이한생이 김율에게 삿대질했다.

"옷을 왜 그딴 식으로 처입어! 사람 헷갈리게!"

"역시 한생이 형님은 똑똑하세요. 사람 헷갈리라고 입어요."

눈을 감고 이보배의 손길을 즐기던 김율이 고개를 들고 이한생을 칭찬했다.

이한생은 칭찬에 기뻐하지 않고 뒷목을 붙잡았다. 혈압이 치솟은 듯했다.

"아오, 머리야. 아이고, 뒷골아. 너희 둘이 나 속이려고 짰냐?"

"나 애랑 그렇게 안 친해."

"네가?"

이한생이 김율에게 무릎베개해 주고 머리를 쓰다듬고 있는 이보배에게 눈을 부라렸다. 이보배는 당당하게 변명했다.

"그치만. 예쁜 고양이가 와서 애교 떨면 안 친해도 쓰다듬고 싶잖아."

이보배는 김율의 수작에 넘어갈 마음이 없다.

수작에 넘어가지 않는다면 무릎베개쯤이야 얼마든지 해줄 수 있는 게 아닐까. 절대 얼굴에 혹해서가 아니다.

'조용하네?'

이보배가 아는 김율이라면 친하지 않다는 말에 천연덕스럽게 '누나, 서운해요. 저는 누나에게 몸과 마음을 바칠 준비 완료했는데'라 능청 떨 법하다.

그런데 어째 김율이 조용했다. 이보배가 내려다보자 김율의 눈빛이 몽롱했다. 이보배는 김율의 가슴을 살짝 두드렸다.

"잘 거면 편하게 자. 소파 붙여줄까?"

사실 이보배의 무릎을 베고 있는 지금도 길쭉한 김율에겐 불편한 자세였다. 길쭉한 사람이 몸을 한껏 구겨 소파에 걸쳐 누운 게 불쌍하고 불편해 보였다.

김율이 고개를 저었다.

"으으, 아니에요. 아직은 버틸 수 있어요. 누나랑 형에게 무슨 일이 일어났는지 제대로 확인하기 전까진 안 자요."

"일하지 말고 쉬라니까."

"에이, 누나도 참. 우리가 남인가요."

이보배의 무릎에서 일어난 김율이 능청스럽게 웃었다. 그 아름다운 얼굴을 보며 이씨 남매가 동시에 말했다.

"남이다, 새끼야."

"남이야."

"아앗, 너무해요. 저는 보배 누나 남편 후보에 한생이 형 픽 매제 후보잖아요. 한생 형님, 형님이 직접 고른 매제 후보를 버리실 거예요?"

"매제 후보?"

금시초문인 이야기에 이한생이 어리둥절해하자 김율이 호소했다.

"절 보배 누나 남편감으로 찍었잖아요!"

"너는 거울도 안 보냐? 매일 그 얼굴 보고 살면서 저 꼴통이랑 결혼하, 잠깐만."

김율의 시력을 걱정하던 이한생의 머릿속 전구가 켜졌다. 양아치의 머리가 신음하며 돌아갔다.

'잠깐만 있어봐라. 지금 돼지가 가장인데 결혼하면 어떻게 되는 거지? 나랑 형들은 자동으로 빠지는 거 아닌가?'

그러면 이한생의 독립도 쉬워질 것이다. 이한생은 바로 태세를 전환했다.

"좋아. 오늘부터 응원한다. 잘해봐라."

"역시 한생 형님은 멋있어요! 기억이 있을 때나 없을 때나 저를 응원해 주시는 그 마음에 보답할 수 있도록 열심히 할게요!"

이한생의 매제 지지 선언에 김율이 피로를 잊고 기뻐했다. 이한생이 기억이 있든 없든 김율을 지지하겠다는 말에 특히 감명받은 눈치였다.

"잘들 놀아요."

이보배는 땅이 꺼지라 한숨 쉬려다가 복 달아난단 생각에 입을 다물었다.

"율이 너, 이럴 거면 가서 쉬어."

"아잉."

"네 주제에 어디서 이런 인물을 만난다고 쫓아내냐?"

김율이 눈을 깜빡이며 귀여운 척하자 이한생이 그를 비호했다. 이보배는 이마를 짚었다.

"정보상이라고 했잖아. 진짜 날 좋아해서 이러는 게 아니라 우리 집 비밀 캐려고 이러는 거야."

"누나, 저는 1+3 때문에 누나가 더 좋아요. 세계를 누비며 많은 사람을 만났지만 이만큼 제 심장을 떨리게 한 건 누나밖에 없어요."

"개구라 판타지 같은 비밀로 백날 낚아봐라. 이런 얼굴이 걸리나. 걸리면 그게 진짜 개구라 판타지다."

"누나랑 한생 형님을 꼭 돕고 싶어요. 그러니까 자세한 사정 알려주세요."

김율이 이보배의 손을 가져가 두 손으로 꼭 쥐었다. 전형적인 미인계였다. 이런 미인계에 넘어가고 싶지 않지만 피곤한 김율은 많이 불쌍해 보였다.

한 살 차이긴 해도 한 달 보름을 제대로 자지 못하고 일한 몸으로 찾아온 정성이 갸륵했다.

'빈손으로 가게 하긴 좀 그렇잖아.'

이미 신성력은 들켰고 회귀자도 NPC처럼 대하라고 말했다. 애초에 감출 거면 처음부터 의뢰를 넣으면 안 되었고 말이다.

"실은 막내 오빠가……."

결국 이보배는 순순히 사정을 털어놓았다. 물론 전부 털어놓진 않았다. 화르세인지가 이한생의 전생일지도 모른다는 이야기와 신성력이 수입품이라는 이야기는 대충 얼버무렸다.

이보배는 이한생이 기억을 찾으면서 각성자의 힘을 쓸 수 없게 되었다는 이야기만 밝혔다.

김율은 절반의 진실도 흥미진진한 눈빛으로 경청했다.

"인격이 바뀌면서 각성자의 힘을 쓸 수 없다니……. 정말 신기해요. 각성 직업 두 개인 사람이 이중인격 컨셉 잡고 노는 건 봤지만."

이보배가 받은 자료에도 나와 있는 얘기였다. 직업이 두 개라니 다시 들어도 신기했다. 컨셉이라 아쉽기도 했다.

"직업이 두 개라니 신기했어. 그 사람이 유일한 거지?"

"아니요, 더 있어요. 복합계보단 적지만 뒤져보면 더 나올 거예요."

나 혼자 투잡.

이보배는 그럴싸한 판타지 소설 제목을 떠올렸으나 실제로는 혼자가 아니었다. 생각해 보면 이보배는 굳이 다른 데서 나 혼자를 찾을 필요 없었다.

큰오빠는 나 혼자 대마왕이고 작은오빠는 나 혼자 회귀자에 막내 오빠는 나 혼자 힐러였으니까.

"그 사람은 컨셉이었지만 사실은 진짜 인격에 따라 각성 유무와 직업이 바뀌는 걸까? 그런데 아예 시스템창이 보이지 않는 게 아니고 자격 없다고 뜬다라."

화르세인지에 대해 확실한 정보가 없는 김율은 이런저런 가설을 늘어놓으며 원인을 찾으려 애썼다.

"우리는 그냥 이대로 살기로 했으니까 원인 몰라도 돼."

"아니요, 알아야 해요. 무지는 공포와 혼란, 편견을 야기하잖아요. 저 〈감정〉이랑 〈관찰〉 스킬 있는데 써도 돼요?"

"당연히 안 되지."

"해봐."

이보배는 안 된다고 말하려 했는데 이한생이 고개를 끄덕였다. 무지가 불러온 혼돈이었다.

김율은 허가가 떨어지자마자 스킬을 시전했다. 이보배가 말릴 틈도 없었다. 김율의 눈동자에 붉은빛이 어른거렸다.

"이건 〈보물 사냥꾼의 감식안〉이에요. 시스템이 대상을 얼마나 중요하게 여기나 알 수 있죠."

티 내지 않았지만 김율은 적잖이 놀랐다.

현재의 이한생은 비각성자나 마찬가지다.

그런데 그를 둘러싼 금빛 아우라는 이전보다 강렬해졌다. 시스템이 이전보다 더 이한생에게 관심을 보이고 있단 뜻이다.

김율의 왼쪽 눈동자에서 붉은빛이 사라지고 푸른빛이 일렁였다.

"이건 〈상인의 감정안〉. 능력은 스킬 이름대로고요."

양쪽 눈이 다른 빛을 머금은 김율의 모습은 치파오를 입고 있을 때보다 더 컨셉러처럼 보였다.

눈살을 찌푸린 김율의 두 눈에서 색이 다른 빛이 사라졌다.

끝났나 싶었는데 그게 시작이었다. 김율의 얼굴에서 감정이 사라지더니 두 눈에서 금빛이 은은히 뿜어져 나왔다.

이보배는 이전에 이와 비슷한 광경을 본 적 있었다.

'진로 상담했을 때다.'

그때 김율은 저러고 난 뒤 빅데이터 어쩌고라고 말했다.

이보배와 이한생은 레이저 쇼가 아닌 안구 쇼를 보며 침착하게 기다렸다. 앞선 진로 상담 때보다 더 오랜 기다림 끝에 김율의 얼굴에 표정이 돌아왔다.

"뭔가 알아냈어?"

"조금 궁금하네."

김율이 침묵한 시간이 워낙 길었다.

원인 파악과 분석에 별 흥미 없던 이보배도 내심 기대했고 이한생도 있어 보이는 광경에 있어 보이는 결과를 바랐다.

"음."

스킬 시전 때문에 피곤한지 김율이 눈가를 지압했다.

그렇게 결과 발표 직전 중간 광고 열 개쯤 튼 뒤에 대망의 결과를 발표했다.

"모르겠어요."

이보배와 이한생은 숙성된 파김치처럼 축 늘어졌다. 김이 팍 샜다.

"거창하게 눈 번쩍번쩍하더니 장난하냐? 눈깔 쇼 하려고 폼 잡았어?"

"조금 실망이야."

"실망하긴 일러요. 그러니까."

김율이 뭔가 말하려다 머리를 잡고 비틀거렸다. 본래도 좋지 않던 안색이 흙빛이 되었다.

이씨 남매는 '어어' 하면서 김율을 붙잡았다.

"너 진짜 쉬는 게 좋겠다."

"그래, 왈왈거리지 말고 씻고 자라."

"아뇨, 아직은 괜찮아요. 누나, 저 정신 바짝 들게 한 대만 때려주면 안 돼요?"

정신 차리게 한 대만 때려달라. 친한 사이에선 흔히 할 수 있는 이야기다. 특히 시험 기간에 자주 접할 수 있었다.

"지금 네가 이럴 때가 아닌 것 같아."

"누나아, 누나가 한 대만 때려주면 정신도 깨고 그럴 것 같은데. 아니면 무릎 꿇리는 건 어때요? 그것도 정신 번쩍 들 것 같은데."

이보배는 얘가 왜 이러나 싶어 냉수를 가져다주려 돌아선 순간 깨달았다. 이보배는 눈을 가늘게 뜨고 의미심장하게 물었다.

"언제부터 알았어?"

"방금요."

"어떻게?"

"감식이랑 감정 둘 다 S급이에요. 근데 제 직업 특성상 그쪽 스킬은 한 등급 상향되거든요."

이한생에게 스킬 쓰는 김에 옆에 있는 이보배에게도 스킬 썼단 얘기다. S급 스킬이 한 등급 상향되어 SS급이 되었으니 이보배의 스킬란도 전부 보았고. 〈사랑의 매〉는 이보배가 말해 이미 알고 있으니 〈가장의 위엄〉 정보를 털었단 소리다.

졸지에 스킬 정보 탈탈 털린 이보배는 배신감을 금치 못했다. 언젠가 털릴 걸 알았지만 이런 식으로 털릴 줄은 예상하지 못했다.

"누나, 딱 한 대만 때려주면 좋을 텐데. 아니면 무릎 꿇으라고 해줄래요?"

"너 나가."

"아잉, 누나. 이제부터 제가 말할 건 중요한 정보라 균형 맞추려면 대가가 필요해요. 상인은 상품을 그냥 퍼주면 페널티받는다고요."

슬쩍 흘려주는 식의 덤이 가능한 건 미래를 위한 투자로 인정받기 때문이다. 대놓고 퍼줬다간 파산을 면치 못한다.

각성 직업이 상인인 자들에게, 특히 시스템에게 총애받는 몇몇 소수의 상인에게 파산은 와닿는 의미가 달랐다.

"제가 먼저 누나 정보를 엿봐서 실례한 거에 누나 호감도 정보. 이건 저한테만 중요하니까 가치를 높게 잡아도 아직 부족해요. 그러니까 누나가 부탁 하나 더 들어주시면 어찌어찌 억지로 우겨서 저울 눈속임이 가능하거든요."

김율이 이렇게까지 나온다면 아주 중요한 정보일 것이다.

하지만 그게 이보배에게도 중요한 정보라는 보장은 없었다. 정보의 가치는 사람마다 다르지 않은가.

"내가 꼭 알아야 하는 정보야?"

"제 생각엔 그래요."

김율이 진지하게 이보배를 직시했다. 사과도 자를 것처럼 반듯한 코에서 코피가 흘렀다.

"히익, 피! 피! 너 피나!"

피에 익숙하지 않은 이한생이 호들갑 떨었다.

김율은 아무렇지 않게 코피를 닦았다. 그의 두 눈에선 색색깔의 빛이 사라졌지만 여전히 사람의 시선을 사로잡았다.

"진짜 누나랑 형을 위해서요."

"부탁은 뭔데?"

"그건 다 말하고 알려 드릴게요."

김율이 코피를 마저 닦고 이보배 앞에 서서 눈을 감았다.

〈사랑의 매〉를 기다리는 모습이 꼭 입맞춤을 기다리는 것처럼 보여 이보배의 속이 술렁였다.

이보배는 어쩔 수 없이 김율의 이마에 손가락을 튕겼다.

피곤하고 아픈 상태니 가능한 살살 때리고 싶었지만 〈사랑의 매〉가 주는 사랑은 그녀 마음대로 조절할 수 없었다.

"아!"

이보배는 가능한 살살 손가락을 튕겼지만 김율의 두 눈에 눈물이 핑 돌았다.

연기인지 진짜인지 모르겠지만 김율은 이마를 비비며 오두방정 떨었다.

"아, 씁! 씁! 아파! 아파요! 누나가! 저를! 아씁! 이만큼 사랑하는군요!"

"허우대만 멀쩡한 약골인가? 비실비실한 건 좀 그런데."

김율이 펄쩍펄쩍 뛰며 통증을 호소하자 이한생이 못마땅해했다.

〈사랑의 매〉를 모르고 당해본 적 없어 살짝 맞고 오버한다고 생각한 듯했다.

이보배는 내친김에 막내 오빠에게도 동생의 정을 느끼게 해줄까 하다가 말았다. 긁어 부스럼이었다.

"연기 그만하고 중요하단 얘기나 해봐."

"연기가 아니라 진짜 아파요. 블록 장난감 밟아서 방방 뛰다가 문틀에 새끼발가락 찧은 만큼 아픈데 누나 제 생각보다 더 저를 좋아했군요!"

김율의 연기가 실감 나고 통증 표현은 더 실감 났지만 이보배는 이해기의 경고를 떠올렸다. 〈사랑의 매〉는 좋은 스킬이지만 그 스킬에 현혹되지 말지어다.

'미운 정 고운 정 들긴 했는데 딱 그 정도지. 블록 장난감은 좀 오버다.'

김율은 외모 버프가 있으니 약간 더 좋아할지도 모르겠다. 얼굴만 보자면 이보배가 제일 좋아하는 사람이 되기에 충분했다.

"자자, 삼천포로 빠지지 말고. 얼른 중요한 얘기 해봐. 너도 얼른 끝내고 쉬어야지."

이보배가 소파에 앉자 김율이 옆자리에 냉큼 앉았다. 이보배는 김율을 맞은편 소파로 밀어내고 이한생을 옆에 앉혔다.
중요한 얘기를 할, 들을 분위기가 조성되자 김율이 입을 열었다.
"일단 중간에 궁금하거나 의아하거나 틀린 점이 있어도 제 얘기를 끊지 말고 들어주세요."
이씨 남매가 고개를 끄덕였다.
"한생 형의 능력을 보고 난 후 독자적으로 다른 힐러가 있는지 계속 조사해 봤어요. 한 명도 발견하지 못했죠. 현 세계에서 한생 형이 유일한 힐러예요. 그런데 이건 이상한 일이에요. 시스템은 인류가 균열과 몬스터에게서 생존하길 원하는데 각성자 중에 힐러가 한 명밖에 없다? 이상하잖아요. 제가 시스템이라면 힐러 각성자 수를 늘릴 거예요. 그런데 그러지 못하는 건 이유가 있기 때문이죠."
김율은 회귀자와 똑같은 의견을 줄줄 읊더니 뜬금없이 질문을 던졌다.
"형이랑 누나는 어떻게 각성하는지 알아요?"
"운빨?"
이한생이 로또 아니었냐 대답하고 이보배는 조심스럽게.
"재능빨?"
본인이 재능 있어 시스템에게 선택받았다는 의견을 제시했다. 김율이 고개를 끄덕였다.
"잘 아네요. 둘 다예요. 각성은 운빨과 재능빨이거든요.

시스템이 비각성자를 각성시킬 때 랜덤 각성과 확정 각성을 사용하는데."

'뭐야, 그게.'

김율은 앞서 맥을 끊지 말라고 했다.

이보배는 질문을 퍼붓고 싶었지만 어금니 악물고 참았다.

"한생 형은 확정 각성일 거예요. 이 세계에서 유일하게 신성력을 사용할 수 있는 확정 각성자. 시스템이 매의 눈으로 주시할 만한 각성자죠. 그렇게 생각하면 한생 형이 받은 퀘스트와 편애도 납득할 수 있고요. 그런데 이것도 이상한 부분이 많죠. 한생 형이 썼던 신성력은 시스템이 아니라 성신의 힘이에요. 성신이 실제로 존재하는 다른 세계의 신인 것까진 알아냈는데."

김율이 턱을 어루만졌다.

"왜 다른 세계의 신이 이 세계의 사람에게 신성력을 내려줄까요? 보통 신성력이라는 건 자신을 믿는 신도에게 주는 힘이잖아요. 한생 형에게 주어진 힘이 미약한 것도 아니에요. 꽤 강했잖아요. 직업도 성자네요. 다른 세계의 일면식도 없는 인간에게 내릴 만한 직업과 능력은 아니죠. 여기까지 생각한 다음에도 이것저것 많이 생각해 봤어요. 몬스터가 이 세계를 침공하는 것처럼 성신도 이 세계에 신도를 늘리려고 포교하는 걸까? 아니면 힐러 하나

없이 싸우는 다른 세계의 인간들이 불쌍해서 적당한 인간에게 힘을 준 걸까? 가능성은 여러 가지인데 마침 다른 데서 힌트를 찾았어요."

이씨 남매는 마른침을 삼키며 김율의 말을 기다렸다.

"빌런 한완용 기억나세요?"

"그 사악한 흑마술사 말이냐? 당연하지!"

성신의 성자에게 민감한 주제가 나오자 간헐적 화르세인지가 튀어나왔다.

이보배와 김율이 바라보자 이한생이 눈을 깜빡였다. 그는 본인이 말한 내용의 이상함을 알아채지 못했다.

"네크로맨서들이 언데드가 진화하지 않는다고 하소연했다는 얘기는 그때 했잖아요. 한완용 건도 있고 해서 조금 더 파봤다가 놀라운 사실을 발견했거든요."

김율이 질문으로 호응해 주길 바라는 눈치였기에 이보배가 물었다.

"그게 뭔데?"

"놀라지 마세요. 우리가 사는 세계엔 귀신이 없어요."

김율이 말 한마디로 전 세계 엑소시스트와 무당, 강령술사 기타 등등을 죽였다.

"다 없는 건 아니고 특수한 경우엔 있긴 해요. 어쨌든 보통은 없어요. 이 세계의 인간이 죽으면 영혼은 어딘가로 흘러가요. 그게 법칙이에요. 우리가 사는 세계는 물론이고 다른 세계도 집어삼킬 만큼 거대한 혼과 에너지의 흐름에 휩쓸려 흐르다가 환생하는데.”

“영혼의 강.”

이씨 남매는 동시에 떠오르는 것을 말했다.

화르세인지 드 체키빙 왈, 사람은 죽으면 영혼의 강을 흐르다 환생한다고 했다.

성신교의 내세관이라고 생각했는데 그게 이 세계에도 해당된다니 조금 당황스러웠다.

“맞아요. 모든 세계가 그러는 건 아니지만 영혼의 강과 인접한 세계들은 대부분 그 영향을 받는다고 해요. 아이티에서 좀비로 농사짓는 네크로맨서 고객님이 계신데 귀환자 출신이거든요. 고객님이 계시던 세계의 죽음의 신은 그런 세계를 묶어 강변 연합이라고 불렀대요. 꼭 한강 조망권 아파트 부동산 카페 같은 이름이죠?”

김율이 아무렇지 않게 쏟아내는 정보의 양 때문에 이보배와 이한생의 머리에서 김이 났다. 차라리 이한생은 그나마 나았다. 중간부터 절반쯤 흘려들었기 때문이다.

집중해서 듣는 이보배는 고역이었다. 들은 정보를 전부 이해할 자신이 없었다.

“그리고 성신이 있는 세계는 그 강변 연합에 속한다. 여기까지가 총합 200억짜리 정보예요.”

김율이 한강이 보이는 아파트를 여러 채 살 수 있는 금액을 정보료로 썼다고 말했다.

이보배는 놀라서 사레들렸다.

"쿨럭."

"이세계 정보는 수수료가 많이 붙거든요. 어쩔 수 없어요. 이렇게 얻은 정보를 정보상의 감으로 엮어보자면."

그가 개구지게 웃었다. 이보배는 200억이 달러인지 원화인지 물어볼 엄두도 내지 못했다.

"화르세인지 드 체키빙은 이한생으로 환생했다. 전생의 연으로 성신은 화르세인지에겐 힘을 빌려주지만 이한생에겐 빌려주지 않는다. 시스템은 하나뿐인 힐러를 놓치고 싶지 않기 때문에 무언가를 했거나."

김율의 눈이 이한생에게 닿았다.

"무언가를 할 예정이다."

시선이 이보배에게로 이동했다. 이한생은 지레 찔려서, 이보배는 걱정하던 것의 정곡을 찔려서 시선을 회피했다.

"제가 억지 써가며 얘기하려던 게 이것 때문이에요. 세상 모든 일에 공짜가 없잖아요. 시스템이 비각성자를 각성시키기 위해서는 힘이, 그냥 돈이라고 할게요. 돈이 필요하거든요. 그런데 확정 각성은 돈이 어마어마하게 많이 들어요. 시스템이 쉽게 포기하진 않을 거예요. 엄청 구질구질하게 매달릴걸요. 실제로 저한테 퀘스트가 왔는데 한생형을 설득해서 버튼을 누르게 하라네요. 이전 인격으로 바뀌는 버튼 같은 거라도 받았나 봐요?"

"누, 누가 그딴 걸 받았다고! 아니야!"

이한생이 펄쩍 뛰며 부정했다. 누가 봐도 거짓말인 게 티 났다. 이보배만 없었어도 어떻게 알았냐고 깜짝 놀랐을 게 눈에 훤했다.

"막내 오빠, 다 아니까 그만해."

"내가 뭘."

"공자님으로 전환하라고 퀘스트 뜬 거 아니까 안 숨겨도 돼."

"그걸 돼지가 어떻게 아는. 아, 너도 얘처럼 퀘스트 받았냐?"

"비슷해."

혼잣말을 너무 잘 해주는 바람에 전부 알게 되었다고 말할 수 없지 않은가. 이보배는 대충 퀘스트 받았다고 둘러댔다.

"시발. 미쳤냐, 내가 그걸 누르게. 누구 뒈지라는 것도 아니고."

"내가 하고 싶은 말이야. 눌렀다간 나한테 혼날 줄 알아."

이보배가 주먹을 쥐고 이한생의 눈앞에서 흔들었다.

"〈사랑의 매〉로 두들겨 팰 거야."

머리는 모두 잊었지만 몸은 동생의 사랑을 기억하는지 이한생이 어깨를 움찔거렸다.

그는 화르세인지가 그랬던 것처럼 이보배에게서 멀찍이 도망쳤다. 본능이 행동하고 나서야 이성이 돌아왔다.

"족발 당수 맞아봐야 하나도 안 아프지."

이한생이 깐죽거리면서 이보배 곁으로 돌아왔다. 이보배는 족발 펀치 맛을 보여줄까 하다가 참았다.

"솔직히 우린 전환할 생각 없는데, 시스템에서 뭔가 할까?"

"하겠죠."

"각성을 취소한다고 협박할까? 우린 그래도 상관없는데."

이보배와 이해기까지 비각성자가 되면 많이 슬프겠지만 이귀한이 있으니 몬스터에게 죽을 걱정은 안 해도 될 것이다.

"그게 가능하면 빌런에게 수배령 내리지도 않았겠죠. 그보단 다른 식으로 간섭할 거예요. 그동안 경험치와 보상을 후하게 줬던 걸 줄이거나 계속 퀘스트를 줘서 성가시게 굴거나 그도 아니면."

김율이 이보배에게 손바닥을 내밀었다.

"여기서부턴 추가 정보료 받아야겠어요. 미안해요, 누나."

"얼만데."

"우리 결혼하면 부부는 일심동체니까 막 퍼줄 수 있는데."

"됐고, 얼만데."

김율은 가격을 말하지 않고 멋대로 정보를 풀었다. 강매였다.

“시스템이 균열 틀어막고 있는 건 알죠? 각성자들이 성장하고 대비할 수 있도록 시스템도 버티면서 균열을 조금씩 풀어주고 있거든요. 이런 건 믿음직스럽다니까요.”

균열의 날 세상에 금이 갔다. 균열의 날 발생한 무수한 균열은 당일 사라졌으나 시간이 지나면서 조금씩 모습을 드러냈다.

균열이 마구잡이로 생성되지 않도록 시스템이 제어하고 있다는 건 학계의 정설이었다.

“시스템이 전지전능하지는 않으니 모든 균열을 제어할 순 없지만 등급 낮고 특수한 균열 몇은 생성 위치와 시기를 조절할 수 있거든요. 최악의 경우엔 누나랑 형 가는 곳마다 균열 터질 각오 해야 할 거예요.”

시스템이 마음만 먹으면 소설 속 주인공처럼 이씨 남매 주위에 균열이 빵빵 터뜨려 준단 의미였다. 현재의 평화로운 일상을 위협하는 심각한 얘기였다. 절로 이보배의 얼굴이 굳었다.

“정말?”

“최악의 경우일 때요. 설마 시스템이 그러겠어요.”

“그치? 그러진 않겠지.”

‘큰오빠가 있는데 그러진 않을 거야.’

이귀한은 동생들의 편안하고 안락한 일상을 위해 인내하고 있다.

동생 주변에 균열이 빵빵 터져 평화로운 일상이 깨진다면 더는 참지 않을 것이다. 그리고 시스템도 그걸 안다.

'게다가 지금은 믿음직한 큰오빠 버전이니까.'

최근 이귀한은 특별 서비스라며 본인의 리즈 시절 연기를 그만두지 않은 상태였다.

비록 연기일지라도 믿음직스럽고 멋있는 이귀한을 보면 이보배의 안에서 온갖 감정이 휘몰아쳤다.

실종되기 전의 큰오빠를 조금 더 보고 싶은 마음과 큰오빠가 조금 더 편하게 지냈으면 하는 마음.

딸랑딸랑.

문에 달아둔 종이 울려 이보배는 방문객을 확인했다.

호랑이는 제 말 하면 온다더니 대마왕은 생각만 해도 아는 모양이다. 이귀한이 동생들을 보더니 안도한 듯 웃었다.

"다들 안전하지?"

"큰오빠, 갑자기 무슨 일이야."

"너희만 있는 게 걱정돼서 와봤지."

"우엑, 닭살."

큰형의 온화한 미소를 본 이한생이 소름 끼쳐 했다. 이귀한은 허허 웃더니 이한생의 입을 막고 헤드록을 걸었다.

"읍읍!"

형에게 구속당한 이한생이 벗어나기 위해 발버둥 쳤으

나 어림도 없었다. 본인 리즈 시절을 연기 중인 이귀한은 김율을 보더니 무시하지 않고 알은체했다.

"이쪽은 셋째가 지지하던 매제 픽. 맞지? 인사한 적은 없지만 얼굴을 몇 번 본 것 같은데."

이귀한은 사람 좋은 얼굴로 김율에게 인사했다. 물론 헤드록은 풀지 않았다.

"안녕하세요, 이귀한입니다. 동생들이 신세 지고 있습니다."

"안녕하세요, 큰형님. 김율인데 편하게 율이라고 불러주세요. 정식으로 인사드린 건 처음이죠."

이씨 남매 주위를 맴돌며 관찰했으나 김율이 이렇게 가까이서 이귀한을 본 건 처음이었다. 통성명이 끝나자 김율이 붙임성 있게 말을 이었다.

"큰형님이 이미 절 알고 계시다니 영광입니다. 혹시 보배 누나가 제 얘기 많이 하던가요? 그랬으면 좋겠는데."

해석하자면 나는 네게 이름과 정체를 깐 적 없는데 어떻게 알았느냐는 질문이다.

평소라면 알아듣고 동문서답했겠지만 지금의 이귀한은 특별 서비스 중이기 때문에 찰떡같이 대답해 줬다.

"유명한 정보상이란 얘기는 들었어. 정보상이라 그런가 호기심이 좀 많은가 봐. 호기심이 고양이를 죽인다는 말 알아?"

“영국 속담이죠? 혹 큰형님 눈에 부족한 부분이 있더라도 너그럽게 봐주세요.”

김율이 웃으며 너스레를 떨자 공방 조명이 깜빡였다.

‘등 갈 때가 됐나?’

아직 1년도 안 됐는데 불이 깜빡이자 이보배는 천장을 올려다보고 눈살을 찌푸렸다. 어쩐지 기분이 나빠져서 구긴 얼굴을 억지로 펴고 시선을 내리니 붉은 것이 시선을 사로잡았다.

새빨간 아라크네의 치파오처럼 붉은 피가 김율의 코에서 흘러내렸다. 김율의 안색은 오늘 본 중 제일 안 좋았다. 흙빛을 넘어 납빛이었다. 심지어 코에서 흐르는 피가 갈수록 검게 짙어지고 농도도 진해졌다.

놀란 이보배가 휴지를 뽑는데 이귀한이 웃었다.

“생존 본능은 좋네.”

“누나 저도 휴지 있어요. 하하, 죄송해서 어쩌죠. 제가 너무 피곤해서 이런 실례를.”

“눈도 그럭저럭.”

“늘 멀리서만 뵈어 귀한 형님이 이런 분이실 줄 정말 예상하지 못했거든요. 이렇게 뵙게 되어 정말 영광입니다, 형님.”

김율이 손에 묻은 피를 닦고 이귀한에게 내밀었다.

이귀한은 헤드록 걸던 손으로 사색이 된 김율의 손을

흔들고 놔줬다. 이한생은 빠져나가려다 도로 붙잡혔다.

"담력도 제법."

"제가 또 한 담력 하거든요. 누나도 '여우 누이' 알죠? 저 어릴 때 남들 다 무섭다는 여우 누이도 재밌게 봤었어요."

김율은 웃고 있었지만 누가 보아도 억지로 웃는 티가 났다.

'여우 누이라.'

여우 누이는 아들 셋인 집에 막내딸로 태어난 여우를 퇴치하는 내용이다. 이씨 사남매 중 여우는 막내딸인 이보배가 아니라 맏이인 이귀한이었지만 어쨌든 뜻은 통했다. 가족 중에 사람이 아닌 여우가 있다는 뜻이었다.

"누나. 알고…… 계시죠?"

김율은 담력 강하다는 말을 주장하듯 이보배를 걱정했다. 혹여라도 이보배가 속고 있거나 모르고 있다면 도와주려는 것이다.

'애가 착하긴 해.'

아라크네는 음지의 정보상이지만 나쁜 사람은 아니다.

"그러니까 위험하다고 말했잖아. 누나 말 들으면 자다가도 떡이 나와요."

"하하, 그러게요. 앞으로 누나 말 잘 들어야겠어요."

이귀한의 일부를 목격한 김율의 심장이 쿵쿵 뛰었다. 시스템은 물론이고 그의 본능이 도망치라고 경고했다.

김율은 시야를 덮은 시스템 경고와 그 안에 섞인 알림창을 보고 어이없어 웃었다.

“저 레벨 올랐어요, 누나.”

“갑자기?”

“귀한 형님 본 것만으로 레벨이 올랐다고요. 저 남들보다 열여섯 배는 레벨 업하기 어려운데, 레벨이 올랐어요.”

김율은 균열의 날 각성해 시스템의 편애를 받아가며 성장했다. 박마노가 그러하듯 그의 성장도 정체된 지 오래였다.

아라크네가 괜히 이씨 남매에게 관심 가진 게 아니다. 시스템은 이씨 남매에 관한 정보를 중요하게 여겼고 막대한 경험치를 주었다.

그런 김율의 레벨이 올랐다. 고작 이귀한을 직접 보고 존재의 일부를 엿봤다는 이유로 막대한 양의 경험치를 받은 것이다.

“어쩐지. 접근하려고 할 때마다 시스템이 경고하고 뜯어말리더라니. 이제 알겠네요. 저 지금 약간 시스템 편들고 싶어졌는데.”

김율의 호기심을 자극했던 황금 보물 상자는 사실 상자가 아니라 무시무시한 대악마를 격리하는 감옥이었다. 심지어 감옥 문 열쇠를 쥔 이보배는 대악마 편이다.

“그럼 순순히 물러날래?”

"아니요. 누나가 더 좋아졌는데요."

빈말일 텐데 진심처럼 들렸다.

이보배는 김율이 만만치 않은 사람임을 알았다.

"이거나 먹고 집에 가서 쉬어."

이보배는 만만치 않은 아는 동생에게 회복 포션을 건넸다. 몬스터에게 습격당해서 도망친 사람처럼 꼴이 엉망이었다.

'큰오빠가 뭔가 했어도 살살했을 테니까, 쟤도 같이 뭔가 했네.'

이귀한에게 관찰이나 감정 스킬을 사용한 게 아닐까. 이보배는 그렇게 추측했다. 이귀한 좀 봤다고 코피가 나는 사람은 김율이 처음이었다.

"누나가 직접 만든 포션이네요? 인벤토리에 모셔놨다가 우리 아이가 말귀 알아들으면 보여줘야겠어요."

이한생이 아라크네를 보고 결혼까지 생각하더니 김율은 이보배를 보고 자식까지 생각했다.

이보배는 인상을 찌푸렸다.

"네가 이럴 때가 아니야. 진짜 쉬어. 정보료는 얼마야? 부탁한다는 것도 말해주고 가."

"부탁은 이미 해결했으니까 괜찮아요. 피곤한 것도 레벨업한 덕분에 싹 가셨고요. 부탁은 원래 귀한 형님 소개시켜 달라고 할 생각이었거든요. 이렇게 직접 뵈니까 아주."

김율의 웃는 얼굴에 경련이 일었다.

"아주 좋아요. 덕분에 레벨 업도 하고."

"아, 좀 놓으라고!"

입이 틀어막힌 채 붙잡혀 내내 발버둥 치던 이한생이 간신히 풀려났다. 이한생은 셋의 대화를 따라가지 못해 서러웠다.

"도대체 무슨 소릴 하는 거야! 한국말인데 알아들을 수가 있어야지!"

"시스템이 왜 한생 형을 확정 각성 시켰는지 알겠네요. 되든 말든 뭐라도 하지 않으면 견딜 수 없었겠죠."

집에 방사능 바퀴벌레가 날아 들어왔다면 누구든 뭐라도 하지 않곤 배기지 못했을 것이다.

김율이 아무도 몰라줬던 시스템의 처지를 헤아려 주자 그에 보답이라도 하듯.

웨에에에에에에에에엥.

사이렌이 울렸다.

"전쟁 났어?"

지축을 울리는 사이렌 소리에 이한생이 얼어붙었다. 그는 힘겹게 벗어난 큰형 옆으로 자진해서 붙었다.

"괜찮아, 얘들아. 형이 지켜줄게."

동생을 지키는 건 형의 권리이자 의무. 이귀한이 믿음직스러운 목소리로 겁먹은 이한생을 달랬다. 그 모습을 본 김율의 눈에 이채가 돌았다.

이보배는 감옥 열쇠인 동시에 족쇄였다. 대악마는 콧방귀 한 번으로 세계를 부술 수 있지만 족쇄를 위해 그러지 않을 것이다.

"이거 설마 시스템이……."

이보배가 김율이 했던 말을 떠올리고 시스템을 의심하는데 문이 열렸다.

"얘들아!"

이해기였다. 사이렌이 울리자마자 집을 나선 이해기가 동생들의 안전을 확인하고 안도했다.

"다행이다, 무사하구나."

"둘째야, 내가 있어서 안심하더라도 다음부턴 좀 더 빨리 움직이는 게 좋겠다. 내가 없을 땐 네가 동생들을 지켜줘야지."

"형은 맨날 나한테만 뭐라 그래. 나도 형 동생이야."

"그럼. 셋째랑 막내 맡길 만큼 믿음직스럽고 자랑스러운 동생이지."

서운한지 투덜거렸던 이해기가 이어지는 말에 감동했다.

"형, 나는 실패했었는데. 한 번 실패했는데도 믿어주는 거야?"

"실패했으니까 더 잘할 거야. 우리 둘째는 실패했다고 멈추지 않으니까. 믿는다, 둘째야."

"형!"

형제간에 우애 깊은 건 좋은 일이지만 이귀한과 이해기의 우애는 20대 젊은이가 견디기엔 너무 깊었다.

이한생이 질린 얼굴로 떨어져 이보배 옆으로 피신했다. 원래 둘이서 잘 노는 걸 알지만 동생 입장에선 보기 힘들었다. 이보배는 썩은 얼굴의 이한생을 다독이며 끊겼던 말을 이었다.

“시스템 짓은 아니겠지?”

“시스템이 이런 악수를 두진 않을 거다. 괜히 너나 한생일 위험에 빠뜨렸다가 형을 자극하면 안 되니까.”

여기 날개 달린 방사능 바퀴벌레가 있다. 가만히 있는 바퀴벌레를 자극해 ‘날아오르는 바퀴벌레’로 만드는 건 멍청한 짓이었다. 시스템도 동의할 것이다.

“공방에 도청기 설치했어?”

이해기는 자리에도 없었으면서 이보배가 하려고 했던 말에 찰떡같이 대답했다. 이보배가 도청을 의심하자 이해기가 머리를 가리켰다.

“균열이 터졌는데 시스템 짓 어쩌고 하면 나올 얘긴 뻔하지 않겠니.”

“잘났어, 정말.”

아무것도 모르는 회귀자지만 전교 1등 짬밥이 죽지는 않은 모양이다. 오랜만에 보는 작은오빠의 잘난 척에 이보배가 쓴웃음을 지었다. 거기에 김율이 불쑥 끼어들었다.

"해기 형님, 대단해요."

"아라크네도 있구나. 같이 갈래?"

"와, 정말 제 얼굴 아시는구나. 같이 가자는 곳은 진실의 방이에요?"

이 상황에서 진실의 방에 가면 진실을 털어놓는 쪽은 김율이다. 그럼에도 진실의 방을 입에 담는 얼굴은 마냥 해맑았다.

다 죽어가는 안색과 얼굴 하관을 뒤덮은 핏자국 때문에 공포 영화에 나오는 귀신 같아서 그렇지.

"그러게, 가야 하는구나."

이보배는 이해기가 가자는 곳을 힌트도 없이 바로 알아들었다. 굳이 따지자면 이보배의 위치와 균열 발생 사이렌이 힌트였다.

"혹 모르니까 같이 가요."

김율도 처음부터 농담이었는지 같이 가자고 엉겨 붙었다. 홀로 목적지를 모르는 이한생의 검은자위가 흰자 사이를 방황했다.

"어디로 가야 하는데? 집이야?"

이보배는 문을 열고 나서며 대답했다.

"햇살 초등학교 대피소."

균열 발생 시 대피 요령은 균열 종류에 따라 다르다. 균열이 발생할 때마다 인근 주민들이 모조리 대피하면 교통이 혼잡해지고 혼란스러운 틈을 타 범죄가 발생한다.

그렇기 때문에 국가에선 균열 발생 시 대피 준비를 마친 후 균열 종류가 밝혀질 때까지 일단 대기할 것을 권하고 있다.

어디에나 예외가 있듯 이 또한 예외인 장소가 몇 있다. 그중 하나가 교육 기관이다. 아이들은 성인에 비해 보신 능력과 판단력, 경험이 부족하다. 그렇기 때문에 균열 발생 사이렌이 울리면 교육 기관에선 즉시 대피소로 대피한다. 실제 상황일 때 혼란을 줄이기 위해 달에 한 번 대피 훈련을 실시하며 이를 어기는 기관은 엄벌한다.

대한민국에 거주하는 모든 각성자에겐 균열 사태 발생 시 인근 대피소나 지정 대피소에서 비각성자를 보호하고 인솔할 의무가 있다.

전투 능력이 없는 생산계나 보조계 각성자에게도 비각성자 보호 의무가 주어지는 건 불합리해 보일 수 있다. 비전투계 각성자에게 주어진 역할은 따로 있다.

"창고지."

대한민국의 모든 비전투계 각성자는 본인 인벤토리 용량의 4분의 1을 비상식량과 식수, 의약품으로 채워야 한다. 그리고 유사시 비각성자에게 제공할 의무를 진다.

이보배는 햇살 초등학교 대피소에 도착하자마자 인벤토리 내 비상식량과 식수의 일부를 꺼내서 구석에 쌓았다.

그녀가 급사하면 인벤토리 내 물건도 같이 증발해 버리니 일부를 미리 꺼내두는 게 매뉴얼이었다.

"이게 다 인벤토리에 있던 거라고?"

이한생이 허공에서 튀어나오는 물건들을 보고 경악했다.

"이것도 일부야. 이 대피소 수용 가능 인원이 천오백 명이니까 사실 이걸론 부족하지."

각성자에게만 물품 보급을 맡길 수 없으니 대피소에도 창고가 존재한다. 창고 내 물자를 배급하는 것도 각성자인 이보배의 의무였다.

"돈 주고 채우는 거냐?"

"아냐, 국가 보급품이야. 각성자 등록할 때 인벤토리 용량 신고해서 지급받아."

인벤토리 용량은 각성자마다 다르다. 속여서 신고하는 사람도 있겠지만 평균이 있기 때문에 굳이 그럴 사람은 적을 터였다.

'유사시 대비하는 용도고 내 돈 드는 것도 아닌데 그걸 속이겠어. 전투계 각성자들도 자진해서 지급받아 채운다던데.'

비전투계 각성자에게 주어지는 의무지만 전투계 각성자도 대부분 동참했다. 다들 물자 부족을 경험했기 때문이다. 재수 없게 비각성자 무리와 함께 고립되었을 때 비전투계 각성자가 껴 있으리란 보장이 없으니 말이다.

인벤토리에 있을 땐 유통 기한을 신경 쓸 필요 없지만 꺼냈으면 신경 써야 한다. 이보배는 꺼내둔 물품에 날짜와 시간을 적었다. 김율이 도왔다.

"해기 형님이랑 귀한 형님은 얼른 가봐야 하지 않을까요?"

"나는 깍두기라 괜찮을걸."

"그래, 나는 슬슬 가봐야지."

"지각이지?"

기껏 대피해 놓고 이해기가 자리에서 일어났다. 지각 이야기에 이한생이 어리둥절해했다.

"어딜 가?"

"균열. 전투계 각성자는 일단 가봐야 해."

균열 공략엔 목숨과 돈이 얽혀 있기 때문에 진입하지 않아도 되지만 일단 균열 근처는 지키고 있어야 했다.

서울 외곽 주택가에 전투계 각성자가 살거나 지나갈 일 없을 테니 이해기가 가장 가까운 전투계일 것이다. 심지어 걸어갈 수 있을 만큼 가까웠다.

"작은오빠가 제일 가까웠을 텐데 바로 안 갔다고 벌금

나오면 어떡하지?"

"대피소 먼저 들렀으니 괜찮을 거다. 형, 애들 잘 부탁해."

지각 확정이지만 정당한 변명거리가 있어 이해기는 당당했다. 핸드폰으로 정확한 균열 발생 지점을 확인하는데 핸드폰에서 붉은빛이 점멸했다.

이해기의 핸드폰만 아니고 모두의 핸드폰이 그러했다. 안전 문자였다.

"D등급에 마감 임박, 마침 지나가던 길드가 관할 길드에 의뢰받아 공략한다는구나. 안 가봐도 되겠다."

조선 시대 민초의 영웅이 지나가는 선비였다면 균열 시대 대한민국 소시민은 지나가는 헌터가 구한다.

이한생은 어이가 없어서 뒷목을 주물렀다.

일어났던 이해기는 도로 바닥에 앉았다. 그보다 늦거나 비슷하게 문자를 확인한 사람들이 안도하거나 기뻐했다.

대한민국은 헌터 강국이다. 어지간히 재수 없지 않는 한 D등급 균열까진 무난하게 공략했다.

근 4년 동안 D등급 이하의 균열은 모두 공략 성공했고 발견된 균열이 터진 적도 한 번도 없었다.

데드 라인이 임박한 것이 마음에 걸리지만 헌터들이 진입했다고 하니 피난 갈 시간은 충분했다.

적어도 어린아이들이 보호자가 올 때까지 기다릴 시간은 번 것이다.

"아싸, 오늘 학원 안 간다."

"어허. 대피소에선 어떻게 하라고 했지요?"

"쉿."

균열 덕분에 학원 안 간다고 좋아하던 아이가 선생님에게 지적받고 시무룩해했다.

초등학교 고학년 아이들은 안전하단 판단이 섰는지 얼굴빛이 밝았다. 안심했지만 방심해 떠드는 아이는 없었다.

다들 균열을 직접 경험했거나 방송과 경험담 등으로 간접 경험해 요령을 체득했기 때문이다. 재난 대피용 가방을 등에서 내려놓지 않는 모습이 기특했다.

반면 저학년생과 유치원생은 약간 이야기가 달랐다. 훈련이 아니라 실제 상황이다 보니 자주 훈련했어도 무서운 건 어쩔 수 없나 보다.

집에 가고 싶거나 부모님이 보고 싶다고 소리 죽여 훌쩍였다. 큰 소리로 우는 아이가 없는 게 그나마 다행이었다.

'사계절 때랑은 확실히 다르구나.'

이보배는 벽에 기대 대피소 내 상황을 눈에 담았다. 훈련과 실제 상황, 길드 내 대피소와 지역 대피소의 분위기가 판이했다.

이보배가 다녔던 직장은 대한민국을 대표하는 각성자 길드 사계절이었다. 같이 대피한 사람 대부분이 각성자였다. 전투계는 아니었지만 각성자만 모여 있으니 그렇게 무섭지 않았다. 무슨 일이 있어도 같은 길드원이 방관하지 않을 거란 믿음이 있기도 했다.

하지만 햇살 초등학교 대피소에 있는 사람은 대부분 초등학생이다. 어른이 있긴 해도 노인 비중이 높았다.

이씨 남매와 김율을 제외하면 각성자는 한 명도 없었다. 재난 대피용 가방을 메지 않았는데도 어깨가 묵직했다.

'오빠들 있어서 다행이다.'

이귀한과 이해기가 없었다면 이보배는 지금처럼 평온하지 않았을 것이다. 이보배는 새삼 힘숨찐 오빠들에게 감사했다. 있어주는 것만으로도 힘이 되고 고마웠다.

"본명이 김율이었군."

"제 이름도 모르면서 정체에, 직통 연락처도 알고 계시고. 비법이 뭐예요?"

"보배는 임자 있는 몸이니 포기해라."

"제가 현우 형님만큼 벌진 못해도 나름 고소득이에요. 투잡 뛰면서 열심히 벌어요."

"넌 버는 만큼 쓰잖아."

"아앗, 어떻게 알았지."

이해기는 김율과 뒤늦은 통성명 중이었다. 김율은 본인 정체와 소비 습관은 알면서 본명은 모르는 모순에 혼란에 빠졌다.

"스물하나, 스물둘."

이귀한은 프!프!프!를 하기 위해 핸드폰을 켰다가 데이터가 잘 터지지 않자 난데없이 팔굽혀펴기를 시작했다.

동생들을 먹여 살리기 위해 틈만 나면 자기 단련하던 큰 오빠가 떠올라 이보배의 눈이 촉촉해졌다.

힘숨찐 오빠들을 모두 확인했으니 이제는 힘없는 오빠를 확인할 차례다.

이한생은 뭐가 그리 마음에 안 드는지 불퉁한 얼굴로 손톱을 쥐어뜯고 있었다.

"막내 오빠 똥 마려워? 화장실 저기에 있어. 지금 가는 게 깨끗하고 사람 없어서 좋을 거야."

"너야말로 똥 먹고 싶냐?"

"아닌데 왜 똥 마려운 개처럼 낑낑거리고 있어."

"너 같으면, 시발."

이한생이 말하다 말고 욕부터 뱉었다. 부족한 어휘력 때문에 감정이 격해질 때면 욕부터 튀어나왔다.

"네댓 살 된 애들이 입에 주먹 넣고 조용히 울잖아."

"응."

"이게 현실이냐? 진짜?"

소리를 키우는 아이는 선생이나 주위 어른이 안고 입을 틀어막는다. 과한 대처지만 아무도 말리지 않았다.

믿기 싫은 현실에 이한생이 분통을 터뜨렸다. 분위기 때문에 목소리는 작았다.

"지금은 괴물도 없는데 저렇게까지 해야 해?"

"그래야 진짜 몬스터 있을 때 조용히 하니까."

이보배는 화내지도 동조하지도 않고 덤덤하게 현실을 말했다.

이한생은 그게 더 마음에 들지 않는지 오만상을 찌푸리고 벽에 기대 팔짱 꼈다. 현실을 보기 싫으니 외면하기 위해 눈을 감았다.

눈을 감으니 지하 특유의 서늘하고 습한 공기가 잘 느껴졌다. 찬 벽과 딱딱한 바닥에 닿은 몸이 저렸다.

아이 우는 소리가 모깃소리보다 뾰족하게 그의 귀를 자극하다가 점점 조용해졌다.

창고는 어둡고 서늘했다. 바닥은 더럽고 딱딱하고 냉기가 올라왔다. 그는 나가고 싶다고 몇 번이고 외쳤으나 들어주는 이 없었다. 살을 에는 추위가 몸을 휘감았다. 목이 마르고 배도 고팠다. 문틈으로 들어오는 빛이 사라졌다 생겼다를 반복하는 동안 창고 문은 열리지 않았다.

결국 기운이 빠져 더러운 바닥에 몸을 뉘고 눈을 감았을 때, 그는 창고보다 더 어둡고 차가운 곳에서 눈떴다.

"군대는 싫어!"

벽에 기대 꾸벅꾸벅 졸던 막내 오빠가 뜬금없는 잠꼬대를 외치며 일어났다. 그러더니 숨을 헐떡이며 주위를 둘러보았다.

'군대 안 간 놈이 군대 간 것처럼 구는 건 우리 집안 남자들 특성인가.'

"막내 오빠 왜 그래. 입대하는 꿈 꿨어?"

"시발 미쳤냐고 진짜."

"워워, 진정해."

"망나니가 사고 치니까 망나니지. 사고 좀 쳤다고 군대 보내는 게 어느 나라 법도야. 강제 입대 실화냐."

이한생은 쉽게 진정되지 않는지 이보배가 내민 손을 꼬옥 잡았다. 동물 병원에서 주인 손 붙드는 개처럼 간절해 보였다.

"시발, 시발, 그냥 군대도 아니고 북방 경계선이었느니라. 그곳은 삿되고 악한 것들의 나라이자 구멍이 뚫려 마물과 악마가 쏟아지는 무시무시한 곳인데. 어찌 그곳으로 나를! 체키빙 공작가의 유일한 후계자인 나를 보내신단 말이냐! 신성력도 쓰지 못하는 나를!"

이한생이 간헐적 화르세인지가 되어 울분을 토했다.

이보배는 안쓰러운 마음에 이한생의 등을 부드럽게 쓸어내렸다. 망나니가 창고에 갇힌 이후 기억이 없다고 해서 그 뒤가 궁금했는데.

'군대 갔구나.'

강제로 입대했던 모양이다. 체키빙 공작님은 철없는 아들이 군대 가면 철들까 싶었나 본데 그런 것치곤 너무 위험한 곳으로 보냈다.

'덕분에 성공한 건가?'

화르세인지가 마흔아홉 살보다 더 오래 살았고(공자님 주장) 성자도 된 걸 보면 공작님이 현명한 선택을 한 것 같기도 하다. 하지만 강제로 사지로 보내진 화르세인지 입장은 그게 아니었을 터.

"내가 없으면 아무도 공작위를 이을 사람이 없거늘 어찌 하나뿐인 아들을 버리신단 말이냐! 돼지여, 너도 너무하다고 생각하지? 그렇지?"

이보배는 막내 오빠의 전생 아버지를 욕하고 싶지 않았지만 오랜만에 튀어나온 화르세인지가 반가웠기 때문에 그에게 맞춰줬다.

"공작님이 너무하셨네."

"그렇지? 역시 충성스러운 돼지로구나. 내 너의 충심을 갸륵히 여겨 잊지 않겠……. 시발."

간헐적 화르세인지가 끝났는지 이한생이 이보배의 손을 놓았다. 그는 벽과 바닥에 손을 문댄 후 중지를 올렸다.

이보배도 질세라 가운뎃손가락을 곧게 폈다. 그녀는 중지를 펼 줄 아는 위대한 돼지였다.

"이상한 꿈 꾼다던 게 공자님 기억이었어?"

"몰라."

"다 말해놓고 시침 떼긴."

"아씨, 몰라."

이한생은 부끄러움을 감추기 위해 모르쇠로 일관했다.

"대충 그렇지 않을까 예상하고 있었어. 막내 오빠가 공자님에 대해 너무 아는 척하니까."

"모른다니까."

이한생은 오만상을 찌푸리고 일부러 고개 돌려 다른 곳을 보았다. 그리고 깜짝 놀랐다.

"어?"

이한생은 아직 꿈을 꾸나 싶어 눈을 비볐다. 초등학생과 유치원생 오백여 명에 교직원과 인근 주민이 백 명 정도 있어야 하는데 대피소가 텅 비어 있었다.

아예 텅 빈 건 아니고 사람이 빠져서 비어 보였다. 아이들은 예순 명 정도밖에 없었고 어른의 수도 줄어들었다.

"다들 어디 갔냐?"

"애들은 보호자가 와서 데려갔지. 피난 가려면 보호자가 아이들 챙기는 게 나으니까."

가능성 낮지만 만에 하나 D급 균열 공략에 실패해 균열이 터지면 대피해야 한다.

현장 학습 나가는 것도 아니고 위급 상황에 어른 한 명이 보살필 수 있는 인원에 한계가 있으니 보호자가 와서 데려가는 게 나았다.

나이가 어린 아이들은 보호자가 전부 데리러 왔는지 남은 아이는 전부 고학년이었다. 아이들은 심심했는지 책을 읽거나 학교 숙제를 했다.

학교 숙제 대신 학원 숙제를 하는 아이도 있었다. 하얀 태권도 도복을 입은 아이가 양 갈래를 휘날리며 허공에 발차기를 날렸다.

묘하게 눈에 익다 싶었는데 이보배를 인터뷰했던 아이였다. 한 번밖에 본 적 없지만 이름이 쉬워서 기억에 남았다. 하얀 꽃이었다.

"백합이랬나?"

"장미. 백장미."

"장미든 백합이든. 근데 재 저렇게 뛰어다녀도 되는 거야? 아까는 우는 애 입 틀어막아서 숨도 못 쉬게 하더니."

아직 균열 공략이 끝나지 않았는데 너무 긴장이 풀린 거 아니냐는 지적에 이보배가 이유를 밝혔다.

"균열 공략하러 들어간 파티에 B급 각성자가 한 명 있었대. 그래서 다들 긴장이 풀렸어."

회귀자인 이해기가 대한민국 각성자 등급 체계를 바꿔야 한다고 누차 주장하나 어쨌든 D급과 B급이다. 균열 공략이 실패할 것 같지 않았다.

B급이라면 마냥 약하게 느껴졌는데 D급과 비교하니 무지 강해 보였다.

"균열 존나 위험하다고 방심하면 X 된댔잖아. B급 하나 들어갔다고 이렇게 방심해도 되는 거야?"

"노블레스 길드. 꽤 견실해요. 하청에 하청받는 신생 소형 길드긴 한데 전적이랑 평가가 괜찮은 편이거든요."

김율은 똑같이 대피소에 있었으면서 어떻게 알았는지 공략 파티의 이름과 등급을 줄줄 읊었다.

"길드장이 B급 전사 원범찬 형님인데 사람이 성실하고 좋아요. 파티 구성도 괜찮고. 균열이 작고 길이 단조로우면 애들 보호자 오기 전에 공략 끝날 수도 있어요."

"원범찬, 그 사람 괜찮았지."

아는 이름인지 회귀자가 정보상 옆에서 고개를 주억거렸다.

김율은 이해기와 원범찬은 접점이 없는데 어떻게 아는 것일까 궁금했지만 티 내지 않았다.

"탱커 허누리가 D급에 D급 균열 초행이라 불안하긴 하지만 원범찬 형님이 탱도 겸할 수 있으니 괜찮을 거예요. 오히려 탱커 경험 쌓아주겠다고 공략 느긋하게 할 가능성도 있겠네요."

김율이 D급 탱커 이름을 말할 때 이보배에게 시선을 던졌다. 떠오르는 거 없냐는 무언의 암시에 이보배는 기억의 서랍장을 뒤집어엎었다.

"혹시 강철 깡통, 아니지. 허심 님."

김율이 정답이라는 듯 방긋 웃었다. 허누리는 강철 깡통 허심의 딸이다.

"걔가 왜 노블레스 길드에 있어? 강철 방패는 어쩌고?"

허심은 사계절을 나와 강철 방패 길드를 창단했다.

강철 방패 길드는 창단 초창기에 길드장을 잃으면서 휘청였지만 무너지지 않고 버티면서 나름 이름이 알려진 중견 길드가 되었다.

아버지가 만든 길드가 있는데 굳이 다른 길드에 들어갈 이유가 없었다.

"바로 입단하면 낙하산 같으니까 소형 길드에서 경력 쌓고 들어가려고 그러나? 근데 걔는 안 그래도 될 텐데."

강철 깡통 허심은 모든 1세대와 2세대 탱커의 형님이다. 그런 형님의 외동딸이 아빠가 만든 길드에 들어가겠다는데 낙하산 취급한다? 광화문 이순신 장군상 앞에 거꾸로 매달려 조리돌림당할 것이다.

이보배가 의아해하는데 이해기는 짐작 가는 게 있는 듯 또 고개를 주억거렸다. 혼자 알고 혼자 납득하는 회귀자가 웃겨서 이보배는 김율이 없을 때 물어보기로 결심했다.

"백만스물하나, 백만서른둘."

이보배 눈에 보이지 않는 속도로 팔굽혀펴기를 한다며

숫자를 건너뛰던 이귀한이 갑자기 벌떡 일어났다. 숫자를 건너뛰었어도 어쨌든 몇 시간 동안 쉬지 않고 팔굽혀펴기를 했는데 땀 한 방울 흘리지 않았다.

"형, 무슨 일이야?"

"좀 귀찮아졌는데 이걸 어째야 하나."

대마왕은 본인 리즈 시절 연기가 슬슬 지겨웠던 모양이다.

"귀찮으면 특별 서비스 그만해도 돼. 큰오빠가 편하고 행복한 게 최곤걸."

멋있는 큰오빠가 사라지는 건 슬프지만 그렇다고 큰오빠의 본성을 무시하고 싶진 않다.

이러니저러니 해도 오빠들이 어디 가지 않고 사고 치지 않고 몸 건강히 살아주는 것만으로 이보배는 행복했다.

"우리 막내가 이렇게 착하고 귀여워."

"보배 누나는 항상 귀엽죠."

이귀한이 동생의 발언에 감동받아 입을 가렸다. 김율은 넉살 좋게 맞장구쳤다. 이보배의 옆에서 이한생이 '큰형은 돼지만 예뻐해'라고 툴툴거렸다.

"그럼 연기 그만해야징."

이귀한의 말이 끝나기가 무섭게 대피소에 비치된 전화기가 반짝였다.

청원 경찰이 급히 전화기를 든 그때, 누군가 대피소 문을 두드렸다.

쿠웅!

충차로 성벽을 두들기는 것 같은 충격에 모두 얼어붙었다.

전화기를 든 청원 경찰의 얼굴이 일그러졌다. 이보배는 경찰을 대신해 모니터로 대피소 문 앞을 확인했다.

피투성이에 곳곳이 찌그러진 중갑옷을 입은 사람이 대피소 밖에 있었다. 사람 같지 않은 실루엣 때문에 몬스터로 잘못 볼 뻔했지만 사람이었다.

중갑옷을 걸친 이가 다시 주먹으로 대피소 문을 두드렸다. 육중한 충격이 전해졌다.

"전원 대피하라고요? 어떻게 된 겁니까?"

청원 경찰이 전화기에 대고 하는 말이 무시무시했다.

이보배는 일단 마이크에 대고 물었다. 중갑옷 입은 방문자가 외부 상황을 알고 있을 것이다. 혹 몰라 바로 문을 열진 않았다.

"괜찮아요? 어떻게 된 거예요?"

–공략 실패했습니다. 얼른, 빨리 대피하세요!

스피커에서 여린 목소리가 들렸다.

거대한 중갑옷 헌터의 목소리라기엔 지나치게 여렸지만 목소리가 전한 충격적인 내용에 이보배는 그 부분에 놀라지 못했다.

"으윽!"

소녀가 신음을 뱉고 쓰러졌다. 이보배는 급히 대피소 문을 열었다. 중갑옷 헌터를 부축하기 위해 나섰다가 이해기에게 밀려났다.

당장 대피하라는 지시에 얼어붙은 청원 경찰과 중갑옷 헌터가 전한 소식에 마찬가지로 굳어버린 사람들. 경력 22년 차 헌터 이해기 홀로 놀라지 않고 이성을 유지했다.

이해기는 쓰러진 중갑옷 헌터를 부축해 대피소 안으로 들이고 눕혔다.

"보배야, 문."

"응!"

이보배는 문을 닫았다.

이해기는 중갑옷 헌터를 바로 눕히고 상태를 관찰했다. 두꺼운 갑옷 곳곳이 찌그러진 모습이 겉으로만 봐도 중상이었다.

찌그러진 갑옷은 함부로 벗길 수 없기 때문에 투구부터 벗겼다. 목소리에서 예상했듯 10대 후반의 앳된 얼굴이 드러났다.

"관리국엔 연락했습니까?"

"나오자마자 했어요."

"그럼 관리국에서 바로 사람을 보낼 겁니다."

"이럴 시간이 없어요, 침공형이라 몬스터가 나올 거예요. 바로 대피해야 해요."

침공형 균열이란 말에 모두가 침음성을 삼켰다. 그것도 잠시였다. 얼어붙었던 사람들은 해동 주문이라도 받은 것처럼 일시에 움직였다.

침공형 균열이 무엇이냐. 마감이 끝나지도 않았는데 균열에서 몬스터가 튀어나오는 균열이다.

방출형과의 차이점은 균열 진입 가능 여부다. 방출형 균열엔 아예 진입이 불가능해 쏟아져 나오는 몬스터를 균열 밖에서 상대해야 한다.

"평범한 균열이 아니었어요. 분명히 침공형이 아니었는데 갑자기 침공형으로 바뀌었고 등급보다 강한 몬스터가 나와서, 으윽."

"일단 부상부터 치료하죠."

"아직 포션 쿨 타임이 남아서……."

중갑옷 탱커는 이해기가 인벤토리에서 꺼낸 B급 회복 포션을 보고 입을 다물었다.

이해기는 갑옷을 해체하듯 벗겨 뭉개진 신체에 회복 포션을 뿌렸다. 가루가 되어버린 뼈는 B급 회복 포션으로도 완치되지 않았다.

양다리의 무릎 관절이 가루가 되었는데 대피소까지 온 것이 신기했다.

이해기는 중갑옷 헌터에게 〈전투 속행〉이나 〈통증 무시〉, 〈부상 무시〉 등의 스킬이 있을 것이라 짐작했다.

"마저 이야기해 주세요."

"다른 파티원은 전부 출구에서 몬스터를 막고 있어요. 저만, 저만 혼자 나와서. 으흑."

노블레스 길드원은 죽음을 각오하고 출구를 틀어막았다.

외부에 상황을 알려야 한다는 이유로 홀로 도망친 중갑옷 탱커가 결국 울음을 터뜨렸다. 탱커는 부들부들 떨며 터뜨린 울음을 삼켰다.

눈물은 아예 틀어막는 것보다 흘렸다가 억누르는 게 더 힘들다. 지켜보던 이보배도 울컥했지만 중갑옷 탱커는 불굴의 의지로 해냈다.

"흐읍, 관리국과 경찰에 연락하고 바로 여기로 왔어요. 여기가 가장 가까운 대피소라 도울 수 있을까 해서."

"그렇군요."

"전투계세요?"

B급 회복 포션은 아무나 들고 다니지 못한다. 이해기가 고위 헌터일 거라 짐작한 중갑옷 탱커가 간절히 부탁했다.

"도와주시면 안 될까요? 길드에서 후사할 거예요!"

"레벨이 낮습니다."

"방금 포션은."

"아는 사람이 연금술사예요."

"보배 공방?"

"어떻게 알았습니까?"

"오늘 거기 가려고 이 동네 온 거였…… 거든요."

B급 연금술사에게 인사하러 들렀다가 길드 마스터가 죽고 길드가 박살 나게 생겼다. 중갑옷 탱커가 고개를 숙이고 울음을 참았다.

'거기서 보배 공방이 왜 나와. 내 잘못도 아닌데 신경 쓰이잖아.'

갑자기 보배 공방이 튀어나오는 바람에 이보배의 마음이 편치 않았다.

중갑옷 탱커가 사정을 설명하는 동안 사람들은 바삐 움직였다. 빠른 대피를 위해 닫았던 문을 여니 이미 대피소 밖에선 경찰들이 바삐 움직이며 주민 대피를 유도하고 있었다.

"지금 있는 아이들 전부 스쿨버스에 태울 수 있나요?"

"차 가져온 선생님은 아이들 태우세요. 빨리!"

"애들아, 침착하게. 침착하게 차에 타면 괜찮을 거야. 자, 줄 서서 움직이자. 옆에 있는 친구 손 잡고 가는 거야."

교직원이 아이들을 차에 태우기 위해 움직였다.

청원 경찰이 2차로 대피할 대피소 위치를 알려주고 무전으로 도로와 출구 근처 상황을 파악했다.

이보배가 퍼뜩 정신 차렸다.

'내가 이럴 때가 아니지! 애들! 애들 챙겨야지!'

이보배는 교직원을 돕기 위해 움직이려다 멈칫했다. 히죽히죽 웃고 있는 큰오빠를 보고 눈을 가늘게 떴다.

"큰오빠, 설마 알고서 연기 그만둔 거야?"

이보배는 설마 했지만 설마는 언제나 사람 잡는다.

이귀한이 활짝 웃었다.

"응. 연기하면 걔네도 지켜줘야 하잖아. 아이, 귀찮아."

리즈 시절 이귀한은 아이들도 지키려 했을 것이다. 그게 귀찮아서 연기를 그만뒀다는 이야기에 이보배의 정신이 아찔해졌다.

'말이나 못 하면.'

이보배는 아찔해진 정신을 다잡았다. 아직 몬스터들이 균열 밖으로 나오지 못했다.

노블레스 길드가 출구를 잘 틀어막고 있는 것이다. 그들의 희생이 헛되지 않도록 아이들을 지켜야 했다.

'희생? 아니야, 그렇게 쉽게 생각해선 안 돼.'

이보배는 생산계 각성자다. 어디까지나 지켜지는 사람이지 지키는 사람이 아니다.

하지만 이보배는 강한 사람을 알았다. 아주 강해서 이 사태를 조기에 끝낼 수 있는 그런 사람을 둘이나 알고 있었다. 그럼에도 도와달라고 부탁할 수 없었다. 왜냐면 그들이 도울 생각이었다면 진즉 나섰을 것이기 때문이다.

이귀한은 돕기 싫어 연기를 그만뒀고 이해기는 일부러

나서지 않고 있다.

노블레스 길드원을 도와달라고 부탁하고 싶다. 하지만 그럴 수 없다. 이보배는 어디까지나 보호받는 입장이다. 이보배에겐 부탁할 자격이 없다.

"시발. 뭐 하냐, 너."

"어? 어어. 아이들 대피하는 거 도우려고!"

"그거 말고. 똥 마려운 돼지냐? 하고 싶은 말 있으면 그냥 해!"

"아무것도 아니야."

"아니긴 뭐가 아니야. 똥 씹은 얼굴 하고."

도와달라고 부탁하고 싶은데 그럴 수 없다. 이보배는 어금니를 악물었다.

'내가 언제부터 그렇게 오지랖 넓고 성인군자였다고. 그냥 우리 가족만 챙기면 되는 거지.'

머릿속이 시끄럽더라도 몸은 움직여야 한다. 이보배는 일단 아이들의 대피를 도왔다.

주차장으로 달려갔던 사람들이 대피소 앞까지 차를 가져왔다.

청원 경찰이 무전으로 도로 현황을 전달받고 운전자에게 대피 방향을 알려주었다.

"서둘러. 균열이 터지기 전에 대피해야 해."

"몬스터 웨이브는 아니겠죠?"

"침식형이 더 끔찍해."

"뭐가 됐든 멀어지는 게 우선이에요."

균열은 세계에 난 금이자 상처다. 상처를 봉합하지 않으면 감염되고 벌어지듯 균열 또한 공략하지 않으면 악화된다. 상처가 한계까지 벌어져 고름을 쏟아내거나 상처 주위가 괴사한다.

고름이 쏟아지는 걸 몬스터 웨이브, 괴사를 침식으로 이해하면 편하다.

괴사한 살은 복구할 수 없듯 침식이 진행된 구역 또한 복구할 수 없다.

균열 침식지는 생태가 완전히 균열과 동일해진다.

뿐만 아니라 침식지 내에서 몬스터가 랜덤으로 출몰한다.

몬스터 웨이브는 튼튼한 대피소에서 버티는 게 가능하지만 균열 침식은 그마저 불가능했다.

재수 없게 대피소에서 몬스터가 생성되면 끝이니까.

침공형 균열이 생성되었을 때, 균열 밖으로 나온 몬스터를 제때 처치하지 못하면 균열이 침식형이나 방출형으로 성장한다.

아직 노블레스 길드가 몬스터들이 나가지 못하도록 붙잡고 있으나 언제까지 버틸 수 있을지 모른다.

가능한 빨리 균열에서 멀리 대피해야 했다.

이보배는 급히 스쿨버스에 아이들을 마저 태우려 했다.

앞서 아이들을 태운 차는 이미 떠나 스쿨버스에 탈 아이들만 남은 상태였다.

"얘들아, 빨리 버스에 타!"

"으아아앙!"

고학년이라지만 그래 봐야 초등학생이다.

곧 균열이 터진단 이야기에 아이들이 하나둘 울음을 터뜨렸다.

이보배는 엉엉 울며 꼼짝도 못 하는 아이들을 안아 억지로 버스에 태웠다.

"여기도 안전하지 않아, 빨리 가야 해!"

"으아앙, 무서워."

"엄마! 아빠!"

"바보야! 아직 몬스터도 없는데 왜 징징거려! 빨리 버스에 타!"

몇몇 아이는 무섭고 울고 싶은 걸 꾹 참고 친구에게 윽박질렀다.

백장미가 대표적이었다. 흰 도복을 입은 아이는 도복처럼 새하얗게 질린 얼굴로 앞에 선 친구들을 버스 쪽으로 퍽퍽 밀었다.

"침식되면요, 버스 안에 몬스터가 생기면 어떡해요?"

"주차한 차 안에 생겼단 얘긴 들었지만 운전 중인 차에 생겼단 얘긴 못 들었어. 그러니까 얼른 타자."

"엄마 안 왔는데. 엄마 기다려야 하는데."

"엄마는 다음 대피소에서 기다리고 계실 거야. 얼른 타자."

아이들이 모두 버스에 오르자 이해기가 중갑옷 탱커를 부축해 버스로 이끌었다.

"힘들겠지만 아이들을 부탁합니다."

중갑옷 탱커는 버스에 오르지 않았다.

"죄, 죄송하지만 저는 다시 균열에 들어갈게요."

중갑옷 탱커가 인벤토리를 열었다.

E급과 F급 마석이 우르르 떨어졌다. 그 외에도 작은 금붙이와 은 덩어리 같은 환금성 좋은 물품도 나왔다.

"포션값으론 부, 부족하겠지만 이게 전부라. 정말 감사했습니다. 얼른 대피하세요."

"죽으러 가는 겁니까."

"귀한 포션까지 써주셨는데 정말 죄송합니다. 그렇지만 전 가야 해요."

중갑옷 헌터가 90도 각도로 허리 숙여 인사하고 떠났다.

죽을 걸 알면서 길드원에게 돌아가는 뒷모습에 이보배의 숨이 갑갑해졌다.

"헌터님들도 얼른 타세요!"

청원 경찰이 외쳤다. 이씨 사남매와 김율을 제외하고 모두 스쿨버스에 탑승했다.

이해기가 고개 저어 거절했다.

"저흰 아직 대피하지 못한 사람을 돕겠습니다. 가십시오."

"괜찮겠습니까?"

"네, 얼른 가세요."

이해기가 저렙이지만 B급 헌터고 이보배는 천상계인 B급 연금술사다.

청원 경찰은 둘이 버스에 타주길 원했지만 이해기가 계속 거절했다.

한시가 급한 상황.

더는 시간 낭비할 수 없으니 결국 스쿨버스는 이씨 남매와 김율을 두고 초등학교를 빠져나갔다.

"그럼 집으로 가자. 아니다, 여기가 나을까? 형은 어떻게 생각해?"

"여기가 편해."

"대피소로 들어가자. 만약 침식형으로 성장하면 몬스터가 어디서 생성될지 모르니 너넨 형 옆에 딱 붙어 있으렴."

이해기가 동생들을 대피소로 몰았다. 그러더니 본인은 대피소를 나가려 했다.

"둘째 어디 가게?"

"균열 둘러보고 올게. 상황만 보고 바로 돌아올 테니까 걱정하지 마."

"다른 사람들도 찾아서 데려오는 거야?"

"무슨 소리니?"

"아까 대피하지 못한 사람들 돕겠다고 남은 거잖아."

이한생이 작은형의 거짓말에 깜짝 놀랐다.

"설마 거짓말한 거야?"

이한생은 작은형의 거짓말에 실망했다가 이내 납득했다.

"하긴 뺀질이가 원래 이랬지. 혼날 때도 지만 혼자 쏙 빠져 나가고."

이한생의 말에 이보배는 씁쓸한 표정을 지었다.

균열의 날 이전, 뺀질이 이해기라면 이한생 말대로 혼자 도망쳤을지도 모른다.

하지만 그녀가 기억하는, 진국 이해기는 달랐다.

누가 뭐라 하기 전에 솔선수범하여 어려운 사람을 돕고 위기에 처한 사람을 구했다.

그랬던 오빠가 어쩌다가 이렇게 변했을까.

사람이 바뀌려면 계기가 필요하다.

이씨 남매가 균열의 날 부모님을 잃고 철든 것처럼 이해기 또한 무언가의 상실을 경험하고 지금의 회귀자 이해기가 되었을 것이다.

그렇기에 이보배는 작은오빠의 선택에 감히 말을 얹지 못했다.

이보배는 도와주지 못하고 도와주자고 말하지 못하는 자신이 부끄러워 고개를 들 수 없었다.

'포션이라도 줄걸.'

길드원을 포기하지 않고 떠난 중갑옷 헌터에게 포션이라도 보급할 것을.

이보배는 자책하며 어금니를 악물었다.

"돕고 싶지만 너희의 안전이 우선이다."

"둘 다 세다며. 강하다며. 큰형 혼자서 우리 지킬 수 있는 거 아니야?"

"그래도 하나보단 둘이 낫지. 난 이렇게 정보가 부족할 때 너희 곁을 떠나고 싶지 않다."

이해기는 세상 물정 모르는 동생에게 말했다.

"야속하게 들릴지 모르겠지만, 난 정의나 의리보다 너희를 우선하겠다고 다짐했다. 다시는 잃지 않겠다고 맹세했어."

"무슨 말인지 모르겠는데 각성했다며. 강하다며. 그럼 도와줘야지."

무지하기에 펼칠 수 있는 정론에 이해기가 쓴웃음을 지었다.

"네가 몰라서 그래."

"세상이 바뀌었지. 그건 나도 알아. 머리로만 알아서 뭘 모른다고 생각할 수도 있어. 하지만 사람은 다른 사람을 도와야 해. 도울 수 있다면 도와야 해. 왜냐하면, 그게 옳은 일이니까."

전생에 성자였던 동생이 하는 말이라서 그런지 설득력이 남달랐다.

이해기는 자신을 응시하는 동생의 곧은 시선을 보고 감탄했다.

이한생은 겁이 많고 가끔 말도 안 되는 고집을 부릴 때도 있지만 나서야 할 땐 절대 물러서지 않는 용기의 소유자였다.

그 용기로 괴물에게서 이보배를 지켰고, 다른 사람을 돕고자 한다.

"형 판타지 소설 좋아하잖아. 판타지 소설 주인공이 이럴 때 다른 사람 못 본 척하고 그러냐고. 아니잖아."

"다 도와주면 고구마 답답이에 호구 소리 듣는다만."

단순무식한 정론은 회귀하면서 잊은 속죄행의 여로를 상기시켰다.

육신은 결백해 무죄이나 죄를 기억하는 영혼은 유죄.

이해기의 속죄행은 아직 끝나지 않았다.

"그러게, 그러게나 말이다. 내가 생각이 짧았다."

이해기는 애병, 용살검을 고쳐 잡았다.

"균열에 진입할게. 형, 보배랑 한생이 잘 부탁해."

"응, 안 돼."

이귀한은 딱 잘라 거절하고 이해기를 가리켰다.

"둘째도 내 동생. 위험하니까 가지 마. 지지야."

"형, 나 강해. 믿는다고 했잖아."

"그래서 안 돼. 나 운 나쁜 편이라 보조 필요해."

이해기를 설득했나 싶더니 이귀한이 복병으로 떠올랐다.

이보배는 황당한 마음에 눈만 깜빡였다.

그러나 이한생은 이보배보다 용감했다.

"아니 시발, 큰형도 세다며! 큰형이 우리 지켜주고 작은 형이 도와주러 가면 되잖아!"

"약한 동생이 둘, 그럼 지키는 사람도 둘. 그래야 균형 맞아."

"세상에서 제일 강하다며!"

"정답!"

"그렇게 강하면 다른 사람 좀 도와줘야지!"

"내가 왜?"

무심한 말에 이한생의 등골이 오싹해졌다. 전신의 잔털이 삐죽 솟았다.

이귀한이 동생에게 다가갔다.

이한생은 본능적으로 뒷걸음질 쳤다.

웃고 있는 큰형의 눈이 너무나도 불길했다. 부모님을 죽인 몬스터보다 더 끔찍해 보였다.

이상해진 세계, 이상해진 상식, 너무 이상해져서 다른 사람 같은 형들과 동생.

이한생은 깨어난 이후 이보배와 이해기가 누차 경고했던 이귀한의 위험성이 처음으로 와닿았다.

"셋째야, 말해봐. 내가 왜?"

인간이 아닌 무언가. 사람보단 괴물에 가까운 존재. 아니, 그 괴물보다 더 끔찍하고 불길한 무언가.

본능적인 거부감이 들어 이한생은 계속 뒷걸음질 쳤다. 뒷걸음질 치다 막혀 소스라치게 놀랐다.

"으아악!"

"나야, 나."

이보배가 뒤에서 이한생을 붙잡았다.

"막내 오빠 그만 놀려. 그리고 나도 생각해 봤는데, 오빠들이 균열 터지기 전에 공략해야 할 것 같아."

본래 이 세계의 인간이었건만 인간에서 한없이 멀어진 대재앙이 아끼는 막내에게도 똑같은 질문을 던졌다.

"내가 왜?"

"왜냐하면."

이보배는 마른침을 삼켰다. 그녀가 하고 싶었지만 하지 못했던 말을 막내 오빠가 대신 해줬다. 그러니 설득은 그녀의 몫이었다.

인간의 정에 호소해선 안 된다. 상대는 인간보다 악마에 가깝다.

세상의 상식을 찾아서도 안 된다. 상대는 상식과 법칙을 파괴하는 자다.

그렇다면 무엇에 의지해야 할까.

이보배는 자격이 없다고 생각했던 것을 철회했다. 그녀에겐 자격이 있다. 다른 사람을 구해달라고 부탁할 자격이 있다고 믿었다.

이보배와 두 오빠는 저 악마가 돌아온 이유지 않은가.

"큰오빠, 작은오빠. 그러지 말고 힘 좀 쓰자. 힘숨찐이라도 가끔은 힘써야 해. 그래야 멋있지."

거절당할까 봐, 미움받을까 봐 무섭다.

이보배는 이한생의 손을 꼭 잡았다. 이한생이 뿌리치면 다시 잡고, 또 뿌리쳐도 계속 잡았다.

"쉬룬뎅."

"에이, 그러지 말고. 생각해 봐. 우리 원래 살던 집도 침식됐는데 이 균열도 터져서 침식되면? 그럼 나 억울해서 밤에 잠도 못 자. 집만 그래? 공방도 있잖아. 나 공방 연지 만 1년도 안 됐어. 근데 공방도 뺏겨봐. 큰일이잖아."

"집은 침식 안 되도록 오빠가 막아줄게."

"그럼 뭐 해. 침식지 주변으로 철조망 쳐지면서 쫓겨날 텐데. 만약에 철조망 안 치더라도 집값이 얼마나 떨어지겠어. 그 집이 어떤 집이야. 작은오빠가 벌어다 준 10억에 내가 모은 돈이랑 은행 대출까지 껴서 산 집인데 이렇게 포기하라고?"

이귀한이 눈을 껌뻑였다. 효과가 있었다.

"침식이 아니라 몬스터 웨이브였다 쳐. 그것도 문제야. 몬스터들 떼로 돌아다니잖아. 걔네가 돌아다니면서 공방 설비랑 우리 집 가구 부수면 어떡해? 우리 집 소파 큰오빠가 주워 온 건데. 낡고 쿠션 다 죽었어도 내가 얼마나 아끼던 건데. 그거랑 슬라임 침대 망가지면 어떡해?"

이귀한은 진지하게 고개를 끄덕이며 경청했다.

"오빠가 몬스터 집 근처로 얼씬도 못 하게 해줄게."

"그러지 말구. 아예 균열 공략하면 침식이랑 몬스터 웨이브 걱정할 필요도 없고 좋잖아."

"귀찮은데."

아직이다. 아직 모자랐다. 이러고 있는 동안에도 시간은 흐른다.

이보배는 필사적으로 머리를 굴리다가 딱 좋은 걸 떠올렸다. 진작 생각하지 못한 게 아쉬울 정도로 좋은 변명거리였다.

"그리고 허누리! 균열 진입한 각성자 중에 허누리 있다고 했어! 작은오빠도 허누리 알지? 강철 깡통 허심 딸이잖아! 그분이 나 사계절에 소개시켜 주셔서 내가 먹고산 거야. 막내 오빠도 그분 덕에 산 거나 마찬가지야! 은혜 갚아야지! 나랑 막내 오빠의 은인인데!"

이 정도면 넘어올 것이라고 생각했는데 이귀한의 반응

이 시들했다.

"은혜는 갚는 게 아니야. 원수를 갚는 거야."

이보배가 생각할 수 있는 이유는 모두 말했다. 더는 떠오르는 게 없었다. 이보배가 울상 짓자 이해기가 나섰다.

"보배야. 형은 성격이 나빠서 그렇게 빙빙 돌려 말하면 일부러 못 알아듣는 척해."

"그럼?"

"네가 하고 싶은 말 한마디면 충분하단다."

이보배는 이해기의 말에 용기를 얻었다.

"난 오빠들이 노블레스 길드원을 구해줬으면 좋겠어."

이귀한은 무심한 얼굴로 이번에도 이유를 물었다.

"왜?"

이보배는 바싹 마른 입술을 핥았다.

인간의 정, 세간의 상식, 이성적인 이유 모두 실패하고 남은 딱 하나의 이유.

"내가 그랬으면 좋겠으니까."

이보배의 욕심.

그때까지 이보배와 손잡고 있던 이한생이 외쳤다.

"나도! 나도 구해줬으면 좋겠어. 모르는 사람들이지만 형들이 안 다치고 구할 수 있으면, 그러면 구해줘."

항상 귀여운 막내에 가끔 귀여운 셋째까지 원한단다.

대마왕은 언제 심술부렸냐는 듯 상큼하게 외쳤다.

"구랭!"

이보배의 계획은 단순했다.

균열로 진입해 이귀한은 마기로 어그로를 끌어 출구로 향하는 몬스터를 모으고 이해기는 균열을 공략한다.

전투 능력이 없는 이보배와 이한생은 어떻게 하느냐.

남매끼리 의견이 분분했으나 이귀한은 아예 균열에 데리고 가는 게 안심된다고 주장했다.

"형을 믿긴 하지만 저번처럼 차도 없는데 괜히 눈먼 화살에라도 맞으면……."

"그건 제가 해결할게요."

조용히 이씨 남매의 공방을 지켜보던 김율이 나섰다. 김율이 제시한 해법은 간단했다.

돈이다.

김율은 이보배와 이한생에게 스크롤 수십 장을 건넸다.

스크롤을 제작하려면 연금술사, 마법사, 부여술사가 필요하다. 스크롤에 담으려는 스킬 종류에 따라 다른 직업군이 필요할 때도 있었다.

〈관찰〉과 〈감정〉류의 스킬은 보유한 사람이 많고 쓰임새가 다양하기 때문에 스크롤 가격이 낮은 편이지만 그 외

스킬을 담은 스크롤은 어마어마하게 비쌌다.

특히 보호 마법이 담긴 스크롤은 비각성자에게도 인기가 높기 때문에 가격이 더 나갔다.

그런 스크롤을 뭉텅이로 건넸다. 균열 진입하면 적당한 곳에 서서 찢으면 된단다.

이보배는 입만 뻐끔거렸다.

"이 정도면 안전할 거예요. 그래도 혹시 모르니까 보배 누나는."

김율이 밋밋한 묵색의 금속 반지를 꺼냈다. 평범한 검은색 금속처럼 보였지만 보는 각도에 따라 반짝였다. 꼭 별가루를 뿌린 것 같았다.

"제 스킬을 부여한 아이템이에요. 누나가 인식하지 못한 공격이라도 한 번은 막아줄 거예요."

상인 전용 스킬 〈황금만능주의〉.

공격을 방어하는 대신 예상 피해량만큼 소지금이 줄어든다.

아이템이란 각성자가 제작한 물품의 총칭이지만 아무 능력이 없는 건 아이템이라고 하지 않고 보통 능력치 상승이나 스킬이 부여된 제작품을 아이템이라고 불렀다.

"이런 스킬도 있었어? 나 지금 20만 원밖에 없는데."

"제 통장 잔고에서 빠지니까 괜찮아요. 저도 요즘 사업 축소 때문에 잔고가 평소보다 부족하긴 한데 소지금이 부족해도 피해를 줄여주니까 없는 것보단 나을 거예요."

눈먼 화살이나 불똥이 튀는 건 처음 한 번만 막으면 김율이나 이귀한이 대처할 수 있다. 반지는 그런 용도였다.

김율이 은근슬쩍 왼손 약지에 반지를 끼우려 했다. 이보배는 반지를 뺏어 오른손 검지에 꼈다. 아이템이라더니 손가락 굵기에 맞춰 알아서 크기가 변했다.

김율은 왼손 약지가 아님에도 이보배 손에 끼워진 반지를 보고 흐뭇하게 웃었다.

"이걸로 누나가 제 목숨줄을 쥐셨네요."

"그게 무슨 소리야?"

"특수 상인은 파산하고 일정 기간 내에 만회하지 못하면 죽어요."

이보배가 놀라서 반지를 빼려 하자 김율이 농담이었다고 개구지게 웃었다.

"농담이에요. 지금 균열 등급이 C급인데 여기 정도는 보스 몬스터가 때려도 괜찮아요."

'이렇게 많이 알아도 괜찮은가.'

이보배는 김율에 대해 너무 많이 알게 되는 것 같아서 못마땅했다.

'〈황금만능주의〉 스킬도 그렇고 파산하면 죽는다는 것도 그렇고. 고급 정보일 텐데.'

본래 아라크네가 이씨 남매에게 후하게 퍼주긴 하지만

본인과 관련된 개인 정보는 그렇게 후하지 않았다. 가족 얘기 때처럼 노림수가 있는 것 같지도 않았다.

'자기가 알아서 계산하고 푸는 거겠지? 공짜로 퍼주면 페널티 있다고 했으니까.'

남들보다 레벨 업이 열여섯 배는 어렵다고 했으니 레벨 업한 기념으로 균형을 맞추기 위해 정보를 푸는 것일지도 모른다.

김율의 꿍꿍이가 어떻든 준비가 끝났다. 이씨 남매와 김율이 나란히 균열에 진입했다.

[이상한 설산]

–난이도: E~C

–마감: 카운트다운 중단 상태

–일반 필드형 → 침공형으로 상태 변경.

–균열 상태가 이상하다.

–그 외 정보는 감정이 필요하다.

'상태가 이상하다'는 문구에 놀란 것도 잠시였다. 균열의 기이함을 잊을 만큼 맹렬한 추위가 이보배를 덮쳤다.

"으아아아."

균열 내부는 상태 이상 〈동결〉이나 〈동상〉에 걸릴 만큼 기온이 낮았다.

설산이라고 하는데 눈보라가 휘몰아쳐 산은커녕 한 치 앞도 보이지 않았다.

"누나, 한생 형. 빨간 스크롤 찢으세요!"

균열에 진입하기 앞서 스킬로 균열 정보를 감정했던 김율이 외쳤다.

바람이 너무 심하게 불어서 가까이 있는데도 외쳐야 소리가 들렸다.

이보배와 이한생은 김율이 말한 스크롤을 찢었다. 그러자 추위가 가셨다.

"형, 애들 잘 부탁해."

"응."

이해기가 눈보라 속으로 뛰어들었다.

이귀한과 남은 사람들도 움직였다. 이보배와 이한생을 지킬 수 있도록 적당히 뒤가 막힌 곳에서 몬스터 어그로를 끌 예정이었다.

눈보라 치는 설산은 걷는 게 무어냐, 제 한 몸 세워서 유지하는 것도 힘들었다.

이한생이 쌍욕을 내뱉자 이귀한이 이한생을 들었다.

"으악! 놔!"

"진짜? 놓는다?"

"아, 아냐! 그냥 가!"

"막내도 들어줄까? 업힐래?"

"난 괜찮아."

괜찮다고 말한 지 얼마나 되었다고 몸이 기우뚱하는 이보배를 김율이 부축했다.

김율은 눈 쌓인 설산에서도 아라크네일 때처럼 축지법 쓰듯 잘 걸었다.

"고마워. 근데 너."

"네, 누나. 업어줄까요?"

"오늘 돈 너무 많이 쓰는 거 아니야? 스크롤도 그렇고 반지도 재수 없으면 돈 나가는데."

"그러게요. 혹시 모르니까 이제 아끼려고요."

"어떻게?"

김율이 잘나긴 했지만 그래 봐야 보조계다. 생산계나 보조계나 그게 그거였다.

한 대도 맞지 않도록 이귀한 뒤에 잘 숨어 있겠다는 뜻인가 싶었는데 김율이 엉뚱한 말을 했다.

"누나 저 투잡 뛰어요."

"알아. 정보상이랑 중개상이잖아."

투잡 뛰는 김율의 뒤에서 무언가 날아왔다. 설원 박쥐였다. 눈보라 때문에 지척에 다가온 뒤에야 눈에 들어왔다.

이귀한은 접근을 알아챘겠지만 이보배가 아닌 김율을 노렸기 때문인지 경고하지 않았다.

"위험해!"

날카로운 파공음과 함께 새하얀 눈밭에 붉은 액체가 흩날렸다. 두 동강 난 설원 박쥐가 푹신하게 깔린 눈 위에 소리 없이 안착했다.

세로로 잘린 단면에서 내장이 흘러내리고 척추뼈가 드러났다. 비위 약한 이한생이 구역질했다.

"우욱."

채찍을 휘둘러 설원 박쥐를 순식간에 죽인 김율이 배시시 웃었다.

이보배는 언뜻 보아도 비범한 검은색 채찍을 보고 물었다.

"템빨?"

"투잡이라니까요."

세상에 복합계가 있고 각성 직업이 둘인 사람이 있다면 복합계면서 각성 직업이 둘인 사람도 있을 수 있는 법이다.

"보물 사냥꾼은 전투계고 정보상은 보조계예요. 덕분에 레벨 올리기 얼마나 힘든지 몰라요."

남들보다 열여섯 배는 힘든 게 이것 때문인 것 같다며 김율이 울상 지었다.

'NPC가 아니고 주인공급인데?'

사실 주인공 보정을 받은 건 이씨 남매가 아니라 김율 아니었을까. 일단 외모만 보면 김율이 주인공인데.

이보배는 울상 지은 얼굴도 잘생긴 김율을 보며 떫은 감

씹은 표정을 지었다.

이보배와 일행은 적당한 장소를 발견했다.

절벽 아래가 적당히 파여 눈발이 들어차지 않고 뒤가 막힌 공간이었다.

이보배와 이한생은 스크롤을 찢어 안전 구역을 만들었다.

방어 마법을 수십 겹 중첩한 안전 구역이 완성되자 이귀한이 앞에 나섰다.

김율은 혹시 모를 상황에 대비해 이귀한과 이보배 사이에 섰다.

눈보라 치는 설산은 태양이 먹구름에 가려 보이지 않았다.

구름 그림자가 드리운 희고 검은 세계에서 이귀한의 그림자는 모든 그림자를 압도했다.

빛은 물론이고 희망마저 씹어 삼키는 칠흑 같은 어둠이 존재의 일부를 드러냈다.

상공을 배회하며 먹잇감을 찾던 설원 박쥐가 첫 번째 희생양이었다.

이귀한은 한 방에 몬스터를 죽일 수 있는데도 일부러 천천히 찢어 죽였다.

비위 약한 이한생이 다시금 헛구역질했다. 갈기갈기 찢어지는 몬스터보다 이귀한의 미소가 그의 비위를 자극했다.

이귀한은 가볍고 철없단 소리를 듣긴 하지만 사람 좋고 놀기 좋아하는 쾌활한 청년이었다.

공포 영화는 잘 봤지만 범죄 시사 프로그램은 보지 못했다. 야생 다큐멘터리에서 사자가 영양을 뜯어먹는 장면도 무섭다고 다른 거 보자고 말하던 청년이었다.

그런 큰형이 즐겁게 웃으면서 설원 박쥐의 날개를 잡아 뜯었다.

죽지 않은 게 신기할 정도로 찢어발긴 설원 박쥐 몸뚱이를 이한생에게 던졌다. 숨이 간당간당하던 설원 박쥐는 던져진 충격으로 죽었다.

"히익."

"앗, 실수. 셋째 막타 주려고 했는데."

이한생이 이보배를 붙잡고 덜덜 떨었다.

이보배는 이귀한이 설원 박쥐를 던지면서 얼굴에 튄 피를 닦았다.

"경험치 얻는다는 보장도 없으니까 막내 오빠는 그냥 가만히 있는 게 좋을 것 같아. 게다가 만약에 시스템이 공자님 상태를 정상으로 간주하면 레벨업하면서 전환될 수도 있잖아."

"그럼 막내가 할래?"

악마의 심기를 건드리지 않으려면 호의는 받아들이는 편이 낫다.

이보배는 묵묵히 빠루를 꺼냈다.

이한생이 입을 쩍 벌리고 몬스터 골통을 부수는 여동생과 웃으면서 살육을 즐기는 큰형을 쳐다보았다.

이해기는 시야를 가리며 얼굴을 때리는 굵은 눈발과 바람에 저항하며 내키지 않는 발걸음을 옮겼다.

'이렇게 될 줄 알았으면 진즉 나설 것을. 괜히 보배와 한생이에게 마음고생 시켰구나.'

착한 동생이 참다 참다 나서기 전에 이해기가 나섰어야 했다.

그게 옳았다. 동생을 지키겠다면 착하고 선량한 마음씨 또한 지켜줘야 한다. 이번엔 이해기가 너무 이기적이었다.

동생에게 괜한 짐을 떠맡긴 것 같아 마음이 편치 않았다.

'나는 아직도 한심하구나.'

한때 인명보다 소중한 게 없다고 여기던 시절이 있었다.

동생과 함께 재가 되어버린 과거의 자신을 떠올리며 이해기는 다시금 쓴웃음을 지었지만 곧 지웠다.

전투 중 방심은 금물이었다. 심지어 지금 벌어지고 있는 일은 회귀자가 모르는 사건이다.

'예전엔 이런 변수 없이 무난하게 공략했던 균열이다. 어째서 이렇게 바뀐 거지?'

회귀자가 일으킨 나비 효과라고 하기엔 파장이 컸다.

아직 단서가 없었기에 이해기는 추측보단 상황을 정리하고자 노력했다.

'지금쯤 밖에선 관리국과 인근 헌터들이 도착해 사람들을 피신시키고 있겠지. 침공형이란 보고도 받았을 테니 출구로 빠져나가는 몬스터는 안심해도 될 테고. 공략보단 방어선 구축과 주민 피난에 주력하고 있겠지. 힘을 숨기려면 서둘러야 해.'

중앙으로 갈수록 몬스터가 늘어났다.

이해기는 눈밭을 밟으며 은신하고 있던 설원 도마뱀을 베었다. 고작 설원 도마뱀의 기습 정도론 그를 위협할 수 없었다.

'이상해.'

현재까지 이해기가 발견한 몬스터의 종류는 설원 시리즈다.

은신과 기습, 얼음 속성 공격이 주특기인 설원 리저드맨이 주 등장 몬스터였다.

비각성자는 서 있기도 어려울 만큼 휘몰아치는 바람이

청각을 뒤덮고 어린아이 주먹만 한 눈발이 시각을 유린한다.

온도로 각성자를 구분하는 설원 리저드맨에게 유리한 전장이었다.

경험 없는 파티였다면 몬스터가 아니라 환경에 이기지 못하고 퇴각했을 것이다.

하지만.

'고작 이런 구성에 원범찬이 이끄는 파티가 당했다고?'

원범찬은 1세대 각성자다. 딜러와 탱커 두 포지션이 가능한 베테랑이었다.

하청에 하청을 받는 신생 길드라지만 아라크네가 견실하다고 평가한 길드다.

원범찬은 실력과 경험 모두 평균 이상인 헌터였다.

게다가 허누리는 회귀자의 스카우트 명단에 있는 천재 탱커다. 지금은 초보지만 주머니에 송곳을 숨길 수 없듯 천재적인 재능을 발휘할 예정이었다.

그런 허누리와 원범찬이 탱커로 있는 파티인데 허누리 홀로 균열을 빠져나왔다. 원범찬이 허누리라도 살리기 위해 대피시킨 것이 틀림없었다.

'뭐지?'

이해기는 미간을 찌푸렸다. 마감 임박한 균열은 갑자기 등급이 높아지는 경우가 있다.

이해기는 평범한 D등급 균열이 아니었다는 허누리의 말을 갑자기 등급이 높아졌다는 이야기로 해석했다.

허누리의 갑옷과 부상 유형으로 봤을 때 설원 리저드맨이나 설원 박쥐보다 강한 몬스터가 등장해야 했다.

하지만 이해기가 꽤 중심부에 다다랐음에도 불구하고 원범찬의 방어를 무시하고 허누리의 갑옷과 뼈를 뭉갤 만큼 강한 몬스터의 흔적을 발견하지 못했다.

'보스에게 당한 건가?'

이해기는 여러 가지 가설을 세우다가 약간 다른 마력의 흐름을 감지했다.

'출구다.'

마침 출구는 그리 멀지 않았다.

이해기는 약간 방향을 틀어 출구로 향했다. 노블레스 길드원 중 생존자가 있다면 균열 밖으로 대피시키는 것도 나쁘지 않았다.

얼마 지나지 않아 이해기는 눈보라 속 거대한 그림자를 발견했다.

2층 건물 크기의 그림자, 설원 코뿔소(보통 흰 똥 트리케라톱스, 줄여서 흰 똥 톱스라고 부른다)가 출구로 돌진하려고 했다.

출구 근처엔 몬스터 사체가 즐비했고 노블레스 길드원은 보이지 않았다.

부상을 치료하고 균열로 진입한 허누리도 없었다.

'허누리가 데리고 출구로 나갔나?'

여전히 무언가 마음에 걸렸지만 설원 코뿔소가 나가게 둘 수 없었다.

이해기는 가볍게 뛰어 설원 코뿔소의 머리에 검을 박았다.

20년 넘게 쌓아온 손맛이 즉사했으리란 확신을 주었지만 정작 몬스터 사망을 알리는 시스템 알림은 뜨지 않았다.

꾸어어어엉!

설원 코뿔소의 안광이 붉게 빛났다.

'저건!'

이해기는 검을 재차 휘둘렀다. 설원 코뿔소의 머리가 떨어지고 육중한 몸이 옆으로 기울어 쓰러졌다.

이해기는 급히 배를 갈라 마석을 찾았다.

"이건!"

이해기조차 바로 알아채지 못할 정도로 희미했지만 마석을 꺼내놓고 보니 확실했다.

이해기는 급변한 상황에 이를 악물었다.

'마기다!'

이제는 사라진 시간선에서 세계를 멸망시킬 뻔한 대마왕의 마기였다.

헛구역질도 하다 보면 진짜 구역질로 바뀐다. 속이 완전히 비어 이제는 나올 것도 없었다. 그런데도 계속 속이 뒤집혔다. 신맛이 나다 못해 쓴맛이 났다.

속에서 올라오는 쓴맛도 주위를 덮은 피비린내를 지울 수 없었다.

정체 모를 괴물답게 몬스터들의 피는 각양각색이었다. 그래도 하나 공통점이 있었다.

모두 비렸다.

이귀한은 마기에 홀려 다가오는 몬스터들을 찢었다. 그렇게 찢은 놈을 숨만 붙여 동생에게 던졌다.

이보배는 이한생이 짐작조차 할 수 없는 사명감을 품고 비참한 몬스터에게 죽음을 선사했다.

"오는 놈들이 없네?"

이귀한이 잠깐 휴식을 선언하자 김율이 탄산음료를 꺼내 바쳤다.

김율의 눈치 빠른 행동이 마음에 드는 듯 먼저 말을 걸었다.

"너 좀 유용하다?"

"기호 1번 김율입니다, 큰형님. 기억해 주세요."

"아냐, 넌 기호 3번. 요한이가 1번."

"보배 누나 만난 순이면 현우 형님이 1번 아닌가요? 보배 누나에게 마음 품은 순이어도 현우 형님이 1번일 텐데."

"내가 첫째니까 내가 미는 놈이 1번. 둘째가 미는 놈이 2번. 너는 셋째가 미니까 3번."

"그럼 큰형님이 밀어주시면 제가 1번이 되는 거네요!"

"너 좀 유용하긴 한데 요한이가 더 유용한 거 같아."

"아앗, 요한 형 스킬이 좋은 건 인정하지만 저도 한 유능 하는데요!"

"너 사람 못 죽이잖아."

"제가 수배범을 얼마나 잘 잡는데요! 보배 누나가 증인이에요!"

말은 그렇게 했지만 김율은 알았다. 이귀한이 말하는 '사람 죽인다'의 진짜 의미를.

이귀한은 대마왕답게 특정 인물이 이보배에게 위해를 끼칠 가능성이 있다면 치워 버릴 수 있는 매제를 선호했다.

범죄 피해자가 되고 난 후 강력 처벌해도 범죄 피해가 없던 것이 되지는 않는다. 그러니 범죄는 예방이 최고였다.

그런 연유로 이귀한은 최요한이 마음에 들었다.

이해기는 그것 때문에 최요한을 꺼리고 이귀한은 그것 때문에 최요한을 선호했다.

"허억허억. 아이고, 힘들어."

안전한 곳에서 이귀한이 던져주는 몬스터를 패 죽이던 이보배가 바닥에 주저앉았다.

김율이 재빠르게 다가와 헌터용 에너지 젤리를 입에 물려줬다. 칼로리는 맛의 척도. 이보배는 고칼로리 에너지 젤리를 쪽쪽 빨았다.

눈 돌리고 싶은 마음이 굴뚝같은데도 수십 번 토하며 살육을 지켜보던 이한생은 그제야 눈을 질끈 감았다.

본인의 잔인함을 과시하는 큰형과 그런 큰형의 장기자랑에 한몫 거드는 여동생. 이한생은 도저히 이해할 수 없는 광경이었다.

"한생 형님은 물 드릴까요?"

"큰형에게 도대체……."

이한생은 김율을 무시하고 이보배에게 말을 걸었다.

이보배는 김율에게 저리 가라고 손짓했다.

김율은 알아서 눈치껏 거리를 벌렸다. 그래 봐야 고위각성자인 그에겐 목소리가 다 들릴 테지만 거리 벌리는 시늉이라도 해주는 게 어딘가 싶었다.

"다른 세상에서 고생 좀 했대. 큰오빠가 원해서 저렇게 된 건 아니야."

"그래도 이건 이상하잖아. 저건 큰형이."

아닌 것 같다는 말이 나오기 전에 이보배는 이한생의 입을 막았다.

이한생은 피 묻은 여동생의 손을 역겨워하면서도 피하지 않았다.

"말했잖아. 큰오빠 위험하다고. 저렇게 위험하고 이상해졌지만 그래도 우리가 보고 싶어서 돌아왔어. 내 오빠고 싶고 막내 오빠의 형이고 싶어서 참고 있어."

겁에 질린 양아치는 그게 말이 되는 소리냐고 반문하려다 입을 다물었다. 갈피 잃은 그의 눈이 흔들렸다.

"막내 오빤 괴물들이 무서운데도 날 감쌌잖아. 그걸 조금 다르게 생각해 봐. 큰오빠가 무섭지만 큰오빠를 감싸주는 거야. 우린 그렇게 할 수 있어. 왜냐면 우릴 위해 큰오빠가 참아줄 거거든."

"존나 미친 소리처럼 들리는데."

"나도 그렇게 생각하긴 하는데 어쩌겠어. 큰오빠는 우릴 위해 돌아왔고 참기로 했어. 그러니까 우리도 그 정도 성의는 보여야 하지 않을까? 가족이라고 무한정 퍼줄 순 없잖아. 기브 앤 테이크 몰라? 오는 정이 있으니 가는 정도 있어야지."

이귀한은 항상 동생의 사랑을 확인하고 싶고, 시험하고 싶어 한다.

이보배는 늘 그런 큰오빠가 안쓰러웠다. 가끔 얄미울 때도 있다.

"이히히."

지금처럼 일부러 이한생을 자극하고 이보배가 한 말에 좋아할 때가 그렇다.

'그래도 어쩌겠어. 우리 오빤데.'

인간성을 상실하고 철과 양심, 윤리관을 모두 다른 세계에 두고 왔어도 동생들은 잊지 않은 이씨 집안 장남 아닌가.

"화르세인지가 정말 저 큰형이랑 같이 놀러 다녔다고? 진짜?"

"응."

이한생은 믿기지 않는 듯 얼굴을 일그러뜨렸다.

이한생 보라는 듯 몬스터 시체를 헤집던 이귀한이 고개를 갸웃거렸다.

"몬가 요상한데."

"무슨 일이세요, 큰형님?"

김율은 어느샌가 이귀한을 큰형님이라고 불렀다. 연기일지라도 근성 하나는 끝내주게 좋았다.

"몬스터가 너무 적은데. 어그로가 덜 끌리는데."

"작은형님한테 쏠린 거 아닐까요?"

"아냐, 둘째 은신 잘하는데. 씁, 모지? 몬가 벌어지고 있는데 모르겠네."

그런 대마왕의 궁금증을 풀어주려는 듯 이해기가 비호와 같은 속도로 달려왔다.

이보배는 균열을 공략하지 않고 돌아온 이해기를 보고 깜짝 놀랐다.

"작은오빠, 무슨 일이야?"

"형! 무슨 짓을 한 거야!"

이보배가 수틀릴 때 이해기를 찾는다면 이해기는 수틀릴 때 형을 부르짖는다.

이해기가 다짜고짜 이귀한의 멱살을 잡았다.

이귀한의 눈이 말똥말똥해졌다. 타락한 심연을 담은 눈으로 순수를 호소했다.

"나 아님. 나 모름."

씨알도 안 먹혔다.

"이게 형 짓이 아니면 그게 더 무서워!"

이해기가 C등급 마석을 꺼냈다. 본인 힘이기 때문에 이귀한은 이해기보다 빨리 감지했다.

"어, 내 힘이다. 근데 나는 모르는데."

"이렇게 부패하고 역겨운 마력의 주인이 형 말고 더 있다는 거야? 혹시 형 말고 다른 파괴신이나 대마왕 같은 게 있어?"

"씁, 아닌데. 나 정도 되는 악의 군주가 있으면 나도 알 텐데. 소문났을 텐데."

"그럼 어떻게 된 거야! 형이 모르면 누가 알아!"

이해기는 이귀한의 멱살을 잡고 짤짤 흔들었다.

회귀자는 겁에 질려 있었다. 대마왕인 형의 이른 귀환으로 지구가 마기에 오염되는 미래가 바뀌었다고 생각했다.

그런데 만약 대마왕 말고 다른 재앙이 지구에 강림한다면 인류는 어떻게 대항해야 하는가.

한현우가 정화수를 제작하려면 더 높은 레벨과 스킬 등급, 연금술사로서의 경험이 필요하다.

그건 회귀자도 앞당길 수 없는 전문가의 영역이었다.

"나는 켁, 진짜 켁, 모름 켁."

동생이 겁먹은 걸 알아챈 이귀한이 얌전히 멱살을 내주고 계속 흔들려 줬다. 흔들리면서 입을 다물지 않아 야무지게 혀를 깨문 건 덤이었다.

"설마! 설마 시스템이 한생이를 억지로 전환시키려고……!"

온갖 가능성을 떠올리던 이해기가 유력 용의자로 시스템을 떠올렸다.

회귀자인 그와 마기의 주인인 이귀한을 제외하고 유일하게 마기에 대해 알고 있는 게 시스템이었다.

나름 합리적인 의심이라 이해기가 본격적으로 의심하려는데 그의 생각을 읽기라도 한 듯 이씨 사남매에게 시스템 알림창이 떴다.

[아님.]

시스템이 이씨 사남매에게 직접적으로 의사 표현한 건 라스트 엘릭서 레시피 이름으로 항의받은 이후 처음이었다.

'얼마나 억울했으면.'

이보배는 시스템을 동정했다. 시스템이 얼마나 억울하고 이 오해를 막고 싶었으면 알림까지 띄웠겠는가.

이해기는 바로 용의 선상에서 시스템을 제외했다. 미안하진 않았다. 지극히 논리적으로 의심했기 때문이다.

"그럼 어떻게 된 거지?"

곤혹스러워하는 이해기의 시야에 새로운 알림창이 생성되었다. 이번엔 제대로 된 퀘스트창이었다.

이보배도 퀘스트를 받았다.

[오염된 마력의 진원을 파악하시오]

–난이도: 어려움

–보상: 진짜마지막최종파이널라스트엘릭서 레시피 조각

–페널티: 없음

'라스트 엘릭서 레시피 조각이다!'

시스템이 퀘스트를 주지 않더라도 이보배의 평온한 삶을 위해서라면 마기가 등장한 원인을 밝혀내야 한다.

"가자."

이보배는 안전 구역을 나왔다.

"보배야, 마기를 우습게 보…… 하긴, 형 옆에 있으면서

받는 마기가 더 많겠구나."

위급한 상황에서 이해기는 동생을 떼놓고 가는 것보다 데리고 가는 게 낫다고 판단했다.

"어쩔 수 없지. 같이 가자. 한생이는 내가 챙길게. 보배는 형이 챙겨."

"형님들, 저도 같이 가도 되나요?"

김율이 손을 번쩍 들고 질문했다.

이해기는 이귀한이 만든 참상을 턱으로 가리켰다.

"아라크네, 의뢰다. 이번 사건에서 우리 흔적을 지워."

"의뢰를 거절하고 따라가면요?"

"호기심 많은 고양이는 죽는다던데 호기심 많은 거미는 어찌 될지 모르겠군."

이해기가 미약하게 살인 멸구 가능성을 내비치자 김율이 포기했다.

"알겠어요, 오늘 너무 많이 알았으니 이쯤에서 물러날게요."

"반지 가져가."

이보배가 반지를 빼 주려 하자 김율이 웃으면서 거절했다.

"위험할 수 있으니까 끼고 있어요, 누나. 왼손 약지에 낄 건 더 좋은 걸로 준비할게요."

이해기가 이한생을 업고 이귀한이 이보배를 업었다.

이한생은 약간 반항했지만 대충 업히면 몸이 분리된다는 협박에 얌전히 업혔다.

이씨 사남매가 사라지자 김율은 현장에 남은 증거물을 보고 암담해했다.

쉬지 않고 몰아치는 눈보라로도 감출 수 없을 정도로 혈향이 짙었다.

"이걸 언제 다 치운담."

툴툴거려도 일은 해야 하는 법.

김율은 눈밭에 뿌려진 피처럼 붉은 치파오로 갈아입었다.

균열 핵에 가까워질수록 타락한 마기가 강해졌다.

이해기는 이를 갈았고 이귀한은 당황했다.

"진짜 내 힘이네?"

"어떻게 된 거야?"

"모름."

"형이 모르면 누가 알아!"

양심을 이세계에 버리고 온 뒤로 늘 남 탓만 하던 이귀한이 처음으로 본인을 의심했다.

"내가 요랬나? 너무 뿌셔뿌셔 하고 싶어서 오른손이 하는 일을 왼손이 모르게 하듯 개수작 부렸나?"

세상 모든 악한 것이 악신의 관할이다. 불신 또한 그의 것이니 스스로에 대한 믿음 또한 부실했다.

그런 파괴신에게 믿음을 심어준 건 업혀 있는 동생이었다.

이보배는 큰오빠의 목을 강하게 끌어안았다.

"자신을 의심하지 마. 큰오빠는 잘 참고 있었어. 만약 큰오빠가 뭔가 했다면 작은오빠가 알아챘을 거야. 큰오빠 감시한답시고 10년 노는 거잖아."

"그러게! 둘째가 잘못했네!"

내가 사고 치면 전부 둘째 책임!

이귀한이 큰 깨달음을 얻어 이해기를 보았다.

이해기는 한없이 방만했던 1년을 돌아보았다. 세계를 찢고 강림한 대마왕을 무찌른 용사로서 의심하고 감시하는 건 남매 중 그의 의무였다.

솔직히 철두철미하게 감시했다고는 말할 수 없다. 약간 방심하긴 했다. 이해기는 지레 찔려 성질 냈다.

"그, 그건 형을 믿으니까! 형을 믿어서 그랬지."

"믿지 마라. 믿는다."

이귀한은 이해기를 신뢰하지만 이해기는 이귀한을 믿어선 안 된다.

속뜻을 알아차린 이해기가 순간 절망했다가 곧 마음을 추슬렀다.

이보배는 갑자기 무거워진 분위기를 바꿔보고자 전부터 생각하고 있던 것을 말했다.

"큰오빠가 정신 못 차리면 내가 정신 차리게 해줄게. 〈가장의 위엄〉이랑 〈사랑의 매〉 조합이면 가능하지 않을까?"

이귀한이 결국 이성을 잃고 파괴의 화신이 되었을 때, 그때 이보배가 〈가장의 위엄〉으로 이귀한을 무릎 꿇리고 〈사랑의 매〉로 때리면 어떨까.

그럼 동생의 사랑에 정신이 번쩍 들어 제정신으로 돌아오지 않을까?

이보배는 두 스킬을 얻은 후 계속 그런 상황을 염두에 두었다.

시스템이 그걸 노리고 스킬을 주었다고 생각했다.

그러나 그녀가 예상하지 못한 건 두 오빠의 반응이었다.

"택도 없는 소리!"

"막내야, 자살 반대다!"

심지어 화르세인지까지 튀어나와 이보배에게 잔소리했다.

"돼지 새끼가 꿈이 허황되도다. 장수 돼지가 되고 싶으면 무조건 튀어야 하느니."

"형이 제대로 힘 쓰면 넌 스치면 사망도 아니야. 접근도 못 해."

"그럴 땐 무조건 도망치는 거야. 알았지?"

"〈가장의 위엄〉도 그렇고 〈사랑의 매〉도 그렇고 형이 끓어주고 맞아주니까 먹히는 거다. 네가 단단히 착각하고 있었구나."

예상치 못한 맹렬한 반발에 이보배는 입술을 삐죽였다.

적당히 타이르면 '내가 잘못 생각했구나' 하겠는데 다들 언성을 높이니 괜히 반발심이 치밀어 올랐다. 그래도.

'따지고 보면 큰오빠 폭주하지 않는 게 낫긴 해.'

영웅은 난세에 난다지만 실은 평화로운 시절에 평화를 유지하고 영위하는 민초야말로 진실한 영웅 아니겠는가.

이보배는 실시간으로 세계를 구하는 영웅에 만족하기로 했다.

6권에서 계속…